Ronso Kaigai
MYSTERY
291

暗闇の梟

Max Afford
Fly by Night

マックス・アフォード
松尾恭子［訳］

論創社

Fly by Night
1942
by Max Afford

目次

主要登場人物

梟……………………………………………………………怪盗
エドワード・ブレア……………………………………化学者
エリザベス・ブレア……………………………………エドワードの妹
サー・アンソニー・アサートン＝ウェイン……武器商人
ロバート・アシュトン…………………………………サー・アンソニーの個人秘書
ハインリヒ・ハウトマン………………………………ドイツ政府代表者
エルザ・ハウトマン……………………………………ハインリヒの娘
チャールズ・トッドハンター…………………………エイジャックス石油会社代表者
ドクター・ニューベリー………………………………総合診療医
ウィリアム・ジェイミソン・リード…………………スコットランドヤード主席警部
ジェフリー・ブラックバーン…………………………数学者

暗闇の梟

第一章　梟（ふくろう）参上

後に証言したとき、アンディ・マクストンは梟の鳴き声で目が覚めたと述べた。彼はしばらくの間じっと横たわっていた。体は緩み、眠りと覚醒の曖昧な境界をさまよい、耳の中で聞こえる、穏やかに流れる水の音だけを意識していた。

部屋に見覚えはなく、欠けた月の光が差しこんでいた。庭の暗がりを切り取る縦長の窓へ視線が移ろい、その瞬間、意識がはっきりした。

ここは河畔のヴィラ――リッチモンドにあるレディ・イヴリン・ハーネットの大邸宅の寝室だ。静かな水の音を聞くうちに、いつの間にか頭が働き出した。

四週間前、アンディ・マクストンはオーストラリアからロンドンにやってきた。レディ・イヴリンとはヴィクトリア同盟（イギリス連邦加盟国間の友好親善を目的とする組織）を通じて知り合った。ちょうど孤独で里心がついた頃だ。学友で映画会社に勤めるテッド・ビッシンガーに大英博物館でばったり出会い、ひとりぼっちのマクストンを哀れんだビッシンガーが彼をヴィクトリア同盟に紹介してくれた。ヴィクトリア同盟はお茶とバターつきの丸パンでマクストンをもてなしながら、週末の予定を立てた。

「レディ・イヴリンは入植者にたいへん関心をお持ちですよ」と秘書は言った。「あなたの他にもお客を招きます」洗濯物のことを心配するマクストンをよそに秘書は続けた。「レディ・イヴリンは十四日ではどうかとご提案なさっています。あなたにとっても、この日が好都合なのでは？」

アンディは、バターつきの丸パンをほおばったまままうなずいた。


邸宅は涼しげで緑に彩られ、土地は川に向かって緩やかに傾斜していた。ベイズウォーターにある自分の狭く薄汚い部屋と比べながら、マクストンはヴィクトリア同盟と女主人に完全な救いがもたらされることを祈った。

マクストンが到着したとき、レディ・イヴリンは庭にいた。分厚い手袋をつけ、園芸用の鋏を使ってバラを剪定していた。ふくよかな桃色の婦人は彼に曖昧に微笑みかけ、庭仕事を中断して名前を尋ね、他の客――二人のカナダ娘とインスミスという名のひょろっとしたニュージーランド人――に引き合わせた。それが終わると、婦人の頭からマクストンのことがすっかり消えてしまったようだった。

下僕のキートンがアンディの世話係を務めた。彼はアンディを部屋に案内して浴室の位置を教えると、去っていった。扉や廊下はおそろしいほど入り組んでいて、ぽつんと取り残されたアンディは途方に暮れた。やがて、すでに同じような目に遭っているインスミスが救い出してくれた。男二人が連れ立って庭に出ると、カナダ娘たちがもの憂げな様子でそぞろ歩いていた。インスミスが散歩しようと提案し、四人でリッチモンド・オールド・チャーチを探検したり、墓石に刻まれた奇妙な碑文を読んだりしているうちに、午後の残りの時間は過ぎていった。

アンディは夕食の席で女主人とふたたび顔を合わせた。レディ・イヴリンはいっそう曖昧な素振りを見せた。みんなで食卓を囲むと、彼女は上品に好奇心を示し、カナダについていろいろ質問した。アンディは質問にできる限り答えた。カナダ自治領の娘たちの瞳は意味ありげな光を帯びていたが、気づかないふりをした。「あなたのお国の騎馬警官は」とレディ・イヴリンは言った。「正装閲兵式のときだけ、あのすてきな赤いコートを着るそうね」アンディは誤解を正さなければならないと思ったが、説明の仕方がたどたどしいので女主人は肩をすくめた。微笑んでいたものの、黒い目には笑みが浮かんでいなかった。

「そろそろ」女主人はつぶやくように告げた。「キートンにラジオをつけてもらいましょう」気まずい雰囲気はたちまち消えた。それは結構だったが、マクストンは、彼女の愛想の良さも微笑も少々不自然だと思わずにはいられなかった。それから食事中ずっと、女主人をこっそり観察した。アンディ・マクストンは愚かではないから、テーブル越しに交わされる雑談に耳を傾けつつ、レディ・イヴリン・ハーネットが抱える事情について考えをめぐらせた。食事が終わる頃、結論にたどり着いた。テーブルの上座に座るふくよかな美しい婦人は密かな不安にとり憑かれていて、ひとりでは不安と向き合えない。だからこの週末、家に客を招いたのではないか?

みんなでBBC放送のスウィングジャズに合わせて踊り、話をしながら夜食前のひとときを過ごした——話題は「戦争の脅威」や「ロンドンでとくに印象深かったこと」、お決まりの「イギリスの天気」だ。十一時十五分頃、いい時間なので全員退室した。アンディ・マクストンがモールデン・ヴィラで初めて迎えた夜は楽しくもあり、退屈でもあり、少々つまらなくもあった。ひとつ、動揺を誘うような出来事も起こった。

マクストンはベッドから体を起こした。開いた窓から微風が吹きこんでくる。ボタンのついていないパジャマがはだけて胸が露わになっていて、ひんやりする。広い肩のまわりにパジャマをかき寄せ、そばの小さなテーブルに置いた腕時計に手を伸ばした。光る針が三時半を指している。

　どうして目が覚めたのだろう？

　もちろん寝心地が悪いからではない。体を預けるベッドは柔らかくあたたかい。革製の枕に頭を沈めるや、あっという間に眠りに落ちた。夢に、広い放牧場と焼け焦げた木の幹が出てきた。マクストンは暗闇をじっと凝視しながら、散らばった夢の断片をつなぎ合わせた。黒ずんだ森で鳥の巣を探していた彼は、黒焦げの枝の上にある傾いたカササギの巣に目を留めた。

　一羽が巣を守っている。木を登っていくと、そこにいたのはカササギではなく巨大な梟だった。梟は甲高く鳴いて翼をはためかせ、マクストンを目がけて急降下した。梟だ！　けたたましい鳴き声がふたたび聞こえ、夜食の前に客間で起こった出来事が脳裏に浮かんだ。ダンスミュージックの音が消え、踊り手たちが佇んだまま待っていると、ひとつの声が中断したことを詫び、警察からの知らせを伝えた。新しい記憶というのは鮮明なものだ。アンディ・マクストンは知らせの一言一句を鮮やかに覚えている。

　〝梟〟として知られる犯罪者に関する情報に対して、百ポンドの懸賞金が支払われます……単独犯です……その名のとおり、日没後に姿を現し、梟の鳴き声のような甲高い奇声を上げます……戸締まりをすること……梟は夜に飛ぶ……

　不気味さの漂う言葉が消え、音楽がふたたび流れ出したとき、レディ・イヴリンが押し殺した鋭い悲鳴を上げた。みんなが振り向くと、彼女は失神して床に倒れていた。使用人たちが気付け薬を持って駆け寄った。数分経って意識を取り戻すと、彼女は寝室へ退いた。体は大きく傾き、顔は青白くひきつっていた。それから二十分後、また客たちの輪に加わった。冷静さを保ち、心臓の調子が悪いのと申し訳なさそうにつぶやいた。彼女が気絶した件は、一見すると大したことではないように思えるが、彼女が午後に見せた、どこかよそよそしい態度などを考え合わせると、重大なことなのかもしれない。

こう思ったとき、マクストンは足音を聞いた。

軽く静かな足音と衣擦れのような音が部屋の前の廊下を通り過ぎた。マクストンは夜具を払いのけて足をつき出したが、迷って動きを止めた。植民者はしきたりに反することを嫌う。それに彼はこの家の客だから、どんな状況なのかよくわからない。夜盗だと思って挑みかかった相手が、まっとうな用事を済ませようとしている家人ならどうなるだろう?

彼は夜具で体を包んで待った。

足音は遠ざかり、途切れることのない川の音にかき消された。部屋がいっそう暗くなった。窓の外に目を転じると、木々の間から三日月がちらりと見えた。時計の文字盤が冷たく光っている。部屋の一角を光線が貫き、マクストンの全身が脈打ち、震え、疼(うず)いた。

また耳を澄ました。血の流れる音が聞こえ、川の音と混じり合った。汗が体から吹き出し、露わになった胸を流れ落ちていくのを感じたが、汗を拭いもせず、じっとしていた。部屋の中の絶え間ない音によって催眠状態に引きこまれてしまいそうだった。

動かずにいたら、またもや悲鳴が上がった。

悲鳴はほとんど間断なく響き、ほんの一瞬、恐怖による鋭い呼吸音も聞こえた。絹を裂くような鋭い悲鳴が静寂を切り裂いた。それとほとんど同時に家中が反応し、人が慌てふためく気配とともに騒がしくなった。声が上がる。扉がバタンと鳴る。光が閃く。足音——狼狽して走り回る重い足音が響き、止み、また響く。誰かが扉を力いっぱい叩く。

アンディ・マクストンはベッドから飛び出してガウンをなんとか着こみ、明かりをつけるのももどかしく部屋の扉を開け、廊下に飛び出した。馴染みのない廊下は煌々と照らされ、絨毯が敷いてある。彼はしばし佇み、騒然とした様子をじっとうかがった。廊下のつき当たりにある縦長の窓から暗い庭が見える。つまり彼の後方側が家の正面だ。振り返ろうとしたら、廊下の奥の窓の近くに人が忽然と現れた。その人は、固まったように微動だにせず彼を見た。

アンディは凝視し、つぶやいた。「まさか！」

廊下の奥にいる人は引きずるほど長いローブで全身を包んでいる。上のほうにある顔は猛鳥の顔だ！　瞼のない二つの青白い目は爛々と光り、鉤(かぎ)のように曲がった冷酷そうな嘴(くちばし)が鼻から続いている。

マクストンは髪の毛が首筋をちくちく刺すのを感じ、凄まじい吐き気に襲われた。あの化け物を八つ裂きにしたいという原始的な衝動が恐怖を消し去った。彼は絶叫しながら廊下を突進した。

事態はさらにおそろしい方向へ展開した。

黒をまとった人は両腕を上げてローブを翻し、羽ばたく鳥の両翼のように広げた。おぞましいことに、マクストンの目の端に映った指は鉤爪さながらに湾曲していた。その人は鋭く叫び、窓へと身を躍らせた。動きはとても力強く、まるで巨大な鳥が空中を滑空しているかのようだった。突然、窓ガラスが割れ、姿が消えた。

マクストンはくるりと向きを変え、乾いた唇をなめた。お抱え運転手のミントンが鉄製の重いレンチを手にして近づいてきた。インスミスはやけに細い体にガウンを慌てて巻きつけ、一歩後ろからついてくる。二人のカナダ娘は体を寄せ合っている。顔には艶があり、目が大きく見開かれている。怯えきった使用人たちの小さな一団が一番後ろにいる。ニュージーランド人がぐいと進み出て口を切った。

「マクストン、大丈夫か?」

アンディはうなずき、窓を指差した。「あっちに行った――庭に出た……」ふたたび唇を湿らせ、低い声を震わせた。「ああ、インスミス――あれは誰だ?」

ニュージーランド人の細い顔が曇った。「見たのか?」

「見たとも! 僕が向かっていくと――窓から飛び去った! 飛んだんだぞ――鳥みたいに!」

ミントンが乾いた笑い声を立てた。「とすると、ずいぶん利口な鳥ですな。イギリスでも指折りの綺麗なネックレスを手に入れて、たちまちドロン! 奥様の目の前で悠々と盗むとは!」

お抱え運転手はそう言いながら、窓にぽっかり開いた穴に魅了されたかのように見入った。

マクストンはインスミスを見た。「これはどういうことなんだ?」彼は語気を強めた。

インスミスはうなずいた。「レディ・イヴリンの寝室の金庫に真珠のネックレスが仕舞ってあった」と静かに言った。「彼女は目を覚まし、犯行を目撃した。二度目の悲鳴を上げると、奴に飛びかかられて――」

「傷つけられたのか?」

インスミスはかぶりを振った。「いいや。でも気を失った。幸い、すぐに警告を伝えられたよ。あの男性使用人の――」彼はミントンのほうへ振り向いた。「名前は――？」

「キートンです」

「そうだ。キートンが今、電話で警察に通報している。金庫が開けられて、ネックレスは消えてしまったけれど」

廊下の奥にある扉のひとつが開き、キートンが出てきた。つるりとした顔は白蠟のように青ざめ、あらゆる表情が消え失せていた。マクストンはキートンが近づいてくると、彼の黒い目が強い光を帯びているのに気づいた。キートンは何か言わずにはいられないといった様子で、まず、客にではなく使用人に声をかけた。

「動揺するな。動揺は禁物だ。そろそろ警察が来るだろう」彼は顔色を変えずに穏やかな声を保つよう努めながら、ミントンのほうを向いた。「エイダやジェニーと部屋に戻って待機してくれ。警察が来たら知らせる」

お抱え運転手はうなずき、目の前にいる使用人たちを促して家の裏側に向かった。キートンはインスミスに向き直った。「若いご婦人方を居間にお連れしてはいかがでしょう？　火を入れておきました」ミントンと同様に、ニュージーランド人とおののく娘たちは無言のままその場を離れた。

キートンは遠ざかっていく彼らを見つめた。マクストンは佇んだまま、この男の冷静沈着ぶりに心底感心した。気まずい沈黙が訪れたので、ぎこちなく口を開いた。「警察にちゃんと通報できたのか？」

キートンはゆっくり振り向いた。「はい」一瞬、視線を割れた窓に向けた。「レディ・イヴリンが私の進言に従われてくれていたら」と言葉を継いだ。「警察は、この家に一日中張りこんだでしょう！」

「どういう意味だい？」

キートンの両肩がかすかに動いた。肩をすくめたようにも見えた。「梟を捕まえたら、百ポンドの懸賞金をもらえます」彼は淡々と答えた。

アンディは目を見開いた。「やっぱり——梟か！」

キートンは冷静に言った。「奥様は梟が現れるのをご存じでした。予告があったのです。この一週間で三回、予告状が届きました」話すことで気が楽になるからか、口が滑らかになっていった。「警察に行ってくださいと懇願しましたが、奥様は世間に知られるのをおそれ、家を客人でいっぱいにするという案をお選びになったのです」やや棘のある言い回しだった。

アンディ・マクストンの関心は他のことに移った。「悲鳴が上がった後、最初にレディ・イヴリンの部屋に駆けつけたのは君か？」キートンがうなずいた。「何を見た？」

「ベッド脇のボウルの形をした小さいランプが灯っていました。レディ・イヴリンはベッドと壁金庫の間、床の中央に倒れていました」キートンは情景を思い浮かべるかのように目を閉じた。「まず目に留まったのは、扉が開いたままの金庫。それから二つのもの——」

「それは何？」

「ひとつは空っぽのネックレスケースです。床に放置されていました。もうひとつは——」キートンは言葉を切り、肩越しに後ろをさっと見やった。「もうひとつはこれです——」

彼はガウンのポケットに手を入れ、正方形の小さな白いカードを取り出した。マクストンは差し出されたカードを受け取り、ひっくり返した。片面は空白だ。もう片面に三つの単語がインクで書いてある。

「夜に飛ぶ！」

アンディは顔を上げ、「どこにあったんだ」と訊いた。

「レディ・イヴリンが倒れた場所から数インチ離れたところに」キートンは答えた。

扉を激しく叩く音が家中に響き渡った。使用人は気をつけの姿勢になり、その音とともに彼の卑屈な性質が頭をもたげた。キートンは小首をかしげ、「失礼いたします」と小声で告げた。「警官が到着したようです」

アンディ・マクストンは動かなかった。キートンが警官のために扉を開けたとき、まだ手にしたカードを見つめていた。


ウィリアム・ジェイミソン・リード主席警部は眉間に深い皺を寄せ、ねじり合わせた朝刊三紙を右手に握り、スコットランドヤードの廊下をどしどし進んだ。個人秘書のマナーズは荒っぽい足音が聞こえてきたので、やれやれという風にちょっと肩をすくめた。扉が勢いよく開き、タイプライターをせっせと打っていた秘書は顔を上げてうなずいた。

「おはようございます」

リードはそっけなくうなずいた。「おはよう。手紙はもう届いたか？」

「そろそろです、ミスター・リード。朝刊各紙を机の上に置いておきました」

大きな男の口元がこわばった。「朝刊のことを私の前で口にするな」とどやしつけながら、固くねじった束を秘書の頭上で振り回した。「これを何だと思う？　ヴァレンタインカードか？」彼は背を丸めた。「この朝刊をひとつ残らず手に入れて、腑抜けな編集者どもの喉に詰めこんでやる。目ん玉が飛び出すまで！」

マナーズの手がタイプライターで印字された紙片に伸びた。それはデスクの上の書類に紛れこんでいた。彼が咳払いをして口を開こうとすると、リードが機先を制した。

「そいつは何だ？」リードは噛みつくように訊いた。

秘書の声は単調だった。

「警視監からのメモです。あなたのご都合がつきしだい、お会いになりたいそうです」

「了解！」主席警部は執務室のほうへ歩を進めた。

「他に朗報があるか？」

「ミスター・ブラックバーンが部屋でお待ちです」

リードは足を止めた。扉に顔を振り向け、訝しむように訊いた。「ジェフが中にいるのか？」マナーズはうなずいた。「どのくらい待っているんだ？」

「九時ちょっと過ぎにいらっしゃいました」秘書は答えた。

大きな男はうなずき、大股で部屋を横切った。立ち止まって片手を扉に当て、短く刈りこんだ灰色の口髭の端を上げた。どこか苦笑しているようでもある。

「手紙が届いたらすぐに持ってこい、マナーズ」ぶっきらぼうな物言いだ。「邪魔は許さんぞ――いいな？　誰かが私の邪魔をするようなら、シャングリラ（楽園）を求めて――チベットへさまよい出るとしよう！」彼はぱっと扉を開けて中に入った。

長身でがっしりした体つきの青年がリードの回転椅子にゆったりともたれ、足を机の上に乗せ、頭の後ろで手を組み、煙草の煙を透かして天井を眺めていた。ひと房のうねった茶色い髪が額にかかっている。青年は身じろぎもせず話しはじめ、それに伴って口にくわえた煙草も動いた。

「おお！」ミスター・ジェフリー・ブラックバーンが言った。「朝とともに喜び来たる！　ご機嫌いかがですか、主席警部？」

リードは扉を閉め、それを背にして立った。やけに愛想のいい声で訊いた。「誰が――私が？　君はずいぶんくつろいでいるようだな。違うなら、そう言ってくれたまえ。クッションを二つばかりとお湯一瓶をマナーズに取りに行かせよう！」

ジェフリーは机から足を下ろし、姿勢を正して年嵩の男に咎めるような視線を投げた。「ミスター・リード……それでいいのですか？　それがイギリス古来の礼儀ですか？　僕は後ろ髪を引かれる思いでサーズビーのすてきな別荘を後にしたのですよ――」

主席警部は部屋を横切り、机の上に拳を置いて身を乗り出した。「おい、ちょっと待て、このひよっこめ」鷹揚な口調で言った。「君の立派な父親は私の親友だ――彼の亡き後、私は君を庇護した――ここでは、ある程度君のやりたいようにやらせ、その礼として、君はいくつかの厄介な事件の解決に一役買ってくれた――だが、我が物顔にここに入り、私の椅子に座り、私の机の上に足を乗せるのは許さん！」リードは拳で机をドンと叩いた。「私の椅子から降りろ――今すぐ！」

「ひどいな」ジェフリーは文句を垂れながら立ち上がった。「この部屋で唯一、座り心地のいい椅子なのに！」煙草を灰皿の上でもみ消した。「ご承知のとおり、あなたは部下を使って容疑者を拷問して自白を迫る――」

「ジェフ！」リードは腕を組み、青年をじろりとねめつけた。「今朝は、君の愉快な冗談を聞く気になれないよ」腕を解き、友人の顔の前で紙片を振った。「ほら、こいつを見ろ！　警視監からのメモだ。三十分後、私は一生分の戯言を聞かされるのだよ！」

主席警部は向き直り、椅子にどかりと腰を下ろした。それに反発するかのようにバネがギーギーと軋んだ。「ところで、いったい今までどこにいた？　別荘で過ごしていたわけではあるまい。パーカーの話によると、リヴィエラにいたそうだな」

「わかった――わかりました！」ジェフリーは相方のしかめ面に見て見ぬふりを決めこみ、針金で編んだ籠を机の端に押しやって机の角に腰かけた。「どうしてもお知りになりたいのなら申しましょう。僕はアンティーブに滞在していました。それはそうと、どうしてそんなにご機嫌斜めなのですか？」

「朝刊に目を通したか？」

ジェフリーは首を振った。「クロスワードパズルの箇所だけ。あなたを待っている間、パズルと格闘していました」

「クロスワードパズルだと？」リードの口調は重苦しく、軽蔑の念が滲んでいる。「へえ、若き教授殿、それならこれにも載ってるぞ。クロスワードパズルにご執心のようだが――果たして解けるかな！」机の上にきちんと積まれた新聞六紙に大きな手を打ち下ろした。「クラリオン紙の朝刊の社説も読んでないんだな？」

ジェフリーは不思議そうに友人を眺めた。主席警部とは長いつき合いだから、彼の怒りっぽいところには慣れっこだが、今の怒りようといったら尋常ではない。リードのブルドッグのような顔の皺は、夜も眠れないほど苦しんでいることを物語っている。もじゃもじゃした眉の間にある深い皺はできたばかりだ。ジェフリーは喉まで出かかった冗談めいた返事を飲みこみ、ただこう答えた。「ええ、主席警部、読んでいません」

　主席警部は新聞の山を乱暴な手つきで調べ、一紙を抜き出してぱらぱらめくった。新聞を折りたたんで椅子に背を預けた。「聞きたまえ。これぞ報道のお手本だ」と唸るように告げ、咳払いをした。

「『長らく』」彼は読みはじめた。「『スコットランドヤードは人気の犯罪小説家が創作したサリーおばさんのような存在だった。国民は、そのことを義母やイギリスの天気に絡む冗談と同様に寛容の精神で受け入れてきた。しかし、国民が笑いものにされ――たったひとりの人間がスコットランドヤードの能力を嘲弄し、恐怖と暴力を際限なくまき散らしている。笑止千万な〝保護〟や〝法と秩序〟のために多額の金――税金を使う組織における、いわゆる効率性について再考すべきときが来たのだ……』」主席警部は顔を上げ、友人を睨みつけた。「笑ってないな、ミスター・ブラックバーン」

「面白い部分にさしかかったら笑います」ジェフリーは静かに答えた。

「もうじきだ！」リードはこう告げ、頭をひっこめた。「まあ聞け。『この二か月の間に、梟という奇妙な名を持つ正体不明の人間が四件もの大胆な窃盗を働いた。私たちがこの犯罪者の存在を最初に知ったのは、インターナショナル・アンド・ユナイテッド・バンクの金庫が破られ、一万ポンド相当の証券が持ち去られたときである。警察が得た手がかりは、犯人によって残されたカードだけだったらしい。夜に飛ぶ！――という三つの単語が記された小さな白いカード。これは私たちにもすでにお馴染みだ。というのも、サー・チャールズ・モートレイク所蔵の有名なチェリーニの杯が彼の個人美術館から盗まれたときにも残されていたからだ。卒倒した管理人の体にピンでとめてあった……』」

　主席警部はまたぞろ言葉を切った。ブラックバーンは煙草に火をつけている最中だったから、無言のままうなずいて読むように促した。リードは新聞の端を握る手の指に力をこめて続けた。

「『大胆な窃盗がもたらした衝撃も冷めやらぬうちに、ロイヤルオペラハウスにおいて、ボックス席に座っていたデューン公爵夫人の首元からダイヤモンドが奪われ、新聞が大見出しで報じた。不敵な犯罪者の新たな所業――レディ・イヴリン・ハーネットの高価なネックレスの窃盗――は国民の心に鮮明に残っているため、詳述するまでもないだろう。なぜ恐怖の蔓延を許すのか。当然ながら、国民はその理由を説明するよう求めている。高給取りの無能な公務員たちが政治的思惑から目くらましを使い――』」大きな男はしだいに語気を強め、怒れる野獣さながらに唸ると、弾かれたように立ち上がり、新聞を部屋の向こう側まで放り投げた。

「新聞なんぞ、くそ食らえ！」彼は叫んだ。両手をポケットにつっこみ、太い首を前につき出して部屋の中を行きつ戻りつしはじめた。「神かけて、このありがたい記事を書いたハイエナのような奴を捕まえる！　そして私の〝無能〟ぶりを披露しよう！」大きな男は友人の反対側で立ち止まった。目がぎらりと光った。「おい――愚かな盗人が新聞の見出しを飾るようになってからというもの、私はろくに寝ていない。それに気づいたか？　私が何で命をつないでいると思う？　ブラックコーヒーだ。黒いものをひたすら飲んでいるのだよ！」と吐き捨てるように言った。

「煙草を吸ったらどうですか」ジェフリーは穏やかに勧めた。

リードは差し出された煙草入れを憤然と払いのけ、また行きつ戻りつした。「それに君！　私にとって頼みの綱である君は――どこにいた？　肌を小麦色に焼くためにさびれた南フランスの浜辺にいたのだ！」主席警部の目から炎のような激情が消え、角張った肩はがくりと落ちた。「なあ、どうやら私は仕事を続けるには歳をとりすぎたようだ。諮問委員会から退職を提案されたら、まさに渡りに船。提案に乗ろう！」

ブラックバーンは机から降り、リードに歩み寄った。彼は短く刈った灰色の口髭を苛立たしげに引っぱっている。「そんなに深刻な事態なんですか?」ブラックバーンは冷静に訊いた。「では、飛んできた甲斐がありましたね」

「飛んできただと！　いやはや――ヨーロッパ中に君宛ての電報を送ったんだぞ！」

「つい昨日、一通届きました」とジェフリー。「僕はただちに飛行機をチャーターして……」

リードは少し落ち着きを取り戻し、机に戻って腰を下ろした。「知らなかったのか、ジェフ？　どの新聞も、劇場のポスターも顔負けなほど派手に報じているのに！」

「新聞を遠ざけていたんです。疫病を避けるようにね」ジェフリーが明るく答えた。「数週間、新聞ともラジオとも無縁でしたよ！」文句をつけたばかりの椅子を机まで引っぱっていき、腰を下ろした。

「なにはともあれ僕はここにいますし、今はそれが大事です。夜に飛ぶ我らの友が最後に姿を現したのはいつですか?」

「五日前だ。明け方、リッチモンドにやってきた。で、不注意な上流婦人が所有する、およそ六千ポンドの真珠のネックレスを盗んだ」主席警部は抽斗(ひきだし)を開け、クリップでまとめた小さな紙の束を取り出した。「これに詳細が書いてある」彼は資料を押し出した。

ジェフリーはタイプライターで打った資料にざっと目を通した。その間、リードはジェフリーを眺めながら、机の上の箱を開けて煙草を取り出し、火をつけた。ジェフリーが目を上げた。

「気づいたのですが」と言った。「謎多き我らの友は礼儀正しいですね――現れる前に必ず予告状を送っています」

リードの口からつき出た煙草が危なっかしく傾いた。「そうやって我々をコケにしている！　まったくもって小癪な悪魔だ！」

ジェフリーは資料を脇に押しやり、机に肘をついた。「もちろん、あらゆる手を尽くしたのでしょう？」

「犯行現場をくまなく調べたさ」リードは断言した。「警察の精鋭十数人が暗黒街に潜入し、ロンドンの中心部で情報提供者を片っ端から当たった！　なのに空振りばかり！　梟殿は人目を欺いて飛ぶ」

「どこかに手がかりがあるはずでは……？」

主席警部は首を振った。「奴が残した予告状だけだ。奴が姿を消す方法はじつに摩訶不思議！　一度ならず何度も姿をくらますから、老若男女ともども恐慌をきたしつつあるのだよ！」

侮蔑するような物言いがかすかに憂いを含んでいたため、ブラックバーンはリードを鋭く見やった。

「いったいどういう意味ですか、主席警部？」と訊いた。

「大衆紙が言い出しっぺだ」リードは嫌悪を滲ませながらつぶやいた。ジェフリーと目を合わせず、燃えている煙草の先端を熱心に見つめている。「あの外道は超人――空中浮揚術を身につけた大犯罪者だそうだ。つまり、忌々しい鳥人だ！」煙草をくわえなおし、ぎりりと噛んだ。「むろん荒唐無稽な戯言(たわごと)だよ。超人だから痕跡を残さないなどとのたまっている。君と私と警察のお歴々だけの秘密だがね、この――この言説を国民は信じている。今では少なからぬ人が夜の外出を怖がる始末――辺鄙な田舎ではそれが顕著だ」

ジェフリーは黙っていた。大きな体を動かして姿勢を正し、腰を上げて窓辺にゆっくり歩いていった。外に目をやると、さわやかな朝の太陽の下、川面に揺れる無数の光の点がきらめいていた。小さな雲が浮かぶ空に王立空軍記念碑が聳えている。ふいに振り返り、落ち着き払った声で告げた。「さあ、主席警部、心の準備が整いました。白状すると、うずうずしてたのです！　ふたたび共に挑まん！　二人でイギリス中の木の枝に鳥もちを仕掛けましょう。その特別な枝に梟がとまったら」火のついた煙草を床に落とし、踏みつけた。「こんな風にひと思いにやっつけるのです！」

主席警部は立ち上がって友人の手を握りしめ、「君」と言った。「そうできれば、マーゲイトでひと月過ごすことより私のためになるよ！　馬面の老いぼれは半狂乱になって新聞を食いちぎるだろうが、もう知ったことか！　私はただ待ち、彼が息をついたら後ろに下がり、どんよりした目の間をまっすぐ見ながら言ってやろう――」

主席警部が警視監に何を言うつもりだったのか、ジェフリーは知らずじまいになった。折も折、扉をノックする音がしたからだ。扉が開き、マナーズが用心深くそろりそろりと戸口を通り抜けた。ブラックバーンはその様子を見ながら、飼育係が御しがたいライオンのすみかに入るときもこんな動きをするのだろうと思った。秘書は幾通かの手紙を携えている。机に近づくと、警戒するような目を主席警部に向けた。

「手紙です」秘書は告げ、針金で編んだ籠に入れた。「それから――ミスター・リード……」

「何だ？」

「あなたと面会したいという方が二人――若い男性と女性がお見えです」

リードは目も上げずに手紙を繰っている。「主席警部は忙しいとか――隔離されているとか言っておけ。適当に言い繕って、この部屋に入れるな」

マナーズはうなずき、扉の手前まで歩いていった。ジェフリーが口を開いた。「その人たちは何者だい？」

「若い女性は新聞記者だそうです――」秘書が話しはじめると、突如として大きな音が響き、残りの言葉をかき消した。金属製のインク壺が台から飛び上がるほど強く、リードが机を叩いたのだ。「ええい、忌々しい」彼は叫んだ。「指にインクをつけたスパイを執務室に入れるつもりなら、神に誓って私はおまえを監禁する。半年間、パンと水しか与えずにな！」大きな男は眉を寄せ、不運な部下を睨んだ。「いつまで、阿呆みたいにぼさっとつっ立っている！　そいつらを追い返せ――聞こえたか？」

「はい」マナーズは喉をごくりと鳴らし、扉に手を伸ばした。「言いそびれましたが、彼らは梟窃盗事件に関する情報を持っているそうです――」

「じゃあ、またあの事件を社説で取り上げたらどうだと伝えろ！」

秘書は肩をすくめた。「あなたがそうお望みなら。ただ、ミス・ブレアはひどく不安そうな様子でして――」

どこか滑稽なやりとりを眺めていたジェフリーの目つきが鋭くなった。「何という名前だい？」

マナーズが彼のほうを向いた。「若い女性はミス・ブレア――エリザベス・ブレアと名乗りました」

「ベティ・ブレア！」ジェフリーは顔を輝かせ、扉のほうに半歩進んだ。「ねえ主席警部――ミス・ブレアを覚えているでしょう？　ＢＢＣで起こった殺人事件を担当した新聞記者です。鍵のかかったスタジオについて貴重な示唆を与えてくれたことを、よもやお忘れではないでしょうね？」額にかかる一房の髪を無意識に払った。「覚えているはずです。だって、あなたは――」

リードがぶすっとして言葉を遮った。「ああ――そうとも――覚えている。だが、昔、力を貸してくれたという理由だけで、いつでも歓迎しなきゃならんのか！」

「マナーズが何と言ったか聞いたでしょう?」ジェフリーは言い募った。「一連の梟窃盗事件に関する情報を僕たちに教えるつもりなんです――」

「そいつはどうかな！　彼女の狙いは独占インタビューだ。低俗な新聞の一面で私を血祭りに上げようとしているのだよ――」

切羽詰まった若い声が扉のほうから聞こえた。「違う、違います、ミスター・リード！　どうか私を信じて――あなたは完全に誤解してらっしゃる！」三人の男が振り返ると、エリザベス・ブレアが部屋に入ってきた。

彼女は主席警部と向かい合うように立ち止まった。ほっそりした勝気そうな娘で、向こう見ずな行動をとったためか頬は上気し、茶色い目は異様に光っている。フルーツボウルを逆さにしたような形の珍妙な帽子が、艶やかな茶色の髪で覆われた頭にかろうじて乗っかっている。彼女は緊張した面持ちで組み合わせた両手を胸に押しつけた。主席警部は呆気にとられて見つめている。警部が黙っているので、彼女はまた口を開いた。

「ミスター・リード」声がかすかに震えている。「私に五分、時間をください――それだけでいい。話を聞いていただけるなら……」言葉が途切れた。主席警部は渋面を作って何かを指差した。

「お嬢さん」リードは悠揚迫らぬ調子で告げた。「あの扉の外側にひとつの言葉が掲げてある。その言葉とは――私室だ！　私室！　ただのお遊びで掲げてあるわけじゃないぞ！　おわかりかな?」

エリザベス・ブレアはうなずいた。「勝手に入ってはいけないことは承知しています。五分経ったら必ず出ていきます――」

「そして初版にインタビュー記事を載せようって魂胆だな?」リードは声を荒らげ、当惑して扉のそばに佇むマナーズに身振りで合図を送った。その様子を見たエリザベスはジェフリーのほうを振り向いた。

「ミスター・ブラックバーン」彼女は必死の形相で訴えた。「私を覚えていてくれたのね。主席警部にわかってもらえるよう助けて。インタビューをするつもりなんてないわ。もう新聞記者ではないから。私――私――」茶色い目をちょっと伏せた。「記者だと名乗ったのは――ここに入れてもらえると思ったからよ」エリザベスが一歩近づいたので、帽子のつばがジェフリーの顎に当たりそうになった。「梟――あの犯罪者。彼が次にいつ現れるか知っているわ。兄のエドワードに予告状が届いたの!」

エリザベスは言葉を切った。呼吸が荒く、胸が上下している。ジェフリーは頭を傾け、マナーズに退室するよう促し、椅子を引き寄せた。「おかけなさい、ミス・ブレア」

エリザベスはリードのほうを向いて許可を求めた。すると、この紳士はそっけなくうなずいた。

「べつに構わんがね」と唸るように告げた。「もしも、これが芝居なら――」

「そんなんじゃありません」ジェフリーが噛みつくように言い返した。「話を聞いていなかったのですか?」びくびくしながら椅子に浅く腰かけているエリザベスのほうを向き、「いったいどういうことなんだい?」と穏やかに訊いた。

エリザベス・ブレアは扉をちらりと見て、「友人が外で待っているのだけれど」と言った。「彼も同席できるかしら――」主席警部のふくれっ面に目を向けず、ジェフリーに告げた。「私の――私の婚約者――ロバート・アシュトンなの……」

ブラックバーンは大股で部屋を横切り、扉を勢いよく開けた。それと同時に、行きつ戻りつしていた筋骨たくましい金髪の青年がぱっと振り返った。精悍な面構えで、口をへの字に結んでいる。ジェフリーが彼を招き入れると、エリザベスがひどくきまり悪そうに紹介した。ジェフリーは片脚を上げてリードの机の角に跨るように座った。主席警部の仏頂面などお構いなしである。

「君の話を聞く準備が万端整ったよ、ミス・ブレア」ジェフリーは優しく告げた。「どんな厄介事が起きたんだい？」

エリザベス・ブレアは静かに話しはじめた。「エドワードのことをご存じかしら」彼女は口元を綻ばせた。「兄のことを褒めるのはひどく気が引けるけれど、テッドはとびきり優秀なの」

「十八歳のとき、兄は最先端の化学分野でランプリオン・メダルを授与され、留学奨学金をもらってウィーンに渡った。そしてカール・ウムベアザハト教授のもとで物理学を学んだ。テッドと私は二人きりで生きてきたわ。決して裕福ではなく、兄はただひたすら努力を重ねて功績を残したのよ」

ジェフリーはうなずいた。「兄上は、今はどうしているの？」と訊いた。

「ある重要な研究に取り組んでいるわ」エリザベスは答えた。

鉛筆をもてあそんでいた主席警部が顔を上げた。「どんな類いの研究だい？」と強い口調で訊いた。

「順を追ってお話ししたほうがよさそうですね」エリザベスは静かに言った。椅子に身を沈め、膝の上で両手を組んだ。「十八か月ほど前、エドワードはヨーロッパ大陸を離れました。戦争の影がヨーロッパ中を覆っていて、イギリスに戻ると、毒ガス攻撃に国を挙げて備えなければならないと考えだしました。それからずっと、防毒ガスの開発計画をあたためていました」額にかすかに皺が寄った。

「詳しいことはわかりませんが、兄は、防毒ガスが毒ガスに汚染された空気を浄化すると信じていました。ガスそのものに価値があるのはもちろんのこと、政府はそのガスのおかげでガスマスクの製造や毒ガスシェルターの建設に大金をつぎこまずに済むとも」

「しかし」ジェフリーが割って入った。「そういう化学物質の研究には巨額のお金が必要だろう?」

エリザベスはうなずいた。「ええ――そのとおり。私たちには先立つものがなく、エドワードは望みを叶えられそうになかった。ところが思いがけず、サー・アンソニー・アサートン゠ウェインから支援を受けることになりました」

鉛筆がリードの指からすり抜けて落ちた。リードはさっと居住まいを直した。「大規模な武器取引をしているあの男か?」と語気鋭く訊いた。

「そうです」エリザベスは答えた。「ここでロバートが話に登場します」彼女はアシュトンのほうを向いた。アシュトンは背を丸めて椅子に座り、ゆっくり相槌を打ちながら会話を聞いていた。「ロバートはサー・アンソニーに仕える身です」とつけ加えた。

ブラックバーンはいかつい青年に関心を移し、「そうなのかい」と訊いた。

アシュトンはうなずき、おもむろに低い声で話しだした。言葉を選んでいるようだった。「ベティが最初に言っておくべきでしたね。僕はサー・アンソニーの個人秘書です」と告げた。「お兄さんの研究のことをたまたま彼女から聞き、サー・アンソニーも興味をそそられるに違いないと思いました。サー・アンソニーはミスター・ブレアと面談し、寛大な条件の下に、屋敷――ルークウッド・タワーズの小さな離れを提供しました。ミスター・ブレアは離れに籠って研究を進めています。彼が成功したら、サー・アンソニーは双方が合意した金額で化学物質を独占できます」

ジェフリーはエリザベスに向き直った。「兄上は研究で成果を上げたのかい?」

「どうかしら――はいともいいえとも言えるわ」

話を注意深く聞いていたリードが鼻を鳴らした。「何だって――はいともいいえとも言えるだと？　成功か失敗かのどちらかしかないだろう！」

「そうとも限りません、警部」エリザベス・ブレアは短気な男をじっと見つめた。声がうわずっている。「ひと月ほど前」と続けた。「信じられないことが起こりました。エドワードは研究ノートをどこかに置き忘れ、それをサー・アンソニーに打ち明けられず、やぶれかぶれな気持ちで研究を続けました。そんなある夜、兄は私に会いにきました。気も狂わんばかりに喜んでいて、胸の高鳴りを抑えきれないようでした。しばらくすると、ようやくまともに話せるようになりました。兄によると、防毒ガス研究があらぬ方向に進んだそうです。そして、別のもの――類のない革命的な化学物質を発明するという、とびきりの幸運に恵まれました！」

エリザベスは息をつき、顔を輝かせながら回想した。リードとブラックバーンは彼女を見つめている。アシュトンが二人に口を開く隙を与えずに、ぶっきらぼうに言った。「続けろ、ベティ――話してしまえ！」

エリザベスは膝の上に乗せた手の震えを止めた。「兄が発明したのは」おもむろに話しはじめた。「ガソリンの代わりになる完全無欠の物質です。ガソリンと同じ特徴を持っていて、価格はガソリンの価格の二十分の一です！」

ジェフリーは本当なら驚きだとでも言うように長々と口笛を吹いた。主席警部は机の上に身を乗り出し、エリザベスを見つめている。ブラックバーンが沈黙を破った。

「その化学物質はもう出来上がっているのかな――それとも、まだ研究中かい？」

「実用段階に入っているわ」エリザベスは断言した。「ありとあらゆる試験が完了した。エドワードが第四ガソリンと呼ぶその物質は、一般的なガソリンの三倍の威力を持っているのよ！」

　ジェフリーは煙草入れを手探りで探し当て、それを開けて煙草を取り出した。「兄上は」彼は冷静に告げた。「自分の発明の重大さを認識しているのかな？　その発明によって産業界は大混乱に陥るだろう」彼はマッチを擦った。小さな炎を見下ろす目は憂いを帯びている。「侵略を企てる国の手に渡ったら、どうなってしまうのか」

　アシュトンが乾いた口調で割って入った。「サー・アンソニーはそのことを案じて夜も眠れません！」

「しかし、彼は独占できるはずだが？」ジェフリーは鋭く訊いた。「そういう取り決めなんだろう？」

「それで困っているのよ」エリザベスが慎重に答えた。「ミスター・ブラックバーン、兄の主張によると、サー・アンソニーとの取り決めでは、防毒ガスを作ることになっている。だから、准男爵には偶然の産物である第四ガソリンを独占する権利はないと兄は考えているのよ」

「それは」アシュトンが言った。「それは些事に過ぎません」たくましい体を伸ばし、コートの前をかき寄せた。「じつは、梟と自称する犯罪者は、ミスター・ブレアが大発明をしたことをどういうわけか知っています」

「梟！」リードはびっくり箱から人形が飛び出すようにぴょんと立ち上がり、そのせいで机の上に煙草の灰が飛び散った。「なぜ、それがわかった？」

　アシュトンは肩をすくめた。「ブレアは他の郵便物と一緒に梟の予告状を受け取っています」とそっけなく言った。「これまでに四通。内容はどれも同じです。第四ガソリンを期限までに渡さないなら、ブレアは殺されます」

リードは煙草を噛み、エリザベスに向き直った。「その小さなバースデーカードについて、兄上は何と言っている？」

エリザベスは返答をためらい、指にはめた婚約指輪を不安げにくるくる回している。アシュトンが彼女に代わって答えた。

「困ったことに」アシュトンは険しい顔をしている。「ブレアはその件をあまり深刻に受け止めていません。梟は大衆紙がでっちあげた架空の人物——販売部数を伸ばすためのまやかしだと言い放ったのです」

アシュトンの唇がわずかに歪み、声に非難めいた響きがあったので、エリザベスは慌てて口を開いた。

「テッドがそう思うのも無理はないのです。研究室に缶詰めになっていますから。ロバートはテッドが現実を見ようとしないから苛立っているんです」

主席警部が立ち上がり、吸いかけの煙草を灰皿に押しつけた。「ミスター・アシュトンの話によると、兄上は予告状を受け取った……」エリザベスがうなずいた。「それに期限は書いてあったのか？」

「はい。今月の二十三日です」

ジェフリーは机の上にある新聞を掴み取り、日付欄を見た。「二十三日」彼はつぶやいた。「明後日か」

「その日の夜の十一時です」アシュトンがつけ加えた。ふたたびブラックバーンは声にかすかな敵意を感じた。

ジェフリーは身を乗り出し、主席警部の耳元で何やらささやいた。リードはしばし考え深げに灰色の口髭をいじり、やがてうなずいた。エリザベスは不安そうな眼差しを向けている。

「よし」リードはエリザベスに告げた。「我々は全力で君たちを守る。明朝、警官隊を派遣する。場所はルークウッド・タワーズだな？」

アシュトンがポケットから小さな革ケースを取り出した。それからカードを一枚抜いて立ち上がり、大きな男に渡した。「住所はこれに載っています」と告げ、エリザベスにうなずいて見せた。彼女は華奢な手に手袋をはめると、リードが立っているところまで歩を進め、手を差し出した。ジェフリーは、友人がその手を照れくさそうにぎこちなく握るのを内心面白がりながら見届けると、くるりと向きを変えて扉を開いた。

「もう心配は無用だぞ、ミス・ブレア」リードはぶっきらぼうだが温かみのある口調で言った。「今度こそ、梟の翼をへし折ってやる」

エリザベスは微笑しながらお礼を告げ、婚約者の腕に自分の腕を絡ませて部屋を後にした。ジェフリーは二人を送り出して扉を閉めた。振り返ると、リードは机の傍らに立ったままだった。リードはアシュトンからもらったカードを指に挟んでひっくり返し、「さて」と訊いた。「ご感想は？」

「ひとつ確かなのは」ジェフリーは落ち着き払っている。「彼女が怯えているということです。屈強な婚約者のほうも胸中穏やかではないようです！　それから――二人とも何かを隠していて――それを明かす勇気がないようだ」

「君もそう思ったのか？」リードは訝しげだ。

「果たして何を隠しているのだろう？」

「それを」とジェフリー。「つき止めましょう。ルークウッド・タワーズがあらゆる近代的設備を備えていればいいのですが。快適に過ごしたいですから」窓に歩み寄り、揺れる木々の梢を見つめ、「なぜ」とおもむろに訊いた。「ミスター・アシュトンは婚約者の兄を嫌っているのでしょう?」

「私が不思議なのは」主席警部は言葉を返した。「なぜ、アサートン゠ウェインのような男が関わっているのかということだ――」

「危ない!」ジェフリーが叫び、ぱっと身をかがめた。

突如、窓ガラスがガシャンと割れた。重い物体が絨毯の上に落ち、数インチ転がって止まった。相方からの警告を聞いて机の後ろに隠れていた主席警部がそろそろと立ち上がった。扉が開き、マナーズが大慌てで部屋に飛びこんできた。

「何――何事ですか?」彼はつっかえながら訊いた。

リードはマナーズを無視し、窓にぽっかり開いた穴を睨んだ。いかめしい顔がしだいに鈍い赤色に染まっていく。「あの偉大なるいんちき野郎の仕業だ!」彼は喘ぎ、怒りのあまり声を詰まらせた。机の端を摑んで喉をゴクリと鳴らし、太い首を左右に振った。ゆっくり頭をめぐらすと、ジェフリーが床から拾い上げたしわくちゃの紙片を凝視していた。それに包まれていた石は、暗色の絨毯の上で白い光沢を放っている。

「何事ですか?」マナーズが繰り返した。

ジェフリーは手で紙片を伸ばした。それにさっと目を走らせ、くつくつと笑い、「小癪な悪魔とは」とつぶやいた。「主席警部、言い得て妙ですね」彼は紙片を差し出した。「ほら――これは我々に対する警告です!」

主席警部はジェフリーの手から紙片をひったくった。白い紙片にインクで記された文句を読むや、目が飛び出んばかりに見開かれた。

関わるな。我が最初にして最後の警告！

署名も残されていた。　**梟**

ジェフリー・ブラックバーンは小型車のブレーキペダルを踏んだ。車はタイヤが少し滑ってから止まった。

「あれがルークウッド・タワーズでしょう」ジェフリーは手袋をはめた手で示した。隣に座っている主席警部は身を乗り出した。

ピューリー丘陵を下り、緩やかに起伏する青々とした牧草地に入った。白い道が縦横に伸びている。晴れ渡る朝の空の下に広がる田園は緑豊かで美しい。傾斜する土手に挟まれたウェイ川はきらめき、曲がりながら流れている。まるで蛇がのろのろと這っているかのようだ。ちらりと姿を現したサイレントプール湖は朝日に照らされ、赤子の瞳のように澄んでいる。

ルークウッド・タワーズは丘の麓に佇んでいる。高台から見下ろすと、緑深い谷間に寄り添っているように見える。いくつかの離れが鬱蒼とした林に隠れるように点在し、枝葉が窓に触れんばかりに迫っている。石柱門から曲がりくねった車道が続き、白っぽい車道に沿って歩哨よろしく木々が立ち並ぶ。灰色の母屋は石造りで、太い円柱と大きなアーチが連なり、古色蒼然とした趣と荘厳さが遠目にも伝わってくる。母屋の両側に聳える八角形の塔は屋根よりも高く、ところどころに小窓がある。

塔と塔の中間に位置する、高くて円蓋を頂く部分に装飾のない時計が埋めこまれている。ジャコビアン時代、ハノーヴァー朝時代、エドワード朝時代の建築様式が混在する一風変わった母屋は蔦に優しく包まれ、繁茂する蔦の合間から窓が遠慮がちに覗いている。

「爆弾があの屋敷を建てた」ジェフリーは言った。アクセルを踏み、車は加速した。

「えっ？」

ジェフリーはにやりとした。「もちろん、文字どおりの意味ではありません。ルークウッド・タワーズはサー・アンソニーが所有者になるはるか前に建てられました。彼は、爆弾が生んだ汚れた金ですてきな古い屋敷を買った。サー・アンソニーが所有者になってから、まだ二十年しか経っていないということをご存じですか？」

主席警部は唸った。「知らん！　誰から聞いた？」

「ケン・ブレザートンです。昨日の夜、一緒に夕食をとりました」ジェフリーは目の上に手をかざし、道に反射する光を遮った。「これはひとりの成りあがり者の物語です、主席警部。現在のタワーズの所有者は、戦前まではただのミスター・ウェインでした。政治的野心に燃える、しがない株式仲買人です。一九〇六年、ウェインはルーシー・アサートンと結婚します。アメリカの鋼鉄王である老コーネリアス・アサートンの娘です。で、戦争がはじまると、我らの友は武器を売り買いする商売に乗り出し、妻の財産と義父の商才が一役買いました。数年後、妻は亡くなりますが、夫は妻の財産と名字とハイフンを手放さなかった」ジェフリーはくすっと笑い、ハンドルを回した。「彼を責めるのはお門違いというものですよ、主席警部。それにしても、アンソニー・アサートン＝ウェインとは！　なんとも語呂がいい！」

「称号を手に入れたのはいつだい？」

「一九二〇年頃です」ブラックバーンは答えた。「その頃、サー・ジョン・ルークウッドが亡くなりました。ちなみに、テューダー朝時代に彼の先祖がタワーズを建てています。ルークウッド家は戦争によってほとんどすべてを失いました。残ったのは由緒ある名前くらい。そして相続税にとどめを刺されたのです。噂によると、サー・アンソニーはタワーズを二束三文で買っています」ジェフリーは運転席の背にもたれた。「これはひとつの教訓ですよ、主席警部。銃は小冠に勝り、毒ガスはノルマン人の血に勝る」

リードは唸り声を漏らし、それっきり黙ってしまった。二十分後、ジェフリーが運転するクリーム色の小型車はタワーズの石柱門を通り抜け、曲がりくねった車道を進んだ。朝のそよ風に木々がさやさやと鳴っている。遠くで犬が吠えた。寂しく絶望したような声だ。母屋に近づくにつれて木々はまばらになり、やがて刈り揃えられた芝生が現れた。芝生は観賞用の低木や花壇で彩られている。ブラックバーンは正面玄関に続く短い階段の前で車を停めた。

エリザベス・ブレアが二人を待っていた。華奢な体に仕立てのいいツイードの服をまとっている。帽子をかぶっておらず、二人を出迎えようと階段を駆け下りたとき、髪が陽光を弾いて黄金色に輝いた。彼女は笑顔で挨拶した。

「ああ、よかった」エリザベスは嬉しそうだ。「昨日、執務室を出た後、ふと嫌な考えが浮かんだの。体よく厄介払いされたという考えが――」

「ミス・ブレア！」ジェフリーの声には咎めるような響きがあった。

「その、確信したわけではないけれど」とエリザベス。「ロバートのせいで疑心暗鬼が募ってしまって。彼はあなたたちが来ないと決めこんでいたわ！」

主席警部は眉を吊り上げてエリザベスを見た。「君の婚約者は、なぜ来ないと思ったんだい？」唸るように訊いた。

「あの、ロバートはおかしなことばかり考えるんです」エリザベスはこの話題を終わらせたいようだった。くるりと向きを変えると、階段を上るよう二人を促した。「車は停めたままで結構です。アダムズが車を移動させてから、荷物を中に運びます」彼らは鉄製の飾りが施された立派な扉の前で止まった。エリザベスが扉を開け、広い玄関ホールに入った。外では太陽が照っていたから、ホールがことのほか暗く感じられた。ジェフリーが目を凝らすと、中の様子がぼんやり見えた。高いところに設けられた四つの窓から光が差しこんでいて、そのわずかな光のおかげで、奥に曲線を描く広い階段があるのがわかる。ジェフリーは曲線に沿って視線を移した。欄干に縁取られた回廊が四角いホールをぐるりと囲んでおり、さらに目を凝らすと、驚くほどたくさんの扉が四方を向いて並んでいるのが見えた。

「ここにいてください」エリザベスが言った。「サー・アンソニーを呼んできます。お待ちかねですよ」彼女はひとつの扉のほうへ向かっていった。

扉がエリザベスの背後で閉まると、ジェフリーは主席警部に向き直った。「さて、警部――この屋敷をどう思いますか？」

リードは短い口髭を撫で、「象の尻のようだな」と言った。「でかいばかりで、他にこれといった印象はない！」

「まったくもう！　あなたは歴史あるものに興味がないのですか？」ジェフリーはおぼろげに見える

四方の壁に手を振り向けた。「おそらくイニゴー・ジョーンズとクリストファー・レンが屋敷の建築に携わっていますが、それをご存じですか？　言い伝えによると、プレイデル家の人々が修道院の廃墟跡に屋敷を建てました。修道院はイギリスでペストが大流行したときに放棄されたのです！　歴史ある場所に僕たちは滞在する。ねえ警部——これ以上何を望むのですか？」

リードは迷わず答えた。「お湯と冷たい水と暖房器具だ！」噛みつかんばかりの口調だ。「私は快適であることを望む老人だ。君だってそれを望んでいるくせに！」警部はくっくっと喉の奥を鳴らした。「隙間風の入る、床が石張りの寝室で一晩過ごしたら——君は湯たんぽを手に入れるために、世界中の歴史あるものすべてをなげうつだろう！」

「こんちきしょう！」ジェフリーは品位に欠ける言葉を吐いた。ポケットに手をつっこみ、うろうろ歩き回った。足音が石張りの床にかすかに反響する。静寂の中でとめどなく聞こえるかすかな足音がジェフリーを苛立たせた。彼は足を止め、煙草に火をつけた。薄暗い室内のどこかで扉が開き、とっさに振り返ると、パタンと閉まった。ジェフリーはリードに一瞥を投げた。薄暗がりに浮かぶ大きな男の顔は灰色がかっていて、ぼんやりとしか見えない。体をこわばらせているようなので、おそらく険しい顔をして警戒しているのだろう。

ジェフリーは音のしたほうに頭を傾けた。「誰だかわかりませんが、奇妙だと思いませんか？」と訊いた。

「屋敷全体が奇妙だ」警部は低い声で答えた。「みんな、どこにいるんだ？　アサートン＝ウェインがこしらえた爆弾をここに落としてやる——そうすりゃ誰かが目を覚ますだろう！」ジェフリーに近づき、腕時計をちらりと見た。薄闇の中で卵形の文字盤が発光している。「おい、あの娘がいなくなってから十分近く経っているぞ」

ジェフリーは口を開いた。けれども言いかけた言葉を飲みこんだ。別の扉が開き、柔らかで品のある大きな声が響いた。それに続いてカチッという音が鳴り、ホールがぱっと明るくなった。白髪交じりのすらりとした男性が、エリザベス・ブレアを連れてホールの反対側に現れた。完全に不意をつかれる形になり、ジェフリーはぽかんとしている。

エリザベスが穏やかに告げた。「サー・アンソニー、こちらはジェフリー・ブラックバーンです……こちらはスコットランドヤードのリード警部です」

三人の男は握手を交わした。ジェフリーは蚊の鳴くような声で礼儀正しく挨拶しながら、平常心を取り戻そうとした。

ケン・ブレザートンから得た情報をもとに描いたルークウッド・タワーズの主の人物像は――頑丈な体つきをした息の荒い赤ら顔の男。一方、目の前に立つ男の顔は、彼の工場で作る弾丸のように滑らかで艶がある。サー・アンソニーは中背だ――だから、リードと目を合わせるために顔を上げた。手は細く、女性のように繊細な顔は青白く、短く刈られたシルバーグレーの髪のせいで余計に青ざめて見える。目元の皺が疲れを感じさせ、唇は薄い。しかし、話しぶりは朗らかだった。

准男爵はこう告げた。「お待たせしてしまい、申し訳ありません」態度と同様に言葉遣いも丁寧で上品だ。「ブレア君の離れにいたものですから。正直に申しますと、こんなに早くお見えになるとは思っていませんでした」

リードはうなずいた。「青年に予告状が送られてきた件をどうお思いですか？」

サー・アンソニーはほっそりした肩をすくめた。「ただの悪戯ならどんなにいいか。例の犯罪者の仕業となると、ひとつの疑問が生まれます——第四ガソリンが存在することをなぜ知り得たのか?」

「この手の話は広まりやすい」警部はぼそぼそと言った。「ブレア君と話をしたい」

サー・アンソニーがうなずき、「ちょうどいいときにいらっしゃいましたよ」と言った。「今朝、エドワードは研究室で第四ガソリンの実演を行うための準備を終えました。お二人が到着されたとき、彼とそのことについて話し合っていました。実演をご覧になりますか……?」

「喜んで」ジェフリーがぽつりと答え、リードがうなずいた。准男爵はエリザベスのほうを向いた。何かを言おうとしたら、彼女は首を振った。

「私は遠慮します。差し支えなければ」と言った。「すでに実演に立ち会っていますし、テッドは研究室が人でいっぱいになるのを嫌います。それにテッドのパーティーの準備が済んでいません。明日の夜まであまり時間がないというのに、やることが山積みです。これで失礼いたします……」エリザベスは二人の客に向かってにっこり微笑み、去っていった。

サー・アンソニーは二人に向き直った。

「こちらです」彼は穏やかに告げ、二人の先に立ってホールを横切り、廊下に入った。縦長のステンドグラスが間隔を置いて並び、それらから差しこむ光のあたたかみのある色が、廊下を進む彼らの足元を彩っている。三人の男はいくつもの扉を通り過ぎ、廊下の端に行き着いた。鉄の扉に守られた出入口がある。サー・アンソニーが閂(かんぬき)を外しだすと、ジェフリーが訊いた。

「ミスター・ブレアは明日の夜にパーティーを開くのですか?」

案内役は扉を開き、そこから出るよう身振りで示した。「ちょっとした気軽な集まりです」と答えた。「エドワードの誕生日を祝います。学友たちがロンドンからやってくるという話です」

一行は母屋を後にし、戸外を進んだ。リードは重い足取りで砂利をザクザクと踏み鳴らしている。「梟が明日の夜に現れるのでしょう?」と尋ねた。

先頭に立つサー・アンソニーは振り返らず、笑いを含んだ声で答えた。「だからといって、エドワードは楽しい会を中止するつもりなどないのですよ」と言うと、真面目な口調になった。「それに、梟が卑劣な真似をするつもりなら、エドワードはひとりでぶらぶらしているより、離れで大勢に囲まれて過ごすほうがはるかに安全です」

「それは」ジェフリーが言った。「人しだいですね」

「そして、離れしだいだな」リードがつけ加えた。

母屋からだいぶ離れ、鬱蒼と茂る林の中を歩いた。足元で枯れ葉がカサカサ鳴り、折り重なる枝の合間から見える空はとても高い。緑色の木々は海のように波打ちながらさざめき、時折静かになり、またさざめく。准男爵は猫を思わせる優雅な動きで苔むした木々の合間を縫うように進んでいく。明るい陽光が降り注ぐ場所に出ると立ち止まり、前方を指し示した。

「離れです。お二人のご判断にお任せします」

離れはかつて小さな教会だった。崩れかかった厚い壁は新しいコンクリートの支えで補強されている。細い尖頭窓とアーチ形の入口が祈りの場の唯一の名残だ。増改築部分は主要部分と同様に青々とした蔦に半ば覆われている。離れのまわりにはイボタノキの低い生垣がめぐらされている。サー・アンソニーは刈り揃えられた生垣の切れ目を通り抜けて玄関に進み、扉を叩いた。

開いた窓から声が小さく聞こえていたが、ノックすると声が止んだ。彼らは待った。リードは体重を一方の足からもう一方の足へと移した。ジェフリーは煙草に火をつけた。聞こえるのは風に吹かれる蔦の葉擦れの音だけだ。アサートン＝ウェインはもどかしげに端正な顔をしかめた。手を上げて再度扉を叩こうとしたら、いきなり扉が開いた。現れたのはロバート・アシュトンだった。秘書は三人を見て目をぱちくりさせた。それから警部に視線を据えた。

「本当にいらっしゃったのですか？」

「あたりまえだろう！」サー・アンソニーはリードが口を開くより早く言った。声に苛立ちが滲み出ている。「君がここにいるとは夢にも思わなかったよ、アシュトン。ブレアはいるか？」

アシュトンはうなずいた。無下に扱われて腹が立ったが、それをおくびにも出さず、冷静に答えた。

「はい、サー・アンソニー。エドワードと話をしていたところです。客間にいます」

准男爵はそっけなくうなずいた。隆とした細身の准男爵を注意深く見ていたジェフリーは、彼が玄関先で待たされたことだけでなく、もっと重大な何かに心を乱されているのではないかと思ったが、口には出さなかった。アサートン＝ウェインは中に入るようジェフリーを促した。狭い玄関ホールを少し進んだところで、その先にある部屋から甲高い声が聞こえた。「誰だ？」

サー・アンソニーの後に続きながら、アシュトンが穏やかに言った。「心配ないよ、エドワード。もう出てきても大丈夫だ」

アシュトンがそう答えている間に、一同は四つの窓がある広くて明るい部屋に入った。一番手前の窓のそばに、二十代半ばの青年がウイスキーグラス片手に立っている。准男爵は部屋に入るなり足を止め、「ブレア」と言った。「こちらの二人の紳士を紹介しよう。スコットランドヤードからおいでになったんだよ」

エドワード・ブレアはグラスを置くと、分厚い眼鏡を外し、神経質そうな手つきでさっと拭いてからかけ直した。それから、新来の客と弱々しくおざなりな握手をしながら挨拶を交わした。アシュトンが椅子に座るようみんなに合図したが、ブラックバーンはブレアの特異な容貌に目を奪われていた。分厚い眼鏡の上にある広く秀でた額は並外れた知性をうかがわせる。けれど、哀れにも立派な額は、すぼんだ顔の形や貧相で不機嫌そうな口元、ひっこんだ顎を際立たせている。顔は均整がとれていない。ジェフリーはブレアの震える手から、食器棚の上に乗っている、ほとんど空になったウイスキーのデキャンタへ視線を移ろわせた。ブレアの顔からも手からも道徳的勇気に欠けていることが分かる。

一同は腰を下ろし、しばらく気まずい沈黙が続いた。沈黙を破ったのは主席警部だった。彼は寝椅子の端に大きな体を落ち着けている。

「さて」と切り出した。「サー・アンソニーから聞いたところでは、君はのっぴきならない羽目に陥ってしまったようだな。一袋分のガラガラヘビならまだしも――今や梟殿に狙われている」

ブレアは肩をすくめた。「そんな人物が存在すればの話ですよ、警部」

「しかし、予告状が――」とアサートン=ウェインが言いかけたところで、ブレアがアシュトンのほうを振り向いた。アシュトンは腰を下ろし、みんなを眺めている。

「おい、ロバート」ブレアは言った。「告白するいい機会だぞ。おまえが悪戯のつもりで僕に予告状を送ったんだろう?」

アシュトンがうんざりしたような素振りを見せた。「これまでさんざん言っているだろう――違う。仮に僕がそんなことをするほど愚かだとしても、こちらの紳士方をわざわざ連れてくるような真似はしない」

リードは寝椅子を軋ませながら身を乗り出した。「梟は確かに存在する」彼は語気を強めた。「我らの友が夜に飛ぶかどうかは別として、君にとっても厄介者だ。私たちは大人だから、妖精が存在するとは誰も思っていないだろうが。君が発明したものが市場に出たら、ある程度の数の人が大金――たくさんの銀行預金を失うだろう！」太くて短い指を青年に向かって振った。「そうなるとだな、坊や。第四ガソリンが市場に出るのを歓迎する連中が大勢現れる一方で、あらゆる手を使って阻止しようとする手ごわい輩もわんさか出てくるぞ！」

ブレアは食器棚に歩み寄って酒をグラスに注ぎ、それを手にして振り返った。小さな口の端に嘲笑に近い笑みが浮かんでいる。

「リード警部、あなたはおっしゃったばかりだ。僕たちは大人だから、妖精が存在するとは誰も思っていないと。それなのに、鳥のように空中を飛び、梟のように鳴き、超人的な能力を持つ犯罪者の存在を信じるのですか」グラスの中身を飲み干し、食器棚の上に置いた。「その類いのものを信じていたのは十歳の誕生日までですよ」

リードは唇を引き結んだ。「しかし、私たちは確信している――」

「強く確信しているから、警官を大勢引き連れてきて、僕の日課の遂行を妨害し、仕事の段取りを狂わせた！　上等だ。勝手にすればいい。でも、僕はいっさい協力しません！　時間とお金を馬鹿馬鹿しいほど無駄にしますから！」

アサートン＝ウェインが立ち上がり、「いやはや、ブレア」と厳しい口調で言った。「君のように無礼で強情な若者はまったくもって珍しい。君だって自覚しているはずだ――」

「この押し問答に無駄な時間を費やしていることを」ブレアは鋭く言葉を遮り、スーツの上に羽織った作業衣の紐を落ち着かない手つきで締め直した。作業衣は化学物質で汚れている。「スコットランドヤードの紳士方は第四ガソリンの実演を見学なさりたいのでは？」

准男爵が冷ややかに言った。「君さえよければ」

「拒む理由などないでしょう？　数か月以内に世界中で使われるようになりますよ」青年は部屋を横切って奥にある扉を開き、「ここが研究室です」と告げた。

彼の後に続こうと三人の男が腰を上げた。部屋を半分ほど横切ったところでアシュトンが立ち止まり、腕時計に視線を落とした。「僕は遠慮しておきます」ぼそぼそと告げた。「もう第四ガソリンの威力を確認しましたから。これで失礼します」一同に会釈し、玄関ホールのほうへ戻っていった。

ブレアが後ろに下がって中に入るよう促し、リード、ジェフリー――彼は異様なくらい押し黙っている――アサートン＝ウェインのすぐ後に続いた。若き化学者が扉を閉めると、ジェフリーは部屋を見回した。

研究室は小さいが明るく、ぴかぴかに磨き上げられている。壁の一面を占める大きな本棚に本がぎっしり詰まり、棚から溢れた本は床に積み上がっている。窓の下に置かれた長椅子は部屋の端から端まで伸びている――その上に試験管立てやさまざまな色の液体が入った瓶、ガラス製の大きな蒸留器が並んでいる。蒸留器の下にブンゼンバーナーが据えてあるが、火はついていない。ジェフリーは床の中央付近に置かれた剝き出しのガソリンエンジンに目を惹かれた。コンクリート製の土台に固定されている。

ブレアはジェフリーが興味を抱いていることに気づき、「実演用の機械です」と説明した。「一般的な六気筒自動車エンジンで、昨今道路を走っている多くの車のエンジンと同等です」

ブレアの先ほどまでの不遜さが消えた。得意満面で、興奮により声が震え、青白かった頰が紅潮している。彼はポケットから鍵束を取り出して一本選び出すと、ベンチに半ば隠れている小さな鉄製の金庫に歩み寄った。彼はすぐに木箱を持って戻ってきた。木箱の蓋をスライドさせて開けると、栓をした試験管が現れた。脱脂綿の上に大事そうに寝かせてある。若き化学者はサー・アンソニーに木箱を手渡し、試験管を恭しく取り出して明かりにかざし、「第四ガソリンです」と告げた。

まわりに集まった三人の男は、試験管をほぼ満たしている無色の液体に見入った。挨拶を交わした後、ずっと黙っていたジェフリーが口を開いた。「これはいったいどんな物質なんだい？」

ブレアは試験管を脱脂綿の上に戻した。「当然ながら、僕は詳しく説明できるほど暇じゃありません」またぞろ、少々横柄な物言いをした。「かいつまんでお話しします。多分もうご存じでしょうが、ロシアやアメリカには、廃木材やセルロース系物質からアルコール燃料――内燃機関用燃料の元になるものを作る工場が存在します。でも、原料を分解するのに莫大な費用がかかるので、今のところ、価格面で一般的なガソリンに太刀打ちできません。だから世の化学者はこぞって、速く安く分解するのに役立つ培養可能な微生物を発見しようと躍起になっています」

ジェフリーはうなずいた。

分厚い眼鏡の奥でブレアの黒い目が輝いている。

「まったくの偶然から」ブレアは続けた。「僕はその微生物の完璧な代替物を発見した！　化学者たちが探し求めていたものを図らずも見つけてしまったのです！」

アサートン＝ウェインが片方の手でもう片方の手を撫でた。「このことが秘める可能性にお気づきですか？　ブレアはデンプンや糖分を含むものからガソリンを得る方法を見つけたのです。イチジク、ジャガイモ、ビーツ、アーティチョーク、トウモロコシ、ウチワサボテン、それに庭に生える普通の雑草から得る方法を！」

「まさに驚天動地！」警部が叫び、その後、室内がしんとなった。木の間を渡る風の音だけが聞こえる。

「第四ガソリンは僕だけのものです」ブレアが穏やかに言った。内なる炎が異様に燃え上がり、いびつな形をした奇妙な顔が真っ赤になっている。彼は神の言葉を伝える預言者であるかのように告げた。「いずれ僕はニュートンやパスツール、エジソンと並び称されるかもしれない――」言葉を切って肩越しに後ろを見やり、甲走った声を上げた。「そこに誰かいるのか？」

リードは青年をじっと見つめ、「何事だ？」と唸るように訊いた。

「誰かが扉を――軽くノックしたようだ」一同はしばらく待った。しーっという声だけが静かな研究室に響いた。ブレアは肩をすくめ、「これじゃあ、まるで老女だな」と苛立たしげにつぶやいた。「老女がお化けや悪霊の話に花を咲かせるのと変わらない！」ベンチからティースプーンを取り上げて脱脂綿で拭き、木箱から試験管をそっと取り出した。「実演を終わらせましょう」彼はエンジンのほうへみんなを導いた。

ブレアは歯で試験管からコルク栓を抜き、第四ガソリンをティースプーンに数滴垂らした。アサートン＝ウェインに貴重な試験管を手渡すと、前かがみになり、キャブレターの中に慎重に液体を注ぎ入れた。それから体をまっすぐにして、エンジンから数フィート離れたところに設置された黒色のボタンを指差した。

「スターターです」ブレアは短く告げ、リードに向かってうなずいた。「足で踏んでください」

警部は言われたとおりにした。ブーンという乾いた音とパチパチという小さな音がエンジンから聞こえ、しばらくするとエンジンが低く唸りだした。動いている部分から一筋の緑色の煙が立ち上り、ひっそりした空気中でゆらゆらと揺れた。エドワード・ブレアは手を大きく広げた。

「ご覧ください」

リードはエンジンを近くから凝視した。「この数滴でどれくらい走れるのかな?」

若き化学者は顎を撫でた。「僕の計算によると、十四馬力エンジンを搭載した車なら十二マイルから十五マイル走行できます」と答えた。

彼の主張に誰も異を唱えなかった。誠実な話しぶりから事実だと思われた。警部は満足そうにうなずき、エンジンに背を向けた。

「ふむ」と短い言葉で返した。「結構」警部はブラックバーンに視線を投げた。「君のご感想は？」

「すばらしい——そして危険だ」ジェフリーは静かに答えた。彼は低く唸るエンジンを見つめている。ブレアはポケットから取り出した小さなメモ帳とペンを手にして何やら計算している。アサートン=ウェインは軽く咳払いをし、二人が彼を見やると、戸口のほうに顎をしゃくった。三人の男が明るい部屋を横切った。准男爵は扉を開きながら振り返り、ブレアに声をかけようとした。すると、不意に警部が鋭い叫び声を上げた。

「こいつは何だ?」

三つの頭がくるりと向きを変え、三対の目が釘付けになった警部の視線をたどった。扉中央部の鏡板に柄の短いナイフがつき刺さっていた。ナイフの刃で扉に紙片が留めてある。

「さてはて」警部がささやくように言った。アサートン=ウェインの顔色が冷たい灰色に変わり、深く息を吸うと、敏感な鼻孔がぴくぴく動いた。最初に行動を起こしたのはブラックバーンだった。ポケットからハンカチを引っぱり出して前へ進み、ナイフの柄をハンカチで包んでぐいと引いた。刃は簡単に抜け、紙片がひらひらと床に舞い落ちた。

リード警部がかがんで紙片を拾おうとすると、アサートン＝ウェインが、まるでばねが弾けるように警部の前に飛び出した。親指と人差し指で紙片をそっとつまみ、走り書きされた言葉を一瞥した。リードとブラックバーンは彼の両側に立ち、警部が振り返らずに告げた。

「君に宛てたメッセージだぞ、ブレア」

ブレアは猫を思わせる足取りで部屋を横切った。分厚いレンズの奥の目に警戒の色が浮かんでいる。差し出された紙片を無言で受け取り、じっと見つめた。言葉はインクで記され、滲んでいた。

明晩参上する　梟の声に耳を澄ませろ

第三章　エドワード・ブレアの恐怖

「梟の声に耳を澄ませろ」この不気味な文句が、まるで陰鬱なリフレインのようにジェフリー・ブラックバーンの頭の中で繰り返し響いている。エドワード・ブレアの離れの居間で、彼は飲み物を片手に寝椅子に腰かけていた。翌晩の十時に近い頃で、誕生日パーティーはまさにたけなわだ。たくさんの若い男女が対になり、ルクセンブルクのラジオ局が流す音楽に合わせて踊っている。みんなで踊れるように絨毯が剝がされ、家具がいくつか取り払ってある。

部屋を横切った先にサー・アンソニー・アサートン＝ウェインがいる。花で飾られた食器棚の傍らに立ち、考えこむような重々しい目つきで賑わう様子を眺めている。彼の秘書は背の高い黒髪の美女と音楽に合わせて踊っており、美女は陽気にしゃべり続けている。暖炉のそばに固まった一団の中心に立っているのはエリザベス・ブレアだ。パーティーは活気があり、部屋に飾りつけられた色とりどりのリボンや風船のように華やかだ。

だが、無理に明るく振る舞う人もいる――その人はやけに声高に笑い、隣室に設けられた即席のバーに頻繁に足を運ぶ――それがなぜなのか、ジェフリーはわかり過ぎるほどわかっていた。座る位置をちょっと変えると窓の外が見えた。制服姿のがっしりした男――リード警部が離れのまわりに見張りとして立たせた警官隊のひとりの輪郭が見て取れる。「梟の声に耳を澄ませろ」

リードとブラックバーンは不可解な予告状を発見した後、一秒も無駄にしなかった。ロンドンに戻ると、警部はブレアの安全を守るべく命令を遂行できる警官を招集し、ジェフリーは梟窃盗事件に関するありとあらゆる情報をかき集めて吟味した。二人はその日の昼食までにタワーズに戻った。警部が指揮を執って離れに見張りを配置し、ジェフリーはアシュトンを通して、ブレアが受け取った予告状を入手した。

ジェフリーはもの思いに耽っていた。声をかけられたので目を上げると、ブレアが近くにいた。彼は、ふらふらした足取りで若い娘に部屋の中を見せて回っていた。ジェフリーは上の空でうなずいた。若き化学者は明るく何の屈託もない様子だったが、ジェフリーは騙されなかった。

賑やかな集まりの途中でブレアが腕時計をこっそり覗いたり、扉が開くたびに鳥のようにそちらに首をめぐらしたりする姿をジェフリーは何度も目撃した。夜が更けるにつれて、ブレアが飲む酒の量は増えていった。顔は赤く、分厚いレンズの奥にある目は少しどんよりしていた。暗澹たる恐怖という寄生虫がブレアの心に巣くい、時の経過とともにさらに深く心を苛んでいることをジェフリーは知っていた。

ダンス曲は流れ続け、対になった男女は機械仕掛けの鼠のように回転し、少し膝を曲げ、また回転する。それを眺めながら、ジェフリーは気味悪さを感じた。飾りに彩られた、音楽の流れる部屋で悪いことが起こるのだろうか？　あの予告状は？　見知らぬ誰かの手を離れて空中を飛んできたのだろうか。梟はすでにこの中にいるのかもしれない。ブラックバーンはほつらつとした若者たちの笑顔を見渡し、首を振った。あり得ない！　こんな風にただ待機するしかないのか。何かが起こるまで――。

「踊らないの、ミスター・ブラックバーン？」

ジェフリーはびくっとし、手に持っているグラスの中のウイスキーが揺れた。エリザベス・ブレアが微笑みながら彼を見下ろしている。明かりの下で露出した肩が輝き、茶色の髪につけた小さな星もきらきら光っている。ジェフリーはワイシャツの衣擦れの音を立てながら立ち上がった。

「君は踊らないの？」と訊いた。

エリザベスは鼻に皺を寄せた。「歩き回ったら警笛を鳴らされるでしょ。庭で座って過ごすこともできない。きっと誰かがやってきて、目の前で手錠をちらつかせるわ」

「兄上のためだからやむを得ない」

「可哀そうなミスター・ブラックバーン」エリザベスがまとう白いイブニングドレスが肩の美しさを引き立てている、とジェフリーは思った。「私が何をしようとしているかわかるかしら？　あなたの踊る相手になる美女を見つけるわ」

「ありがとう、ミス・ブレア。でも、もう見つけたよ」

「本当？　その人はどこにいるの？」

「僕の目の前にいる」

「あら！」エリザベスは頭を動かして部屋を見回した。「次はサー・アンソニーと踊る約束だから――」

「彼は分別ある御仁だ」とジェフリー。「一方、僕は踊りたい気持ちを抑えられない若者だ。ミス・ブレア、主催者の務めとして、君は僕と踊らなければならないよ」

音楽が終わった。すると踊り手たちがあちこちに散っていった。エリザベスは肩をすくめた。「サー・アンソニーをがっかりさせるような決断をしても、これでは踊れないわ。ここに座りましょうか」

二人は腰を下ろした。

「では」ミスター・ブラックバーンは命じるような口調で言った。「僕に話してくれ」

「何を？」

「何でもいい」

「うーん……」エリザベスは考えた。「飾りをお気に召したかしら？」

「すばらしいよ。あの食器棚は小さなジャングルといった風情だ。君が飾りつけをしたのかい？」

「おかげで手が疲れてしまったわ」

会話が途切れた。

複数の男女がラジオのまわりに集まり、ダンス曲を求めてダイヤルを回している。食器棚から離れて窓辺に移動したサー・アンソニーは暗い庭を見つめている。エドワード・ブレアは、今はひとりきりでそわそわと歩き回り、その姿を妹が目で追った。

ジェフリーはさりげなく訊いた。「そんなに眉間に皺を寄せて。何を考えているの？」

エリザベスが眉を開いた。「刑事さんに話すわ！」

「昨日、兄上が受け取った予告状のことが頭から離れないのかい？」

エリザベスはジェフリーのほうに顔を向け、ほっそりした手を無意識に彼の腕に置いた。「現実とは思えない——まるでハリウッド映画のようだわ！　そう思わずにはいられないの——こんなことが私たちの身に起こるなんて！」

ジェフリーは腕に置かれた手をそのままにしておいた。「扉にナイフが刺さっていたことは冷厳な事実だ」と言い聞かせた。

「ああ——それが兄の身に降りかかってしまった」

ジェフリーの声が優しくなった。「言いにくいことだが、ミス・ブレア、兄上は成り行きをただ座視している」

エリザベスは真剣な面持ちでうなずいた。「エドワードは頑固だから。兄は私と同じように思っている——現実であるはずがないと！　ミスター・ブラックバーン、兄にとってほとんどの物事——化学の世界の外で起こる物事は現実ではないのよ」手をジェフリーの腕に置いていることにはたと気づいて、すっと手を引いた。「現実の世界に引き戻そうとすると、ひどく不機嫌になるの」

「芸術家肌なんだろう」

「そうかもしれない」エリザベスは急に冷静な口調になった。何か思い出したらしく、腕時計を一瞥するや立ち上がった。「プレゼントを贈りそこねるところだったわ」彼女は部屋を横切り、まだラジオをいじっている一群に近づいた。それからくるりと振り返り、手を叩いた。「みなさん、ご注目ください！」

会話が止み、みんながエリザベスのほうに頭を振り向けた。彼女は傍らにいる青年に何やら耳打ちし、青年は後ろを向いてラジオを操作した。すると、オルガン独奏曲の終盤の旋律が部屋に響き渡った。

「みなさん、お静かに」エリザベスが声を上げた。

部屋の一角から、兄がしわがれ声で訊いた。「おい、何をするんだ？」

「よく聞いてちょうだい」

甲高い音の響きが消えた。エリザベスはわずかな合間に、部屋の反対側にいるロバート・アシュトンに視線を投げ、意味ありげに片目をつぶった。婚約者は眉を上げて見せた。やがてアナウンサーが耳障りな声ではきはきと告げた。

「ここで番組を中断し、エドワード・ブレアに誕生日を祝福する言葉を贈ります――エドワード、聞いているかい?――誕生日おめでとう。彼は今、自宅で仲間と一緒に誕生日を祝っています――」

若き化学者は酒を注ぎながら怒声を発し、グラスを取り落としそうになった。「何だと……?」声を荒らげると、大勢が大喜びしながら彼をなだめた。

「――エドワードが居間にある食器棚の真ん中の抽斗を覗いたら、すてきなプレゼントを見つけるでしょう。食器棚の真ん中の抽斗です。願わくは、君が――」

ブレアはふらふらと部屋を横切った。仕返しのつもりでラジオを消し、アナウンサーの声を遮断した。顔は青ざめ、眼鏡の奥にある目はぎらぎらしている。彼は客のほうに向き直り、「愚かな企ての首謀者は誰だ」と訊いた。

ブレアの傍らにいる黒髪の美女が笑った。「テッドったら、しらけさせないで! さあ、食器棚の抽斗の中を見てごらんなさい」それから六人ほどが口々に催促した。

「そうだ、さあ、ブレア!」

「抽斗を覗いてみろ」

「さあ、覗け――興をそぐなよ」

アシュトンが部屋の反対側から叫んだ。「そうかっかするな、エドワード! 君にはユーモアがないのか?」

「ユーモアくらいあるさ」ブレアは言い返した。「でも、国中の人の前で赤っ恥をかかされることを僕が喜ぶと思っているのなら――」

アサートン゠ウェインが会話に加わった。目が光を湛えていて、ブラックバーンはこれまでよりも彼に人間味を感じた。「べつに」准男爵は穏やかに言った。「恥ずかしがるようなことではないだろう」

ブレアは怒りに燃える顔を上げ、「あなたが僕の立場なら、どう感じますか?」と訊いた。

准男爵は上着から何かを取り出した。「抽斗の中身を知りたくてたまらない気持ちになるだろう」

どっと笑いが起こった。笑いは媚びるような響きを帯びており、若き化学者の粗野な振る舞いを遠回しに批判する者もいた。それに気づいたブレアは貧弱な口を一文字に結んだ。

「乙な真似をしたつもりか?」と一同に向かって言い放った。「ふん、くだらない! 抽斗の中にあるものが何であれ、そのまま朽ち果てればいい! さあ、ダンス曲を流してパーティーを続けよう!」

怒りにまかせた大人げない物言いだったので、誰も誘いに応じなかった。みんなじっとしている。気まずい沈黙が訪れ、エリザベスは小さなため息をついた。

「仕方ないわね」彼女は努めて軽い口調で告げた。「白状するわ。私が手配してお祝いの言葉を贈ったのよ、エドワード」

「ありがた迷惑だ!」

妹は文句を聞き流し、「私がプレゼントを取り出すわ」と冷静な口調で告げた。「嫌な思いをさせてしまったのなら、ごめんなさい。浅はかだったわね」

軽い気持ちでしたことが大事になってしまった。一同の視線を集めながら、エリザベスは部屋を横切り、花で飾られた食器棚の真ん中の抽斗に手を伸ばした。そのとき、鞭の音のように鋭い声が居間に響いた。

「やめろ！」

ブラックバーンが大股で食器棚に近づいた。目が強い光を放っている。彼はエリザベスの前に身を投げ出し、抽斗に伸びた手を遮った。アサートン＝ウェインが叫び、部屋のあちこちから小さな驚きの声が上がった。ブラックバーンはロバート・アシュトンのほうを振り返った。アシュトンはポケットから手を出して肩をそびやかしている。

「玄関ホールに杖が置いてある」ジェフリーは叫んだ。「曲がった柄のついた杖だ。持ってきてくれ！」有無を言わさぬ口調だった。アシュトンは無言で従い、戻ってくると杖を差し出した。ジェフリーは杖の一方の端を摑んで一歩下がり、抽斗の取っ手に柄をひっかけた。

「いやはや――」アサートン＝ウェインが言った。

「後ろへ」ジェフリーが大声で告げた。「僕の後ろへ移動してください――みなさん――お願いです！」彼は足音が止むまで待った。

「それでは――ご覧あれ」

ジェフリーは体を斜めにして立ち、杖をぐいと引いた。抽斗が開き、鋭い銃声が部屋に轟いた。それと同時にガシャンという音がして、反対側の壁にかかった絵が滑り落ち、ガラスの破片が磨かれた床に飛び散った。

「ブラックバーン！」ブレアがささやいた。口元が緩み、まるで催眠術にかかったような表情でジェフリーを見つめている。落ち着きを取り戻すと、かがんで絵を拾い上げた。キャンバスの中央付近にぎざぎざの穴が開いている。

「ああ！」恐怖のあまり、ブレアのかすれた声は震えている。「いったい――どういうことだ？」

ブラックバーンは食器棚を覆う花々の間に手を入れてまさぐった。それをためらいなく払いのけ、「見てごらん」と促した。小型拳銃が土台のひとつに縒り糸で固定され、引き金と抽斗が細いピアノ線でつながれている。ジェフリーは押し黙った客たちのほうを向いた。

「ピアノ線に早く気づいて良かった」とつぶやき、エリザベスを見た。「花の飾りについて話していたとき、明かりを受けて光ったんだ。最初はピアノ線だとわからなかったけれど。君が抽斗を開けようとした瞬間、ひとつの結論に至った」拳銃のほうに顎をしゃくった。「胸の高さに仕掛けられているだろう？　いつもどおりに抽斗を開けたら、まず間違いなく弾が胸に命中する」

エリザベスはかすかに体を震わせた。「あなたは――あなたは私の命を救ってくれた」声は弱々しいものの、そう確信しているようだった。「まさに命の恩人だわ」

エドワード・ブレアが言いかけた言葉を飲みこんだ。ふたたび口を開くと、「狙われたのは――」と言った。「僕なのか？」

アサートン＝ウェインは袖からハンカチを取り出し、玉のような汗の浮かぶ額に押し当てて咳払いをした。「君は状況を理解しているはずだ、ブラックバーン。梟はおぞましい罠を仕掛けた！　つまり、警戒していたにもかかわらず、犯罪者が網の目を潜って部屋に侵入したのだよ！」

アシュトンはがっしりした体の平衡を保ちながら、一同をすばやく見回した。「では、どうやって脱出したのでしょう？」

「奴は逃げていません！」ブラックバーンはゆっくりとした足取りで扉まで歩き、それを背にして立った。「警察の非常線を突破するのは不可能です。それが何を意味するか？　梟はまだここにいる――屋敷のどこかに潜んでいます！」

次の日の朝、灰色の文字盤の塔時計が十時を告げようとしていた。エリザベス・ブレアはルークウッド・タワーズの廊下を決然とした足取りで進んだ。眉間に皺を寄せ、柔らかな口を引き結んでいる。頑丈なオーク材の扉の前で足を止め、荒々しくノックした。

返事がない。再度ノックした。すると、不機嫌そうな声が部屋の中から聞こえた。

「誰だ？」

「誰だかわかっているでしょ！」エリザベスは腹立ちまぎれに声を荒らげた。「中に入れてちょうだい、テッド！」

くぐもった唸り声が返ってきた。錠がカチリと鳴って扉が内側に開き、エドワード・ブレアが現れた。昨夜と同じ服を着ている。髪はくしゃくしゃで目は腫れぼったい。顔は彼がまとっているしわしわのワイシャツと同じくらい白い。ウイスキーの臭いが鼻をつき、妹はぐっと息を飲んだ。

「テッド！　どういうつもりなの――」

彼女は二歩進んで部屋に入り、扉を閉めた。青白い頬は怒りで紅潮し、目は鋭く光っている。「昨日の夜、離れでひとりで寝るのは嫌だからと――ここに来たかと思えば――今朝は食事の時間になっても下りてこない！　テッド、恥ずべきことだわ！」

ブレアは冷ややかにくっくっと笑い、不意にしゃっくりをした。「僕の勝手だろ？　おまえにあれこれ言う権利があるのか？　僕は子供じゃない！」

エリザベスは静かに言った。「あなたは子供よ、テッド。ひどく怯える子供よ」

ブレアは彼女に視線を向け、目の焦点を合わせようと瞬きをした。それからベッドの上にくずおれ、両手で顔を覆った。頭のてっぺんから爪先まで震えている。哀れみと不安がないまぜになった感情がエリザベスの胸にこみ上げてきた。彼女はそばへ寄って兄の肩に腕を回し、震える体をぐっと抱き寄せた。

「ほら、ほら、テッド――」優しく声をかけた。

「そうだ、僕は怯えている！　当然だろう？」兄は指の間から声を漏らした。顔を見られたくないのだろうとエリザベスは察した。「昨日の夜――僕はすっかり取り乱し――逃げようと思った。さあ、笑いたいなら笑えばいい！」

「テッド、私は笑ったりしないわ」エリザベスはそっと告げ、肩に回した腕に力をこめた。「それほど悪い状況ではないわ。だってそうでしょ、スコットランドヤードが総動員であなたを護っているんですもの」

「護るが聞いて呆れる！」ブレアは顔を上げた。「スコットランドヤードの昨夜の体たらくといったら！　ロンドンの警官がここまで出張ってきやがって――本来の仕事に集中すればいいのに！　ご立派な警察の話はもうたくさんだ！」

意地悪な言い方だったのでエリザベスの怒りが再燃した。「少なくとも」ぴしゃりと言い放った。「警察は、鍵のかかった扉の奥で縮こまってウイスキーをあおったりせず、もっと良いことをしているわ！」

ブレアは腕を払いのけながら跳ねるように立ち上がり、「ああ、もう放っておいてくれないか?」とヒステリックな金切り声を上げた。「なんでこんな目に遭わなきゃならない? 第四ガソリンなど発明しなければよかった!」彼はエリザベスのほうを振り向いた。顔が引きつっている。「僕の命は危険にさらされている! なぜ僕が朝食の席に現れなかったのか? それは食べ物に毒が入っているかもしれないからだ! そうだ、毒入りだ! なぜ扉に鍵をかけるのか? 眠っている間に――亡き者にされるからだ! そして、おまえは――僕の一番の理解者であるべき妹はやってくるなり、禁酒を説く冊子よろしく説教を垂れる始末!」

エリザベスは立ち上がった。恐怖を露わにした兄の姿に思いのほか動揺し、努めて落ち着いた声で告げた。「座りましょう、テッド」兄の腕を取り、椅子へと導いた。沈黙の後、ブレアが申し訳なさそうに口を開いた。

「ごめんよ」おどおどしながらつぶやいた。「眠らないと――神経衰弱に陥ってしまう――」

エリザベスはうなずいた。「私もそれをおそれているのよ」兄がちらりと目を上げると、彼女は続けた。「そうなったら梟の思う壺だってことがわからないの? 兄さんがおそれをなして第四ガソリンを手放すように、梟はどうにかして精神的に参らせるつもりよ!」

「僕はどうしたらいい?」

「こうしたらどうかしら、テッド。まず、お酒の力を借りないで、大衆紙の煽情的な記事を無視する。そして梟は普通の人間だと信じる――普通の人間だから飛べっこないわ」

ブレアは唇をなめた。「僕は――確信が持てないよ、ベティ――」

「どうして?」

「奴はここに飛んできた――夜明け前に」

「テッド！」

兄は肩をすくめた。「奇怪なことだ。日が昇って明るくなった今では嘘みたいに思える。でも確かに、夜が明けきらない頃――奴の声を聞いた」声が低く不明瞭になった。「それに姿を見た」

「ここで――タワーズで――？」

ブレアはうなずいた。

「僕は真夜中過ぎにベッドに入った」彼は声を落とした。「でも眠れなかった――パーティーの後だから興奮していたんだろう。で、一杯ひっかけた」妹の口から叫び声が漏れたので、慌ててつけ加えた。「眠るためだよ――すべてを忘れたかったんだ。ベッドに横になると、そのまままうとうとしたようだ。眠りにつく前に、窓から差しこんだ月の光が床を照らしていたのを覚えている。屋敷のどこかから時計が一時を打つのが聞こえ、塔時計の鐘が鳴った……」言葉を切って両手の指を組み合わせ、床に視線を落とした。

エリザベスは優しく先を促した。「それで」

「よく眠れず――支離滅裂な夢を見た。人の体と鳥の頭を持つ生き物たちが、暗い森をふらふらとさまよう僕を眺めていた。まわりは静寂に包まれていた。死のような静寂だ。だから梟の鳴き声が聞こえたとき、余計に怖かった。ぎょっとして目を覚ました僕は、恐怖でびっしょり汗をかき、震えていた――」

エリザベスはなだめるように声をかけた。「それは夢――悪夢の中の鳴き声よ」

「いや」ブレアの声は部屋の隅の暗がりと同じくらい陰気だ。「僕もそう思った――最初はね。ところが、梟の鳴き声がまた聞こえた。そのときはすっかり目が覚めていた。ベッドの上で頭をめぐらし、床を照らしていた月の光が消えているのに気づいた。反射的に振り向いて窓を見ると――」

エリザベス・ブレアは無言のまま、兄の腕を握る手に力をこめた。青年は唇をなめた。「誰か――あるいは何かがそこにいた。僕をじっと見つめ、黒色の長いローブを翼のように広げて月光を遮っていた。叫ぼうとしたけれど、うまく声が出なかった。じろりと見返すと、影が窓から離れて消え、月光が床に降り注いだ」ヒステリックな声が響いた。「奴はそこにいた――僕を待っていた！　この目で見たんだ！」

エリザベスは立ち上がり、背の高い食器棚の脇にあるテーブルまで行き、デキャンタから強い酒を注いだ。戻ってくると、グラスを兄の手に握らせた。グラスの縁に歯が当たってカチカチ音を立てた。ブレアは火酒を一気にあおると、深く息を吐いた。

「僕には酒が必要だ。おまえはよくできた妹だよ」

エリザベスはグラスを受け取ると手の中でもてあそび、熟考しながら慎重に言った。「梟が窓の外にいた。それが本当なら、梟は屋敷内をよく知っているということになるわ」

ブレアはうなずいた。「屋敷の中にいる誰かが梟だというのか？」

妹は肩をすくめた。「事実を直視すべきだわ、テッド。第四ガソリンのことを知っているのは、あなた以外では三人だけ――サー・アンソニーとボブと私」

青年は立ち上がって部屋を横切り、扉の陰からガウンを引っぱり出した。彼は振り返らずに言った。「じつは、そうじゃないんだ」

「なんですって？」

ブレアは忙しない手つきでガウンの紐を結んだ。「イギリス国内では、発明について知っているのはおまえたち三人だけだが」

「テッド！　他の人に話したのね！」

「べつに構わないだろ？」ブレアはエリザベスにくるりと向き直った。口を尖らせ、むっとした表情をしている。「第四ガソリンは僕のものだぞ！　だから僕の好きなようにしていいんだ！　どうしても知りたいなら言うが、友人――ウィーンで学んでいた頃に出会った男に手紙を書いた。現在、彼はバルカン半島の国の政府高官だ。彼に第四ガソリンについて明かして――一番高い値段をつけた人に売ると伝えた！」

「ああ！」エリザベスは喉元まで出かかった辛辣な非難の言葉を飲みこんだ。ひと呼吸置いてから穏やかに訊いた。「それはいつのこと？」

「発明してから数日後のことだ」ブレアは答えた。「すでに話したように、アサートン＝ウェインは僕らが合意した金額で買おうとした。僕は第四ガソリンを渡さず、二万五千ポンドで売りたいと掛け合った。すると彼は僕をあざ笑った――面と向かって嘲笑したんだぞ、ベス！」彼は顔を背けた。「他の買い手を探したのは当然の成り行きだ」

エリザベスは立ち上がった。「あなたのしたことは裏切り行為よ。わかってるの？」

兄は声を震わせながら笑った。「裏切り！　アサートン＝ウェインも武器取引でまったく同じことを長年やっている」

「それは言い訳にならないわ――」

エドワード・ブレアはエリザベスのほうを向いた。顔に浮かぶ形容しがたい表情にエリザベスはたじろいだ。「そうかもしれない。だが聞いてくれ！　僕は贅沢を知らない――僕たちはずっと貧しかった！　いろいろなものを手に入れるために苦心惨憺した！」ブレアは腕を振りながら部屋の中を行きつ戻りつした。「僕がそれを望んでいたと思うか？　好き好んで本と首っ引きで勉強し、化学物質のむせるような臭気を嗅いでいたと思うか？　僕は望んでいなかった！　断じて！　一生安穏に暮らせるように、価値のある発明をする日を夢見て、仕事と勉強に励んだ！」言葉を切り、エリザベスのほうに顔を向けた。目が爛々と光っている。「そしてついに成し遂げた。発明したんだ！　第四ガソリンはきっと金のなる木になるだろう！」

エリザベスは顔面蒼白になり、突如として激情をほとばしらせた兄を催眠術にかかったようにぼんやりと見つめた。部屋に緊張の糸が張り詰めている。彼女はいたたまれなくなり、むせび泣きながら、なんとか扉まで歩いた。ブレアは何やら口を動かしながらエリザベスの足音を聞いていた。混乱して足早に去っていく足音は長い廊下に響き渡り、やがて遠のいて消えた。

ブレアは声を震わせながら笑った。扉を蹴って閉めると、背の高い食器棚の脇にあるテーブルのほうへ向かった。

それから一時間後、幾通もの開封した手紙を携えたアシュトンが図書室の扉をノックし、中に入った。サー・アンソニーは縦長の窓の下に据えられた机に向かっている。彼は振り返らずに言った。

「アシュトンか？」

「そうです、サー・アンソニー」

「ずいぶん遅かったじゃないか」

秘書は雇い主の手元に手紙を置き、椅子を持ってきながら答えた。「はい。あなたが書斎にいらっしゃると思ったものですから。ミセス・タムワースが図書室においでだと教えてくれました」

准男爵は説明を聞いてそっけなくうなずき、手紙を取り上げた。「重要な内容の手紙はあるか？」

「次の木曜日の朝、取締役会が開かれます。ご出席いただきたいとのことです。予定に入れました。それから、連合国婦人平和運動への寄付に対する感謝状――」

「そうか、そうか。それで全部かな？」

「デューハースト卿から手紙が届いています」

サー・アンソニーが顔を上げた。「デューハースト――どんな要件だ？」

「手紙はブエノスアイレスから送られてきました」秘書は説明した。「デューハースト卿はそこに滞在なさっています。ご友人――ハウトマンというお名前です――がお嬢様と一緒にロンドンにいらっしゃるそうで、二人をもてなしていただけるとありがたいとデューハースト卿はお書きになっています」

「うーむ」アサートン＝ウェインは曖昧な言い方をした。「そのお二方はいつお見えになるのかな？」

「手紙によると四日。つまり昨日です」秘書は言葉を切ったが、准男爵が黙っているので先を続けた。「部屋を用意するようミセス・タムワースに頼みますか？」

サー・アンソニーはアシュトンに向き直った。准男爵の丁寧だがあやふやな態度にアシュトンはいつも苛立ちを覚えた。それに准男爵はいつも、秘書がいることにたった今気づいて驚いた、といった表情をする。

「他には？」

「以上です」

「それではチェスセットを持ってきてくれ」秘書はうなずいて食器棚のほうへ行き、象嵌細工が施された箱を持って戻ってくると、年嵩の主人の前に置いた。アサートン＝ウェインは箱を開け、象牙のチェスの駒を取り出しはじめた。「昨日の夜、かなり興味深い難題にぶつかってね。新手を試したいんだ」長く繊細な指で彫刻が施された駒をつまみ、チェス盤の上に慎重に並べた。「君はチェスをしないのか、アシュトン？」

アシュトンは肩をそびやかした。「はい、僕は体を動かす遊びのほうが好きです」

「脳より筋肉を鍛えたいというわけか？」

少々皮肉めいた物言いにアシュトンはかちんときて、いつもはおべっかを使うけれど、「筋肉を鍛えるのは特段難しいことではありませんが」と語気鋭く言い放った。「僕はどんな奴でも、手加減するにしろしないにしろ、体当たりして撃退する用意があります。そのことについては――」

「もちろん――そうだろうとも」准男爵は冷水を浴びせられたようにぎくりとした。「難題を解決するために――その――全神経を集中しなければならないんだ」艶のあるシルバーグレーの髪に覆われた頭を上げ、青灰色の目でアシュトンをじろりと見た。「邪魔が入ることはないだろうな？」

「はい」

アサートン＝ウェインはもう用は済んだというように椅子を机に近づけた。ロバート・アシュトンは彼に一瞥を投げて振り返り、図書室から出ていった。

准男爵は手をこすり合わせ、チェス盤を覗きこんだ。開け放たれた窓の向こうで電動芝刈り機が心地よい音を立て、刈ったばかりの芝の甘い香りが、本のずらりと並ぶ薄暗い図書室の中に漂ってくる。

どこか遠くで犬が吠え、別の犬が呼応した。枝を広げたニレの木が芝生に影を落とし、ミヤマガラスが枝々を飛び回っている。

これらが奏でるハーモニーに包まれて、図書室に残った准男爵は指を動かしつつ頭を働かせた。しばらく恍惚としたように唇を叩きながら考えこんだ。ここまでくれば後は簡単だ。この一手を指せば――。准男爵は興奮気味に両手の指先を叩き合わせた。

「さて」とつぶやいた。「四列目のナイト……ビショップ……クイーン……ルーク。そうか……そうか……！　私のビショップを動かせば……？　いや、いや。おそらくナイトを動かせば……？」

「どうして」明るい声が窓の外から聞こえてきた。「あなたのクイーンを動かさないのですか？」

アサートン＝ウェインは感電したようにびくっとした。ミスター・ブラックバーンが興味津々といった体で開いた窓からチェス盤を覗きこんでいる。准男爵は柔らかな口調で言った。「これはこれは！」

「驚かせてしまって申し訳ありません」ジェフリーは愛想よくにっこり笑い、図書室に入った。「僕もチェスに夢中なんです。あなたが駒を動かしているのが目に留まりまして。それに窓が開いていたものですから――お邪魔でなければいいのですが？」

「邪魔だ！」准男爵の顔から驚きの色が消え、冷たい怒りの表情が浮かんだ。「君という人は！　私の家で私のプライバシーを尊重しないのか？」灰色を帯びた両頬が紅潮し、小さな目が光った。「自分が何をしたかわかっているか？　君は私の頭から指し手をすっかり追い出してしまったのだよ――マロツィの序盤戦の指し手を変化させた妙手だったのに――」

「ナイトが四列目にあるから難しいですね」ジェフリーは陽気に告げた。「ちょっと失礼します」チェス盤に手を伸ばした。「さあ、見ていてください！　ナイト――ナイトとポーン――ナイト――黒ポーン――ルーク！　さて結果は？」

「フールズメイト（少ない手数で勝負がつくこと）！」ジェフリーは取った駒をチェス盤から拾い上げ、目を丸くしている准男爵の掌に落とした。

「そのとおり！」

「こんな手があったとは！」アサートン＝ウェインの顔に称賛の念が表れた。「お見事、ブラックバーン！　まったくもってお見事！　どうしてそんなにチェスがうまいんだい？」

ジェフリーは長身の体を椅子に沈め、煙草に火をつけた。「サー・アンソニー、僕はいつもプラットナーの助言を思い出します。予測し、観察し、警戒せよ。この三つの言葉があまたの難局から救い出してくれました。それは――」ジェフリーは年嵩の主人に向かって片眉を上げた。「チェスをしたときだけではありません」

アサートン＝ウェインは椅子の背にもたれて脚を組んだ。ジェフリーは彼の表情から何も読み取れなかった。口調は柔和で如才ない。「君はじつにいろいろな顔を持っているな。数学者――探偵――チェスプレイヤー」准男爵は膝の上で指を組んだ。「他には？」

ジェフリーは背筋を伸ばした。「今は――知りたがり屋です」

「ほう？」

「この屋敷に関する情報を集めています」ミスター・ブラックバーンは説明した。「累々たる廃墟を見て、〝ああ！　一〇六六年から続いた一連の出来事の名残だ〟とわかる人もいますが、ここだけの話、僕は尖頭アーチとアン女王の別荘の違いすらわかりません」

アサートン＝ウェインの薄い唇に冷ややかな微笑が浮かんでいる。「なんなりと聞いてくれたまえ……」

「ルークウッド・タワーズが建てられたのはいつですか？」

「おそらく一六〇〇年頃」准男爵は答えた。「ジェームズ一世の御代に、初代サフォーク伯トマス・ハワードが建てたそうだ。彼はジェームズ一世の治世下で大蔵卿を務めた」

ジェフリーはうなずいた。「ミスター・ブレアが住んでいる離れは母屋と同時代のものですか？」

「うん」と准男爵。「同じ時代に建てられた。言い伝えによると、ハワードは、まだ少年だったジェームズ六世をガウリー伯ウィリアム・ルースヴェンが誘拐したとき、ルースヴェンを離れにかくまった。それが発覚し、ハワードは王の不興を被ったそうだ。王の臣下が離れを包囲したが、踏みこんだときにはルースヴェンは消えていた」

ブラックバーンは手元にある銀製の灰皿に煙草の灰を落とした。「どうやって姿を消したのでしょう？」

「さあ」アサートン＝ウェインは答えた。「一説には、母屋と離れが秘密の通路で結ばれているのだとか」准男爵は肩をすくめた。「当然、あり得る話だ。昔の建物だからね」

「通路を探しましたか？」

年嵩の主人は銀製の煙草入れから煙草を取り出し、軽くぽんぽんと叩いた。「ブラックバーン君」口調は穏やかだ。「私くらいの年齢になれば、通俗劇の主人公よろしく木の床を叩きながら這い回るよりも、もっと上品なことを好むようになる。すべてが単なる空想に過ぎない――数か月前の騒動以来、いっそうそう思うようになったよ――」言葉を切って煙草に火をつけた。「愚かにも私は説き伏せられ、言い伝えを耳にした好古家の一群に屋敷を公開した。彼らは数日間、床や壁をくまなく叩いて回り、私の生活を耐えがたいものにしたあげく、何もわからずじまいで帰っていった」

ジェフリーはうなずきながら立ち上がった。「ありがとうございました。たいへん助かりました。お礼として僕にできることはありますか……？」

准男爵の視線がチェス盤のほうに移った。「マロツィの序盤戦の指し手にひどく興味をそそられてね。今日の午後、一時間ほどチェスにつき合ってくれるか……？」

ミスター・ブラックバーンはうなずいた。「いいですとも。時間は――三時はいかがですか？」

「結構」年嵩の主人はためらいがちに訊いた。「あの――ブラックバーン――私はいったいどこでしくじったのだろう？」

ジェフリーはすでに扉の前にいて、扉を開けようとしていた。「あなたはゲームの序盤で手の内を見せました」と告げた。「切り札を温存するのが得策です。僕の言わんとすることがおわかりでしょうか？」

サー・アンソニーが静かな声で答えた。「だんだんわかってきたよ」

ミスター・ブラックバーンは図書室から続く廊下をゆっくり進んだ。短くなった煙草をくわえ、ポケットに手をつっこんでいる。閉じた扉の前を通り過ぎようとしたら、タイプライターを打つ低い音が聞こえてきた。彼は立ち止まり、少し逡巡してから煙草の吸殻を踏み消して振り返り、扉の鏡板を叩いた。

タイプライターの音が止み、アシュトンが答えた。「どうぞ」

ジェフリーは部屋に入り、扉を閉めた。「邪魔だったかな？」

「いや」秘書はタイプライターを脇に押しやった。「座ってくれ」ジェフリーが腰を下ろすと、「何か用か？」と訊いた。

「君はどういう経緯で秘書になったんだ？」

アシュトンは眉をひそめた。相手の表情から悪意は感じられない。「これは何だ？」ぞんざいな口調だ。「尋問か、それとも好奇心から質問しているのか？」

「単なる俗な好奇心からだよ」ジェフリーは答えた。「君は数年前、イギリス対フランスのラグビーの試合に出場しただろう？」

秘書の顔が明るくなった。「君が知っていたとは！」彼はにやりとした。「それが質問する理由か？」

ジェフリーは肩をすくめた。「体重十四ストーン（約八十九キログラム）の若くてたくましい運動選手がタイプライターをせっせと叩く姿を見たら――」

ロバート・アシュトンは弾かれたように立ち上がり、椅子がカタカタ揺れた。「おいおい、ブラックバーン」彼は大声を上げた。「僕が好き好んでやっていると思うのか？　漫然と座り、洗い場女中のようにへいこらすることに喜びを感じていると？」どうしようもないという風に両手を広げた。「他に選択肢があるか？　僕はプロスポーツ選手になることを諦めた。肩の靭帯を損傷したから選手になれる見込みはないんだよ。幸い、スポーツ一辺倒ではなく、いい学校に入って学んだ。だから――ここでこうしてタイプライターを打っている」

ジェフリーはうなずいた。目が憂いを帯びている。「運が悪かったな」アシュトンは椅子を引き寄せ、足を広げて座った。「もうぼやくのを止めるよ。所詮、ただの仕事だ。夜にぱあっと騒げばいいのさ――それで鬱憤を晴らせる！」

何かをじっと考えていたジェフリーが顔を上げた。「君は体を鍛えているのだろう？」

「習慣にしている」ロバートは不平らしい口ぶりで答えた。「仕事柄、鍛えないと風船みたいに太ってしまう」言葉を切り、相手を鋭く見やった。「なあ、どうしてそんなことを訊くんだ？」

ブラックバーンは身を乗り出した。「今夜」朗らかな声を上げた。「探検に出かける。で、同行者を探している。主席警部がいなくなるから。午後に本部へ戻るんだ。よかったら僕と一緒に来ないか？」

「喜んで！　探検の目的は？」

「屋敷に秘密の通路が存在するそうだが、知っているか？」

秘書は迷わず答えた。「門の脇の朽ちた小屋から続く地下通路がある。それは誰でも知っているよ」

ジェフリーは首を振った。「ついさっき聞いたんだが、母屋とブレア君の離れが秘密の通路でつながっているらしい」

「ああ、そのことか！」アシュトンが身振りを交えて言い捨てた。「おい、ブラックバーン――まさかサフォーク伯爵にまつわる言い伝えを信じていないだろうな？」

「信じてはいけないのか？」

ロバートは大きな肩をすくめた。「あれは単なる作り話だ。古い家には伝説がつきもので、この屋敷には秘密の通路が存在すると言われている。アサートン＝ウェインからそれを聞いたのか？」

「そうだ」

「好古家たちのことも聞いたか？」ジェフリーがうなずくと、ロバートは続けた。「連中が通路を探して空振りに終わったのに、僕たち二人だけで暗闇の中で探し回るつもりか？　なんとも馬鹿げている」

ミスター・ブラックバーンは思いどおりに事を運ぶべく、さりげない口調で言った。「君が同行しないほうが無難かな。サー・アンソニーが許さないかもしれない」

アシュトンが顔を赤くし、「僕が暇な時間に何をしようと彼には関係ないだろう？」と言った。「一緒に行くよ」

「そうこなくっちゃ！」ジェフリーは立ち上がった。「生垣の門の前で十時に合流しよう。それでいいか？」

ロバート・アシュトンはうなずいた。「いいとも」

第四章　謎のドクター・ハウトマン

ミスター・ブラックバーンはそれほど忍耐強くない。つねに頭を働かせて活発に動き回る彼にとって、手を束ねて座っているのは苦痛だ。昨夜の出来事は何かをしたいという欲求をかき立てた。秘密の通路を探そうと提案したのは、梟なる怪人の正体を暴くためというより、むしろ欲求を発散させるためだ。

エドワードは夜明け前に梟が現れたこと、貴重な第四ガソリンの取引において裏切り行為を働いたことをエリザベスに明かした。それを彼女から聞いたジェフリーは、危険な何者かがルークウッド・タワーズの頑丈な壁の向こう側に潜んでいると確信した。

周囲には隠しているが、本当のところ、ジェフリーは途方に暮れていた。卑劣にもブレアの殺害を試みた梟は巧妙に痕跡を消す。だから捜査は行き詰まっている。なんとも耐え難いことだが、今は梟がふたたび現れるのを待つよりほかない。

むろん、タワーズの中で警戒を緩めるつもりはない。梟はじつに大胆不敵だ。予告し、予告どおりに攻撃した。スコットランドヤードが再度してやられたら、その失態によってウィリアム・ジェイミソン・リードは進退窮まる。

友人にますます頼りにされることになるだろう、とジェフリーは思った。こんな状況だから荷が重い。

彼は頭を悩ませながら、離れを目指して暗い林の中を大股で歩いた。

木立の中はひどく不気味だ。暖かく静かな夜で、枝のそよぐ音もしない。歩くたびに枯れ葉がカサカサ鳴る。あたりは闇に包まれ、木々の太い幹がかろうじて見分けられる。ジェフリーは大きな黒い塊のように見える幹の間を縫って進んだ。不意に、散り敷いた枯れ葉の上を何かが駆けていったので、どきりとして息を飲んだ。兎に違いない！　ここには兎がたくさんいる。

ジェフリーは肩をそびやかして足を速めた。そうすると、なぜかしら安心した。暗闇を抜け、月光を受けて銀色に輝く離れの屋根が見えたときにはほっとした。塔時計の針は四十五分を指している。足を止め、腕時計の発光する文字盤を手で囲んで一瞥し、唸った。

「早すぎた！」

ところが、ロバート・アシュトンがすでに待っていた。門の軋む音がジェフリーの耳に届き、屈強な秘書が左右に目を配りながら門を通り抜けた。彼はブラックバーンにすぐ気づいた。

「どのくらい待った？」ジェフリーは声をかけた。

「五分」アシュトンは離れに視線を投げた。「ここから探しはじめるほうがいいのかな？」

「はるかにいい。母屋では誰かに邪魔される。離れには誰もいない」ブラックバーンは門を開け、先に通るよう相方を促した。「これから長丁場になるだろう。干し草の山から針を探すようなものだから――」

言葉が途切れた。ジェフリーは門に手をかけたまま棒立ちになっている。アシュトンはさっと顔を上げた。「いったいどうした？」

ジェフリーは返事をする代わりに腕をつき出し、アシュトンを生垣のほうに押し戻してささやいた。

「早く来て正解だったぞ！　見ろ――真ん中の窓を」

アシュトンは小さく驚きの声を漏らした。ひとつの丸い光。光は窓から窓へ移動し、しばらく静止した後、一瞬閃いて消えた。秘書は興奮を抑えながら声を震わせて言った。「中に誰かいる――あれは懐中電灯の光だ！」彼は窓に目を据えた。「何をしようとしているのかな?」

「よからぬことだ」ブラックバーンは唸った。「そうでないなら離れの照明をつけるだろう」横目で相方をちらりと見た。「君はタックルがうまいか?」

「得意技だよ！」

「よし！　奴が出てきたら、タックルをぶちかまそう――」錠の開く小さな音が聞こえたのでジェフリーは言葉を切った。「そこにいろ――さあ、いよいよご登場だ！」

二人は生垣にぴたりと体を寄せた。石畳を慎重に踏む静かな足音がする。ブラックバーンが生垣の隙間から覗くと、すらりとした長身の人影が見えた。黒っぽい外套が後ろになびいている。灰色の顔の上半分は帽子のつばの影に隠れていてはっきりしない。やがて人影が視界から消え、足音が近づいてきた。門が小さく軋んだ。

「今だ！」ジェフリーは叫びながら前に躍り出た。

けれどもアシュトンが一歩先んじた。彼は十四ストーンの体を見知らぬ男の足に当てた。すると、外套をまとった男がぐうという声を発して倒れた。二人は互いに激しく組みつき、そのまま転げ回り、やがてぱたりと動きを止めた。アシュトンが立ち上がり、上着についた枯れ葉と泥を払い落とした。見知らぬ男はぐったりと地面に伸びている。

「窒息したに違いない」秘書はつぶやき、荒い息を吐いた。「少々派手にやりすぎたようだ」倒れている男を見下ろした。「いったい何者だろう?」

「知らないのか?」ロバートが首を振ると、ジェフリーは気絶した見知らぬ男にかぶさるようにかがみこんだ。月光が男を照らしている。顔は細くて青白く、立派な鷲鼻が鎮座しており、短く刈った髪に白いものが混じっている。ジェフリーは男の体を覆う外套を脇に除けた。暗色の生地を使った仕立ての良いスーツが哀れなほど乱れている。見知らぬ男を眺めていたら相方が声を上げたので、ジェフリーは振り向いた。

アシュトンが地面から何かを拾い上げ、手の中でひっくり返した。「財布」ぽつりと言った。「格闘しているときにポケットから落ちたんだろう。これから何かわかるかもしれない」

ブラックバーンは倒れた男のそばにひざまずいたまま財布を受け取り、中を覗いた。名刺を抜き出し、目を細めて見た。文字が小さくて読めない。「火をつけよう」彼はすばやく告げた。

秘書はマッチを探り出し、一本をぎこちない手つきで擦った。小さな火が、名刺をくすんだ淡黄色に染めた。ジェフリーは名刺を斜めにして火に近づけた。

「ハインリヒ・ハウトマン……」

秘書がびくっとして、マッチの火が危うく消えそうになった。「何だって?」

「ドクター・ハインリヒ・ハウトマン。ブエノスアイレス」ジェフリーは鋭く見上げた。「問題でもあるのか?」

ロバート・アシュトンはあんぐり口を開け、気絶した男を見つめている。「ドクター・ハウトマン——ああ！　これはたいへんだ！」

ルークウッド・タワーズから数マイル離れた丘陵地に、ティリングという小さな村が無秩序に広がっている。イギリスの典型的な村だ。緑豊かな谷間を通る白い道は、放り投げられた縄のように蛇行しながら伸びており、軒を寄せ合う小さな家々、鍛冶場、商店、郵便局が道に沿って点在する。この小村のはずれにグリーンマンという宿が佇んでいる。蔦に覆われた宿はタイルで装飾され、地元の建材が使用されている。それが風雨にさらされて趣のある色に変わっている。

不運なドクター・ハウトマンとの遭遇から二日経った日の昼前。ジェフリー・ブラックバーンは宿の自在扉を押し開け、危うくエリザベス・ブレアにぶつかりそうになった。彼女ははたと立ち止まった。驚いて眉をひそめている。

「ミスター・ブラックバーン！」

「おはよう、ミス・ブレア！」ジェフリーは帽子を軽く持ち上げた。「僕に会いにきたのかい？」

「ロンドンにいると思っていたけれど」エリザベスは言った。「ここに泊まっていたのね？」

「ああ」ジェフリーは周囲の景色を意味ありげに指し示した。「泊まりたくもなるだろう？　都会でこんな風景が拝めるかい？　〝おお、はるかな頂よ　おお、古き塔よ〟とトマス・グレイは詠んでいる……」

「詩でごまかさないで」ミス・ブレアは言った。「グリーンマンに留まる理由を説明してちょうだい」

ブラックバーンは彼女の腕にそっと手をかけ、宿の小さな庭に置かれた木の椅子のほうへ連れていき、「さあ座って」と促した。「一服しよう」彼女の隣に座り、二人は煙草に火をつけた。

「僕がタワーズから姿を消した顚末を知っているだろう？」

エリザベスはうなずいた。「ボブから聞いたわ」

「それが事実だ」ジェフリーは認めた。「僕はサー・アンソニーの上等な靴の先で蹴っ飛ばされたようなものだ。離れの外でちょっとした騒動を起こした後、アシュトンと僕は図書室に呼び出された。で、アサートン＝ウェインから叱責された。兵営で酔っ払った水兵がやりそうなことを屋敷でしでかしてしまってね。だからここにいる」

エリザベスは微笑んだ。「お気の毒さま！」

ジェフリーは苦り切った顔をした。「笑わないでくれ。僕のことをこう思ってるんだろう。帰る場所のない男だと。空を飛ぶ鳥もねぐらを持ち、獣にもささやかなすみかがあるのに、僕には――」

「ロンドンに帰ったら？」

ミスター・ブラックバーンは震えそうになるのをこらえた。「ロンドンでは別の靴が僕を待ち構えている！　サイズが十の主席警部の靴――間違いなく、その靴で文字どおり蹴っ飛ばされるよ！」

エリザベスは肩をすくめた。「まあ、真夜中に忍び出て主人の賓客に乱暴したのだから、仕方ないでしょ？」

「あの厄介なドクターが客だとわかるわけないだろう？」ジェフリーはかっとなった。「それはそうと、彼は君の兄上の離れで何をしていたんだ？」

「彼の話によると、暗かったから迷いこんでしまったそうよ」

「果物で飾り立てたメアリーおばさんの帽子と同じくらい馬鹿げている！」ブラックバーンは鼻をふんと鳴らし、煙草の吸いさしを地面に落として足で踏み潰した。「アサートン＝ウェインはその話を信じるかもしれないが、へそを曲げたひねくれ者の僕は鵜呑みにしないぞ！　懐中電灯で照らしながら見知らぬ家に迷いこむなんてことはあり得ない」

沈黙が流れた。庭と道路を隔てる低い塀の上から小さな子供が汚れた顔を出し、二人をまじまじと見つめ、しばらくすると姿を消した。エリザベスは黙ったまま、起伏の続く緑滴る丘とはるかかなたの地平線を見渡した。「ジェフリー……」

「何？」

ふたたび沈黙が流れた。エリザベスがジェフリーを名前で呼んだのはこれが初めてだが、彼女はそれに気づいていないようだった。不安そうに少し眉を寄せている。

「ドクター・ハウトマンは梟の件と何か関係があるのかしら？」

「それを」ブラックバーンは言った。「これから探らなければならない。タワーズは、その後どんな様子？」

「平穏よ。サー・アンソニーは危険は去ったと思っているみたい」

「それはまずい！」ジェフリーが声を上げ、エリザベスは振り向いた。彼は真剣な表情をしていて、若々しい顔がこわばっている。「僕は心配性ではないけれど、くれぐれも用心するよう兄上に忠告したい」ゆっくり首を振った。「その平穏が嵐の前の静けさのような気がしてならない」

「だからロンドンに戻らずにここに留まるの？」

ジェフリーはうなずいた。「兄上を見守るために、主席警部は僕をタワーズに送りこんだ。ところが、誰かが僕を屋敷から追い出そうと目論んだ」ゆっくり言葉を続けた。「僕の思い違いでなければ、誰かが僕のいない隙を狙って……」

「ジェフリー！」

彼は肩をすくめた。「今日は胸騒ぎがする。いいかい、明日の朝までに屋敷で何かが起こるぞ！」

エリザベスはジェフリーを見つめた。青い目が曇っている。彼女は暗い声で訊いた。「どんなことが？」

「さあね！」ブラックバーンがもどかしい思いを抱えていることが仕草や声からうかがえる。「もうお手上げ状態だよ！　こんな事件は初めてだ。忌々しことに、ただこうして待つしかない……待つしかない！　それにいまだ謎だらけ！　まず、ドクター・ハインリヒ・ハウトマンはどういう人物なんだろう？」

エリザベスは首を振った。「私が知っているのはボブから聞いたことだけよ――ドクターはお墨付きでサー・アンソニーを訪ねてきた。デューハースト卿が彼とブエノスアイレスで会って、訪ねるよう勧めたそうよ」

「それでは、ハウトマンはアサートン＝ウェインにとって見ず知らずの人なのか？　二人には面識がないのか？」

「ええ」

ジェフリーはすっくと立ち上がった。「聞いてくれ――僕たちは二つのことを確実に実行しなければならない。月を血に染めるような悪事が進行しているのだから！　なにはともあれ、まずはタワーズに潜りこむ。今の話を知っていたら、僕は何があろうと屋敷を離れなかっただろう。数日間、僕が隠れられる場所があるかな？」

ジェフリーと同様にエリザベスは興奮を覚え、即座にうなずいた。「テッドの離れはどうかしら？　今は誰も使ってないわ」

「名案だ！」

「テッドには知らせておかないと」

ジェフリーは眉をひそめた。「うん、そうだな。彼が秘密を守るよう願おう。どうしたら誰にも気づかれずに離れに入れるだろう？」

「簡単よ」エリザベスは答えた。「門と地下室を結ぶ古い地下通路があるから――」

「地下室？」

エリザベスはうなずいた。「あなたにはタワーズの地下室に下りる機会がなかったわね。不気味なところよ――暗くて風の通らない石造りの大きな地下室。昔は拷問部屋として使われていたらしいわ」彼女はぶるっと震えた。「自分の目を疑ったわ。錆びた鎖が壁にかかったままで……」脳裏に浮かんだ光景を振り払うような仕草をした。「二週間前、ボブと一緒に地下通路を通ってみたの。通路を抜ければ離れは目の前よ」

「そうか。いつ中に入れるかな？」

エリザベスはしばらく考えた。「夕食前、みんなが着替えをする時間。それでいいかしら？」

「うん」ブラックバーンは答えた。「さて、次にすべきことは、アシュトンに頼んでデューハースト卿に手紙を書いてもらうこと――」

「駄目よ」エリザベスはぴしゃりとはねつけた。立ち上がって顔を背け、冷たい声で言った。「手紙を書くなら、私たちだけでやりましょう――」

「だが、確か君の婚約者は」ジェフリーが話しだすと、エリザベスはまた遮った。

「ボブは手を貸してくれないわ。彼がドクター・ハウトマンをどう思っているかわからないけれど、ミス・エルザにはご執心みたい」

「つまりどういうこと？」

「こういうこと！」エリザベスはくるりと振り向いた。目に涙が浮かんでいたのでジェフリーは驚いた。「ボブには彼らに探りを入れる時間があったわ。この二日間、エルザ・ハウトマンにべったりだったから！」頭をそらし、反発するように顎を上げてジェフリーを一瞥し、不意に背を向けた。気まずい思いで立ち尽くすジェフリーに小さな声で言った。「ごめんなさい。嫉妬心を剝き出しにしてしまって。どうか忘れて」

「ああ、わかったよ」ジェフリーはささやき、エリザベスの背後に歩み寄ると優しい声で続けた。「君の婚約者はサー・アンソニーの秘書だ。ミス・ハウトマンに礼儀をもって接するのが務めなのさ」

「務め！　礼儀！」エリザベスはうわずる声をなんとか抑えた。「聞いてちょうだい。昨日の夜、眠れなかったから、本を借りようと思って図書室へ行ったの。部屋は真っ暗だったけれど、扉を開けようとしたら中から声が聞こえたわ――二人の声が――！」

「聞き間違いじゃない？」

　エリザベスはジェフリーに向き直り、「婚約して二年にもなる男性の声を聞き違えるかしら？」と静かに言葉を返した。「今朝、ここまで車で送ってほしいとボブに頼んだの。そうしたら、ミス・ハウトマンをもてなしてほしいとサー・アンソニーに頼まれたから無理だと断られたわ。それで、思わずとんでもないことを口走ってしまった――」口ごもりながら続けた。「こう言ったの――昨日の夜はミス・ハウトマンを図書室でもてなすようサー・アンソニーに頼まれたのかしらって――」

「なんてことを！」ジェフリーはつぶやいた。「彼はどう答えた？」

「顔を真っ赤にして無言のまま出ていった」エリザベスは目を伏せた。「彼とは——それから話してないの」

ジェフリーは慰めの言葉をかけた。こういう状況にうまく対処できないことは自覚している。「深刻に考えてはいけないよ。つかの間の愚かな戯れにすぎないのだから。ひとつ、とびきりの提案があるんだ」

「えっ？」エリザベスが怪訝そうに聞き返した。

ブラックバーンは宿を指し示した。「この宿のスコーンは天下一品だよ。スコーンを半分に割り、ジャムを塗り、クロテッドクリームを塗り重ねる……そうすると、心配事なんてどうでもよくなるさ」

「お茶は？」

「お茶も樽の中のワインのように美味だよ！」ジェフリーはにっこり笑い、腕を組もうと誘うように肘を曲げた。「お腹はすいているかい？」

エリザベスは答える代わりに微笑み、「ジェフリー」と言った。「あなたがすばらしい探偵かどうかはわからないけれど、孤独な女の相手としては、すばらしい人だわ！」

「大いに結構」ミスター・ブラックバーンは芝居っ気たっぷりに言った。「スコーンを求めていざ行かん！」

「屋敷まであと少し——そうでしょ？」エルザ・ハウトマンは訊いた。

「もう一息だ」アシュトンは答えた。「疲れた？」

「ちょっとだけ」エルザは小さな帽子を取った。夕闇が迫る中でも金髪は輝きを失っていない。二本の長い三つ編みが頭にぐるぐると巻きつけてある。さながら黄金の冠のようだ。

アシュトンは優しく告げた。「君は帽子をかぶらないほうがいいよ」

エルザは鼻に皺を寄せて見せた。「冗談言わないで。太陽の光をまともに浴びてしまうわ」

二人はルークウッド・タワーズの門に続く道を歩いていた。屋敷を取り囲む高い石垣がもう見えており、石垣の端のほうは闇に飲まれている。エルザ・ハウトマンは数歩先にいて、帽子を振りながら鼻歌を歌っている。アシュトンがふたたび口を開いた。

「楽しい午後だったかい、ミス・エルザ？」

鼻歌が止み、エルザが振り返らずに言った。「ミス・エルザ？　夕べはただエルザと呼んだのに。どうかエルザと呼んでちょうだい。私はボビーと呼ぶから」

アシュトンはにやりとし、二歩でたちまち彼女に追いついた。「それは子供の呼び名だ。みんなと同じようにロバートと呼んでくれ」

「嫌よ、嫌よ！」ミス・ハウトマンは首を振った。「ボビーのほうがいい。ウィーンで出会った、とびきりハンサムなアメリカ人もボビーと呼ばれていたのよ。あなたもウィーンを好きになるわ。歌劇場のレストランで一緒に座ってコーヒーを飲みましょう。エガーンを旅するのもいいわね。あなたは革の半ズボンをはいて、緋色の羽根飾りのついた緑色の帽子をかぶるの」彼女は吐息を漏らした。

「ライラックが咲く頃のエガーンは……うっとりするほどすてきよ」

「どれにも大いに心を惹かれるよ、エルザ。でも、旅をするには先立つものが必要だ。それに、僕はここで仕事をしなくちゃならない」

エルザは肩をすくめた。「たぶん私が頼んだら、父はあなたを秘書として雇ってくれるわ。そうしたら二人でウィーンへ行って、シナノキの下を歩ける──」

アシュトンは優しい笑みを浮かべた。「おいおい──ちょっと待ってくれ！　知り合って二日しか経っていないのに、君とよその国に行くなんて！　それに、君の父上が秘書を雇うかどうかわからないだろう」

エルザ・ハウトマンは笑顔を向け、白く輝く歯をのぞかせた。「父は優しいから──どんな望みも叶えてくれるわ。わかるでしょ？」

アシュトンはうなずいた。「わかる。けれど、これはそう単純な話ではないよ。僕は、ある若い女性と婚約している──」

エルザは急に立ち止まり、アシュトンをまっすぐ見つめた。「婚約？」声に悲鳴に似た響きがあった。「結婚の約束をしているの？」秘書はうなずいた。「でもボビー、夕べ、あなたは言ったわ──」

今度はアシュトンが言葉を遮り、「確かにそうだ」と一言で片づけた。「いいかい、こんなところでぐずぐずしていたら、夕食に遅れてしまう」腕時計をちらりと見た。「着替える時間がほとんどないぞ！」

二人は歩きだした。しばしの沈黙の後、エルザが棘を含んだ口調で言った。「私が遅く帰れば、あなたはサー・アンソニーから大目玉を食う──そうでしょ？」

「待てよ！」二人は門に近づいていた。ぼんやりとした石の門柱は青白い幽霊がうずくまっているように見える。「誰にも見られずに中に入る方法を思いついたぞ」アシュトンはエルザのほうを向いた。「ちょっと面白いことをやってみないか？」

エルザは訝しげに彼を見た。「それは――遊ぶということ？」

「まあ――そうとも言える」アシュトンは説明を省き、急いで続けた。「もう少し行くと母屋に通じる古い地下通路がある。そこを通れば母屋に早くたどり着ける。とても暗くて急勾配だが――」

「暗くて……急勾配？」エルザは言葉の意味を考えている様子だった。そして出し抜けに告げた。「いいわ。それは――面白いことなのよね。そこを通りましょう！」

アシュトンはうなずき、先に立って門をくぐった。木立のはずれに廃墟となった小屋がある。盛り上がったりぼろぼろに崩れたりしている壁と壁に設けられた入口は蔦で隠れている。秘書は崩れ落ちた石を踏みながら進み、蔦に厚く覆われた入口の前で足を止めた。石造りの入口はアーチ型で傾いている。蔦をかき分けると黒々とした入口が現れた。彼のすぐ後ろにいたエルザが小さく叫んだ。

「まあ――真っ暗だわ……」

アシュトンは即座に訊いた。「怖いかい？――いいでしょ？」

「ちょっぴり。私の手を握っていて――いいでしょ？」

ロバートは手を差し出して彼女の柔らかい手を包みこみ、「僕が先に入る」とささやいた。「怖がらなくていい。僕はこの通路を隅から隅まで知っている。車道と同じくらい安全だよ」

蔦を後ろに払い除けると、二人は闇に包まれた。アシュトンはエルザのこわばった手を引いて、石の転がる通路を進んだ。しばらく行くと、蜘蛛の巣がエルザの顔をかすめた。彼女は小さな短い悲鳴を上げ、アシュトンに体をぴたりと寄せた。そのとき、アシュトンがそっと手を離し、エルザがおそろしそうに叫んだ。「なぜ離れるの？　何があったの？」

アシュトンは安心させるように彼女の腕に手をかけた。「ここに深い窪みがある。僕が先に飛び越えて、君に手を貸す」アシュトンの声が遠のいた。マッチの擦れ合う音がして、ちらちらする小さい火が闇の中に浮かび、通路が陥没してできた深さ二フィートほどの大きな窪みが照らし出された。アシュトンは後ろに下がり、エルザを窪みの端まで導いた。ところがマッチの火が消え、二人はまた闇に包まれた。その瞬間、エルザが叫んだ。

「ボビー――私、落っこちちゃうわ！」

アシュトンはエルザのそばに戻り、抱きしめた。するとエルザが震えながらしがみついてきた。アシュトンは腕の中で身を縮こまらせている彼女の熱い息を頬に感じた。激しい鼓動が伝わってくる。怯える子供を慰めるような口調で言った。

「僕が抱きとめてあげるよ、エルザ――抱きとめてあげる」思わず滑らかな頬に唇を押し当てた。エルザは小さな吐息をつき、腕の中で体を緩めた。

「ずっと抱きしめていて、ボビー」エルザはささやいた。「このまま離れないで……」アシュトンは闇の中でエルザの唇に唇を重ねた。

ここで状況が一転した。声と足音がほとんど同時に通路に響き、ゆらゆらと揺れる懐中電灯の光が二人の頭上を覆う天井を照らした。次の瞬間には二人の姿を浮かび上がらせ、そのまま動きを止め、いきなり消えた。一段と濃くなった闇の中で足音が止み、女性の冷ややかな声が言った。

「手遅れよ、ジェフリー。もう見てしまったわ」

アシュトンが鋭い声を上げた。「エリザベス！」

光がまた現れ、秘書はそれを遮るように目の前に手をかざした。エルザ・ハウトマンは目を丸くして闇を見つめている。

懐中電灯の光の向こうに広がる闇の中からエリザベス・ブレアが歩み出た。彼女は怒りのあまり声をうわずらせた。「ジェフリー、ミス・ハウトマンに会うのは初めてよね。顔に口紅をつけた紳士は、私のかつての婚約者よ！」

ロバート・アシュトンが叫んだ。「エリザベス――君の誤解だ――」

エリザベスはゆっくり背を向けた。「ジェフリー、私を連れて帰ってくれるかしら？　私たちはお邪魔虫みたい」

懐中電灯の光がふたたび消え、闇が不運な二人を慈悲深く包みこんだ。

その夜の夕食の後、ロバート・アシュトンはエリザベス・ブレアの部屋の扉をノックした。返事を待たずに扉を開け、中に入った。エリザベスは肘掛け椅子の上で丸くなり、小説に没頭している。彼女は入ってきた秘書を見上げた。アシュトンは扉を閉め、それを背にして立った。

「ベティ、君がここにいるとテッドが教えてくれた」と切り出した。「釈明するために来たんだ」

エリザベスは本に丁寧に目印をつけて閉じ、立ち上がった。「釈明なんていらないわ」淡々と告げた。「あなたは自由よ」

「なあ聞いてくれ――」

「何か月も前から思っていたのよ、婚約したのは間違いだったんじゃないかって。数時間前に起こったことのおかげで、疑念が確信に変わったわ」エリザベスは本をテーブルの上に置いた。「責めるつもりはないわ、ボブ。あなたを解放してあげる。それで話は終わりよ」

アシュトンは一歩進み、懇願するように両手を差し出した。「ベティ、僕は――どうかしていた。

僕の立場に立って考えてくれれば――」

エリザベスは首を振った。「これ以上議論しても無駄よ、ボブ」腕時計を見やった。「約束があるから――」

アシュトンは後ずさり、大きな体で扉を塞ぐように立ち、「誰と？」と問いただした。

エリザベスの目にかすかな嫌悪の色が浮かんだ。「通してくれるかしら？」

「ブラックバーンだな？」

エリザベスは深く息を吸い、「通してくれるかしら？」と繰り返した。

「いいや、通さない！」エリザベスの険のある物言いに、秘書の顔がかっと赤くなった。彼は頑として動かない。頭を前につき出し、不機嫌そうに口を引き結んでいる。「君は釈明させてくれなかった。ところで、君は釈明しないのか？」

「なんですって！」

「どうしてブラックバーンと地下通路を通ったんだ？」

エリザベスは頭を上げ、鞭を打つようにぴしゃりと告げた。「あなたには関係ないでしょ！」

アシュトンは口を歪めた。「そう言うと思ったよ。地下通路を使って彼を屋敷に忍びこませた理由をまともに説明できないんだな！　賓客をもてなすように彼を離れに迎え入れてほしいとお兄さんに頼んだんだろう！」彼は挑発するように顎をつき出した。「さあ――その理由を説明してくれ！　サー・アンソニーに追い出されたブラックバーンをなぜ屋敷に連れ戻した？」

エリザベス・ブレアは初めて見るような目つきでアシュトンを見つめた。呆れてしまい、その気持ちが声に表れた。

「あなたという人は、なんて嫉妬深くて愚かなの――!」

「さあ――答えろ!」大きな男の額に浮き出た血管が捕らえられた虫のようにぴくぴく動いている。「なぜ連れ戻したのか! それはあいつに恋しているからだ! あいつが屋敷に来たときから、ずっと思いを寄せているんだろう!」激情に駆られて、どら声を張り上げた。「片時も離れられないほど、あいつに夢中なんだ!」

二人が互いに対して放つ敵意があたりの空気を震わせている。エリザベスは両手を握りしめ、口まで出かかった痛烈な言葉を飲みこんだ。顔がほてり、喉は熱を帯び、息苦しい。

「泣いてしまいそうだわ」感情を高ぶらせながら彼女は思った。「けれど泣いてはいけない――この人の前では――泣いてはいけない!」のしかかるような沈黙の中で、アシュトンが荒い息をついた。

そのとき――

壁の向こう側で悲鳴が上がり、張った絹をナイフで切り裂くように静寂の中に響き渡った。部屋の中にいる二人は、悲鳴を聞いて冷水を浴びたように感じた。アシュトンは夢から覚めたように瞬きし、エリザベスは驚いて息を飲んだ。その瞬間、二度目の悲鳴が上がった――ぞっとするような震える悲鳴が長く続き、ひときわ高く響いてから、突然止んだ。

「テッドの声よ!」エリザベスは手で口を覆った。「ジェフリーに――警告されたのに――」

「行こう!」アシュトンが叫び、振り返って扉を勢いよく開けた。二人は長い廊下を並んで駆けた。オーク材の鏡板をはめた壁が果てしなく続くかに思え、エリザベスにとってまさに悪夢だった。兄の部屋にたどり着くと、頑丈な扉の前で息を切らして立ち止まった。何時間も駆けたように感じられた。アシュトンが手を伸ばして取っ手を摑もうとしたら、聞いたことのない声が響き、二人は凍りついた。

部屋の中から聞こえてきたのは——もの凄く甲高く、人間には到底出せないような声だ。廊下にいる二人には、勝ち誇った悪魔の権化のように思えた。二人が顔を見合わせたまま佇んでいると、声はしだいに消えていった。エリザベス・ブレアは全身をがくがくと震わせ、アシュトンの顔から血の気が引いた。彼は乾いた唇をなめ、「今のは何？」と小声で訊いた。

エリザベスはささやいた。「梟の鳴き声……」

「梟！」アシュトンは大きな肩を怒らせ、扉をぐいと押した。頑丈なオーク材の扉はびくともしない。取っ手を回してみたが無駄だった。「鍵がかかっている！」と声を上げた。

アシュトンがふたたび口を開こうとしたら、駆ける足音が廊下に響き、二人の前方にある曲がり角からブラックバーンが飛び出した。

「悲鳴を聞いた」彼は二人に近づきながら叫んだ。「ここに来る途中で——」足を止め、驚愕する二人の真っ青な顔から閉じた扉に視線を移した。「おい、何をぐずぐずしている？」

秘書は答える代わりに取っ手をガチャガチャいわせ、「見たか？」と噛みつくように言った。「鍵がかかっているんだ！」

ジェフリーはエリザベスのほうを向いた。「合鍵が……？」彼がこう言いかけた途端、エリザベスには彼の考えていることがわかった。エリザベスはあっという間に廊下を半分ほど進んだ。

「お手伝いさんの部屋に置いてある——部屋はすぐそこよ。時間はかからないわ」彼女は肩越しに振り返った。

ブラックバーンは扉に向き直って拳で扉を叩き、「ブレア」と声を張り上げた。「ブレア——大丈夫か？」

返事がない。彼は振り返らずに訊いた。「この部屋には扉以外に入口があるか？」

「窓だけだ」アシュトンは答えた。扉をじっと見つめ、筋肉を動かした。「体当たりで扉を壊せるかな？」

「まず君の肩が潰れてしまうよ！」ジェフリーが振り返ると、鍵束を手にしたエリザベスの姿が見えた。エリザベスは慌てた手つきで一本を選び出し、ブラックバーンに差し出した。彼は無言で鍵を受け取って鍵穴に差しこみ、後ろに下がるよう二人に身振りで示した。それから扉を大きく押し開けた。

部屋には誰もいない。

開いた戸口に立つジェフリーと同様に、後ろにいる二人も一目でそれを見て取った。彼らは部屋の惨状をつぶさに眺めた。テーブルがひっくり返り、紙が散乱している。背の高いフロアランプの笠は傾き、室内履きの片方が床に転がり、厚いカーテンはカーテンリングから乱暴にもぎ取られ、折り重なりながらだらりと垂れ下がっている。三対の目が縦長の窓のほうを向いた。窓は開け放たれ、重い鎧戸が風にゆらゆら揺れている。

ジェフリーは柄のある絨毯のひときわ色の濃い部分に目を留めた。大股で中に入ってかがみこみ、探求心につき動かされて絨毯に指で触れた。すると指が深紅に染まった。きゃっという悲鳴を聞き、跳ねるように立ち上がった。エリザベスが彼の手を見つめている。

「ジェフリー……」エリザベスはささやいた。

ジェフリーは彼女の腕を握った。「気を強く持つんだ」そっと声をかけ、アシュトンのほうを向いた。アシュトンは信じられないといった様子でめちゃくちゃになった部屋を眺めている。「ブレアに最後に会ったのはいつ？」

「二十分前――いや、もう少し後だ。彼はテーブルに向かって座っていた」秘書はかすかな身振りで無残な姿になり果てた品々を指し示した。「こんなこと、あり得ない！　扉に鍵がかかっていたのに。ここは四階だぞ。窓から地面まで五十フィートある……」声がしだいに小さくなり、エリザベスが口を開いた。

「あり得ないことかしら？」と静かに訊いた。「梟は飛べるということを忘れたの？」

「梟！」ジェフリーが鋭い声で繰り返した。「つまり君は――」

エリザベスはうなずいた。「私たち――ボブも私も部屋の外で鳴き声を聞いたわ」ひと気のない廊下を見やり、衝動的に扉に歩み寄って扉を閉めた。「その後、ジェフリー、あなたが駆けつけたのよ――」不意に言葉を切り、「見て！」とかすれた声で告げた。

しかし、そう促す必要はなかった。扉が閉まると、中央部の鏡板に留めてあるものが見えたからだ。それは正方形の小さな白いカードで、右上に三つの言葉が並んでいた。**夜に飛ぶ**。その下に、別の言葉が大文字を使ってインクで走り書きされていた。

我は君らと共にいる！

第五章　一番高い値段をつける人

ジェフリーはアサートン＝ウェインの書斎で、縦長の窓の外に広がる青々とした芝生をぼんやりと眺めていた。ポケットに手をつっこみ、眉間に深い皺を寄せている。

さわやかな朝だ。明るい太陽の下で、世界が真新しい装身具のように輝いている。空気が澄み渡っているので何もかもはっきり目に映り、緑に染まるなだらかなピューリー丘陵の肩と、そこをゆっくり走る一台の車の姿が彼のいる場所からも見える。手前にある川の湾曲部は磨き上げた盾のようにきらきら光っている。美しい風景だ。けれども、それは窓辺に佇む長身の青年の関心事ではない。

ジェフリーは暗い気持ちになった。もの思いに沈んでいると、アサートン＝ウェインの声が背後から聞こえた。彼はびくりとし、一インチほどの煙草の灰が上着の上に落ちた。

「ブラックバーン――」

ジェフリーはくるりと振り返った。准男爵は机に向かって座り、細い指が逃げ回る生き物のように書類の間を行き来している。すぐそばにドクター・ハウトマンが直立不動の姿勢で立っている。黒っぽいピンストライプのスーツの下にコルセットを着けているのだろうとジェフリーは思った。

「ブラックバーン」アサートン＝ウェインが淡々と告げた。「ドクター・ハウトマンも私も――その――君に謝らなければならないと思っている」

「えっ?」

ジェフリーが機械的に言葉を返すと、ハウトマンがそのとおりだというようにうなずいた。ドイツ人のドクターをまともに見るのはこれが初めてだ。第一印象は衝撃的なものだった。というのも、顔の青白さがいまだかつてお目にかかったことがないほど独特だからだ。

綺麗に剃った蒼白な皮膚がかすかに緑色を帯びているのだ。その皮膚にほっそりした顔が覆われている。鼻は鷲鼻で、まっすぐに結ばれた薄い唇はサーベルで切った傷のようだ。目の特徴については、どう表現したらいいのかわからない——重たげな青白い瞼に目が半ば隠れている。ジェフリーは、ドクターの持つ力が押し縮められたバネのように抑えこまれているような気がした。ふと、コブラの姿が脳裏に浮かんだ。ドクターは、冷酷な目を隠して細い体をくねくね動かすコブラだ。

ジェフリーはサー・アンソニーの話になんとか意識を集中させた。

「昨夜、あのようなことが起こったのは全部私のせいだ。君がタワーズを去るのを止めるべきだったよ」サー・アンソニーはインク壺を指でいじくり回した。「はからずも梟を利する結果になってしまった」

ジェフリーは肩をすくめた。「僕がここにいたとしても、状況はさほど変わらなかったでしょう」

ドクター・ハウトマンが椅子を引き寄せ、ぎくしゃくと腰を下ろし、くの字に曲がったジャックナイフのような姿勢になった。黒い目をジェフリーの顔にちらりと向けた。「君がいなくなるのを待って梟が犯行に及んだという事実は無視できないだろう?」口調にドイツ人特有の厳しさが感じられないとジェフリーは思った。それどころかとても穏やかで、まるで用心深い猫がゴロゴロ喉を鳴らしているかのようだ。「部屋を調べたそうだが、ミスター・ブラックバーン……手がかりらしいものはあったか？」

「部屋の中には――何もありませんでした」

「部屋ではなく、壁に這った蔦を調べてみたらどうかな」アサートン＝ウェインははっきりした声で言った。ジェフリーは煙草を一本取り出しながら顔を上げた。

「梟が蔦を登り、ブレアを背負って下りたというのですか？」

「そうに違いない」

ジェフリーはかぶりを振った。「蔦を登ったことがありますか？　蔦に体重をかけたらどうなるか、ご存じないのですか？　蔦は剝がれ、ちぎれ、葉は地面に散る……」言葉を切り、マッチの小さな炎越しに相手の顔を見やった。「蔦も念入りに調べました。巻きひげ一本の乱れもありませんでした！」

准男爵は弱い声で言った。「しかし、扉には内側から鍵がかかっていた……」

「確かに」

部屋の中はしんとして、コツコツという小さな音だけが聞こえる。ハウトマンが無意識のうちに靴で床を打ち鳴らしている。ジェフリーはそれを聞きながら、アサートン＝ウェインが机の上で手を忙しく動かす様子を眺めた。二人の男が揃って興奮状態に陥っていることに気づき、心がざわついた。彼はなぜだと自問した。アサートン＝ウェインの端正な顔の裏に何が隠されているのだろう？　ドクターの黒曜石のような目の奥にどんな秘密が潜んでいるのだろう？　ドクターは錆びついたポンプで水を汲み上げるように無理やり笑い声を上げ、静寂を破った。

「ミスター・ブラックバーン、梟が『千夜一夜物語』に登場する巨鳥よろしく、ブレア君を足で摑んで窓から飛び去ったとでも言うのかい？」

ジェフリーは言葉にこめられた嘲りを無視し、穏やかに答えた。「僕はこう言いたいのです、ドクター。ブレアがどんな方法で部屋から連れ去られたのかはわかりませんが、どう評価されようとも断言します。ブレアは屋敷内のどこかにいます。そして――まだ生きています」

「なぜそう言い切れる？」

「梟は第四ガソリンを手に入れたがっています。ブレアを殺したら元も子もありません。そう考えるのが普通です」ジェフリーは言葉を切り、煙草の煙を吐き出した。「事件が解決しないうちは、梟が空中浮揚術を身につけたという荒唐無稽な説を信じる人もいるでしょう。昨夜のあの悲鳴を聞けば……」彼はやにわに訊いた。「ところでドクター、あなたは悲鳴を聞きましたか？」

「私？　いいや！　離れの庭を散歩していたから。ミスター・ブレアの部屋は屋敷の反対側にある」

「そうですか」ジェフリーは青白い顔をしばし眺め、くるりと振り向いた。「あなたは聞きましたか、サー・アンソニー？」

「私はこの部屋でチェスの手の打ち方を考えていた」准男爵は曖昧な仕草を見せた。「チェスに没頭していたし、この書斎の壁は堅牢だ」少し咎めるような口調になった。「まったく信じられない。私が――その――非道なことについて知ったのは、それが起こってから三十分後だった」

ジェフリーが眉を上げた。「でも、ブレアが消えたことに気づくとすぐ、あなたを探すようアシュトンに言いましたよ！」

「それは本当か？」アサートン＝ウェインは、「私はここにいた」とはっきり告げて立ち上がり、上着についた塵を払うような仕草をした。「もう主席警部に連絡したのか？」

「警部は今日の午前中にここに戻ります」ジェフリーは答えながら本棚に歩み寄り、一冊の本を選び出した。それから振り返り、本を見せた。「これを数時間拝借できますか？　ルークウッド・タワーズの歴史をまとめた本です」

ジェフリーはページをぱらぱらめくった。「屋敷の古い地下室にとても興味があるんです。尋問する際に使われたようですね」

ジェフリーは何かの気配を感じ、はっと顔を上げた。アサートン＝ウェインが彼をじっと見ている。細い顔が髪と同様に灰色を帯びている。恐怖がありありと浮き出た顔というものがあるなら、今の准男爵の顔がまさにそれだ。ジェフリーは頭の底に名状しがたい疼きを覚えた。そのとき、彼がページを繰るのと同じくらいの速さで准男爵の顔から表情が消えた。准男爵は無表情のまま滑らかな口調で言った。

「地下室に行くつもりなら用心しなさい、ブラックバーン。あそこは――危険だ」

「危険？」

准男爵は言葉に詰まり、ひとつ咳払いをしてから、つっかえつっかえ続けた。「私は――その――地下室はとても古い。つい最近、崩れ落ちた石で通路が埋まってしまってね。もっと前に入口を塞いでおくべきだったよ……」

ジェフリーはうなずいた。「ご警告、感謝します。気をつけます。僕が閉じこめられたら、梟にとって願ったり叶ったりですね――」

扉をノックする音が唐突に響き、ジェフリーはどきんとした。准男爵が返事をすると、戸口からアシュトンが顔を覗かせた。部屋の中にいる他の二人には目もくれず、雇い主に向かって告げた。

「ミスター・トッドハンターがお会いになりたいそうです」

「トッドハンター？」年嵩の男は眉をひそめた。「トッドハンターという名前の知り合いはいないぞ、アシュトン。用件は？」

秘書は名刺を出して手渡した。「ミスター・ブレアに面会したいとおっしゃったので、それは無理だと答えると、あなたに会わせてほしいと懇願なさいました。取締役のひとり――ミスター・スタンディッシュの名前までお出しになって。ご友人のようです」

サー・アンソニーはまだ名刺とにらめっこしている。「チャールズ・トッドハンター……エイジャックス石油会社、デトロイト。うーん……」彼は目を上げてみんなに向かい、「石油。目下の状況では無下にはできないな」と言ってうなずいた。「いいだろう、アシュトン。ミスター――えーと――トッドハンターに会ってみよう」

アシュトンはうなずきながらひっこんだ。ジェフリーは本を小脇に抱えて部屋を横切り、縦長の窓から出ていった。サー・アンソニーは彼が去るのを見届けてから振り返った。ドクター・ハウトマンは椅子に座ったままだ。准男爵は咳払いをした。

「あの――このあたりでそろそろ、ドクター……」それとなく退室を促した。しかし、ハウトマンは腰を上げず、両手の長い指を組み、椅子の背に身をもたせた。

「お邪魔でなければ、ここにいます。私もミスター・トッドハンターに会いたい」

彼の悠揚迫らぬ態度が小柄な准男爵を苛立たせた。准男爵は厳しい声で言った。「しかしだね、ドクター――」

相手が滑らかな口調で遮った。「お客は、私たち二人にとって興味深い提案をするかもしれません」痩せた体をさらに深く椅子に沈めた。「だからここに残りたいのです」

サー・アンソニーはぱっと立ち上がった。怒りを口にしようとしたら書斎の扉が開き、アシュトンが客を部屋に通した。ミスター・チャールズ・トッドハンターは立ったまま部屋の中を見回した。乾いた細い棒のような体つきをした四十代後半の男だ。ふさふさした赤い髪がかがり火のように輝いている。彼は口を固く結んだまま眼光鋭く二人を見比べた。

「どちらがサー・アンソニーですか？」と訊いた。

アサートン＝ウェインは前に進み出て会釈した。「私がアサートン＝ウェインだ」差し出された手を軽く握り、空いている椅子を指し示した。「かけてくれたまえ、ミスター・トッドハンター」

エイジャックス石油会社の代表者は腰を下ろし、革製の小さなブリーフケースを膝の上に置いた。ハウトマンはまるで彫像のようにじっと座っている。アメリカ人はやにわに身を乗り出した。

「さて、サー・アンソニー。私が参上した理由をお知りになりたいでしょう」どこかもの憂げな心地よい声音だ。「あなたはお忙しい。私も多忙の身。まわりくどいことをしている暇はありません。断じて！　ですから簡潔に済ませます！」

「そうしてくれるかな？」

「もちろんですとも！」赤毛の男は考え深げにうなずいた。「ひとつ提案がございます！　弊社――エイジャックスはミスター・ブレアのガソリンの独占権を取得したいと考えています。十万ドルまで出す用意があります！」

サー・アンソニーは椅子にゆっくり腰を下ろし、「いやはや！」とつぶやいた。

トッドハンターの表情のない顔に、一瞬微笑が浮かんだ。「驚きましたか？　たいそうな金額です！」彼は膝の上にある革製のブリーフケースを軽く叩いた。「契約書の準備はできています。ご同意いただいたら、あとは署名欄にサインするだけです！」

「ちょっと待ちたまえ！」准男爵は袖からハンカチを抜き出し、額をぽんぽんと叩いた。「これは――驚いた！　第四ガソリンの存在を知っているのは屋敷にいる一握りの者だけだと思っていたから」

「この種の情報を隠しとおせると思ったら大間違いです！」アメリカ人は椅子に身を沈め、足を組んだ。「それで、あなたのお返事は？」

「これが返事だ。ブレアが発見した第四ガソリンは売り物ではない。たとえ売り物だとしても、異国に売り渡すつもりは毛頭ない」

トッドハンターは肩をすくめた。「どうぞご随意に。とはいえ、二万ポンドはこの小さな島国でも大金でしょう。第四ガソリンを後生大事にとっておくのも――悪くはありません。でも、これほど気前のいい申し出は二度と舞いこみませんよ」

ハウトマンが横から割って入った。「そう言い切るのは早計です、ミスター・トッドハンター」

「そうでしょうか？」

ドクターは立ち上がり、かかとを打ち合わせて気をつけの姿勢をとり、一礼した。「自己紹介させていただきます。私はドクター・ハウトマンです。ベルリンの国防省に所属し、ドイツの戦争大臣の下で国外任務に就いています」彼は体の向きを変えた。「サー・アンソニー、私は官命を受けました。政府は第四ガソリンに二万五千ポンドを払います！」

アサートン＝ウェインは悪夢から覚めた人のように目をぱちくりさせた。椅子を掴み、片方の男からもう片方の男へと視線を移した。怒りと驚きがないまぜになった表情が顔に浮かんでいる。両頬は真っ赤に染まり、目は鋳造されたばかりの硬貨のように光っている。
「なんともはや」彼は喘いだ。「こんなことは人生で初めてだ……」言葉を切り、落ち着こうと深呼吸した。「ドクター・ハウトマン、あなたは客として屋敷に招き入れられ――歓待を受けたのに――はなからガソリンを手に入れる腹積もりだったのか？」

相手は平然と答えた。「そうです」

「待ってください！」トッドハンターが立ち上がった。「最初に申し出をしたのは私です！　だから、まずは私の申し出を検討してください」

ドクターはポケットを探って金縁の片眼鏡を取り出し、目に装着した。それからアメリカ人に向き直り、じっと見つめた。「一番高い値段をつけた人に第四ガソリンが売り渡されることをお忘れですか？」

トッドハンターは憤然として顔を紅潮させた。ドクターを無視し、准男爵に訴えた。「聞いてください、サー・アンソニー――」

ハウトマンが声を荒らげた。「この件はもう決着しました」

「ふんっ、まだだ」

「二万五千ポンド――」

「耳を貸してはいけません、サー・アンソニー――」

「やめてくれ！」アサートン＝ウェインは腰を上げ、抗議するように両手を振り回した。「二人とも――後生だから！　見苦しい言い争いは好ましくないし無用だ。第四ガソリンがイギリスから流出するのをみすみす許すくらいなら、私が一番高い値段をつける！」

ドクターが険しい口調で訊いた。「あなたが買うのですか？」

「そうだ！」サー・アンソニーは袖を引き上げ、おもむろに腕時計を見た。「申し訳ないが、用があるからこれで失礼する」

トッドハンターは細めた目で准男爵の細い顔をしばらく見つめ、肩をすくめた。「そうお考えなら仕方ありません」彼はブリーフケースを拾い上げた。「取引がまとまらず残念至極です。こうなった以上は別の人と取引するしかありません。今度はミスター・ブレアに会います」

「時間が無駄になるだけだ」アサートン＝ウェインは言った。

「果たしてそうでしょうか」ミスター・トッドハンターは扉に手をかけて立ち止まった。「幾日も経たないうちに、あなたは私に会いたくなるかもしれません。私はグリーンマンに滞在しています。それでは失礼いたします」

扉が閉まると、アサートン＝ウェインは振り返った。長身の男は立ったまま、片眼鏡を絹のハンカチで拭いている。准男爵は淀みなく告げた。「ミスター・トッドハンターの趣味の良さがうかがえるよ、ドクター。グリーンマンはイギリスの宿らしい、すてきなところだ……」

ハウトマンは言外の意味を汲み取った。黒い眉をぴくりと上げ、相手に負けないくらい滑らかな口調で訊いた。「娘と私は――その宿でもてなしを受けるべきだとおっしゃりたいのですか？」

アサートン＝ウェインは首を傾けた。「なるだけ早くそうすべきだ」

二人の視線が一瞬火花を散らした。ドクター・ハウトマンは後ろに下がり、片眼鏡を装着して堅苦しく一礼した。

「仰せのままに。だが、ひとつ言わせていただくなら、もう一度お目にかかりたい。国に手ぶらで帰るなら、それは失敗したということです。今のドイツでは、失敗がとても由々しき結末をもたらします」

彼はかかとを打ち合わせて体の向きを変え、大股で部屋から出ていった。扉が閉まると、准男爵は書斎が暗くなったように感じた。腰をかがめて机の抽斗を開けた。中に小型の自動拳銃が仕舞ってある。彼は拳銃を手に取り、しばらくもの思わしげにもてあそび、衝動的にポケットに滑りこませた。


タワーズの別の部屋では、アシュトンがすまなそうな顔をしてエリザベス・ブレアと向かい合っていた。

「ベティ」彼は言った。「僕の意見を聞いてくれ!」

エリザベスは穏やかにうなずいた。窓辺にある腰掛けの上で丸くなっている。「いいわよ、ロバート」と答えた。「どんな意見?」

「警官を呼ぶようアサートン=ウェインに頼むべきじゃないかな?」

エリザベスは彼を見た。「警官はもうここにいるわ!」

秘書は身振りで言葉を遮った。「無能な奴らではなく――スコットランドヤードの警官を呼ぶべきだ! よく考えろ、ベティ。テッドが消えてから十二時間が経とうとしているんだぞ。ブラックバーンは――いったい何をしている? 図書室でお勉強中だ!」

エリザベスはさりげなく訊いた。「ロバート、どうしてジェフリーをお払い箱にしたいの?」

アシュトンのふっくらした顔がしだいに赤くなった。「またジェフリーの話か!」

「質問に答えて!」

「なぜなのか？」アシュトンは一歩前に出た。「それは、あいつが――」エリザベスの訴えるような眼差しのせいか――言いかけた言葉を飲みこんだ。「この事件はあいつの手に余る。ケチな窃盗事件などとは訳が違うのだから。スコットランドヤードの警官を総動員しなくては」彼は声を落とし、肩越しに後ろをちらりと見た。「いいか、ベティ。この事件の闇はメンディップの鉱坑より深いぞ！そして危険だ」

エリザベスの目には、アシュトンの姿がまるで別人のように映った。彼女は間を置かずに訊いた。

「何か知っているの？」

アシュトンはかぶりを振った。「詳しいことは言えない――まだ。今朝、ある私文書に目を通したら、内容にとてもおかしな点があった。辻褄が合い過ぎる――だからおかしいと言うべきかな」彼はゆっくり続けた。「このことを誰にも口外しないと約束してくれるか？」

「ジェフリーにも秘密にしておくの？」

アシュトンは顔をこわばらせ、「もちろんだ」と答えた。「僕は手がかりを掴んだ。あいつも自分で手がかりを掴むだろう。約束してくれるね？」

エリザベスはためらい、やがて微笑んだ。「約束するわ。無茶はしないでね、ロバート！　とても危険だと言ったのはあなたよ」

秘書は大きな肩をすくめた。「僕はおそれない――」

「それが問題なのよ」エリザベスはつぶやいた。

若い秘書は目配せし、にやりと笑みを浮かべた。「これで仲直りだね？」

「ええ」

「ベティ――」言葉が途切れた。「僕の勘が当たっているなら、梟はもはや袋の鼠も同然だ。僕たちは恐怖や疑心暗鬼とおさらばできる。騒動がはじまる前の関係に戻れるよ。つまり……」アシュトンの頬が真紅に染まった。「僕たち――君と僕は今までどおりにやっていける――今までどおり……」彼が哀願するような眼差しを送ると、エリザベスは微笑した。

「それはどうかしら」彼女は軽い口調で答えた。「まずは梟を捕まえなきゃ」

アシュトンの表情が明るくなった。「その言葉だけで十分だよ」こう告げると、とっさに手を伸ばし、エリザベスが気づく間もなく手を優しく握りしめた。それから肩を大きく揺らして振り返り、大股で部屋から出ていった。廊下で彼の吹く口笛がエリザベスの耳に届いた。

ひとり残されたエリザベスは窓辺の椅子の上で座り直した。クッションを置いて頭をもたせかけ、体を緩めた。彼女はロバートの最後の言葉を頭の中で繰り返した。彼に悪気なんてなかったんだわ。不思議なことに、殿方の中にはいつまでたっても大人になれない人がいる。ロバートは、どんなに禁じられても、上着が破れるのもお構いなしに林檎の木に登るくしゃくしゃ髪の少年といったところ。けれどジェフリーは――ジェフリーは違う。ロバートは冒険を求めて林檎の木に登り、ジェフリーは丘の向こうに何があるのか確かめるために登る。

ジェフリーと歩む人生は心躍るものだろう――うまく計算され、安全を約束された人生だ。

あれこれ考えるうちに、エリザベスはあることを思い出した――トンネルで起こった忘れたい出来事。いや、忘れたいのだろうか。ジェフリーは温かい手でエリザベスの手をぎゅっと握った……彼が長身をかがめると、どこか滑稽な一房の茶色い髪が額にかかった……

エリザベス・ブレアは不意に体を起こし、「あなたは」と自分に優しく言い聞かせた。「とんでもないお馬鹿さんね！　まず、あなたはまだロバートと婚約している。それに、たぶんあなたはジェフリーにとって誰よりも疎ましい存在だわ。彼を事件に巻きこんだ張本人だから。あなたはテッドのことを心配しすぎて、気がおかしくなっているのよ！」

自分を責めながら、ふと思った。私は兄さんのことをそれほど心配していないのではないかしら？ジェフリーを心から信頼しているからかしら。それとも、何かの理由で誘拐行為を受け入れているから？　ロバートのほうがよっぽど心配しているわ！

「どうかしている！」エリザベスは鋭い声を上げた。思考があらぬ方向に向かっている。「こんなの健全じゃないわ」と自分に言った。「でも、闇雲に探し回っても神経がずたずたになるだけだもの。午後に警部と彼の部下が来て、テッドを見つけるわ。それがスコットランドヤードの仕事なのだから」

ミス・ブレアは大声で自分に話しかけていることに気づいて、はっとした。これはいただけないというように少し顔をしかめ、艶やかな足を腰掛けから下ろし、立ち上がろうとした。部屋はしんとしていて、それにようやく気づいた。窓の外では真昼の太陽が輝いているが、静かな部屋は、青白い月の光が照らす誰もいない閉ざされた都市を思わせる。

ルークウッド・タワーズは古い家なのだとエリザベスは改めて思った——古いから長い歴史があり、多くの死者の魂が漂っている。雨戸が閉まった空気の淀む部屋やカーテンが閉まった廊下でどれほど多くの人の感情が交錯したのだろう。ここに座っていると、黒いローブをまとった修道士の姿が目に浮かんでくる。昔、修道士たちは部屋から部屋へと歩いた。黴臭いローブの襞が暗がりで衣擦れの音を立て、白い手が扉の取っ手を回す。入るのを禁じられているけれど、扉をコンコンと叩く……コンコン……

コンコン！

エリザベスは短く息を吸いこんだ。一瞬、想像したことが起こったように感じた——頭に浮かんだことが現実になったように。エリザベスは立ち上がり、混乱しながら部屋をさっと見回した。誰かに見られているような不気味な感覚を覚え、不安げに肩をすぼめて煙草入れの乗ったテーブルに向かいはじめた。しかし、二歩ほど進んだところで恐怖のあまり凍りついた。

何かが壁の鏡板の裏側を叩いている！

柔らかい断続的な音が確かに聞こえる。音は部屋のまわりを回ってエリザベスのほうに近づいてくる。彼女は立ちすくんだ。麻酔薬が浸透するように、恐怖が心の奥までじわじわと入りこんでいく。これは何でもないことをおそろしく感じる悪夢だろうか。音が止んだ。部屋は、血液が血管を流れる音さえ聞こえそうなほど静まり返った。

立ったまま耳を澄ますと、別の音が聞こえた——油をさした機械が低く唸るような音だ。エリザベスは罠にかかった小さな動物のようにきょろきょろし、彼女が立っている場所の反対側にある鏡板のひとつに視線を定めた。これは目の錯覚ではない——鏡板がゆっくりと少しずつ開いていく……開いた鏡板の隙間から手がぬっと現れ、隣の鏡板を撫でるような奇妙な動きをした——黒ずんだ爪は割れ、薬指は根元部分しか残っていない……

エリザベスは喉に爪を立てて悲鳴を上げた。

その後は怒濤の展開だった。手がさっとひっこみ、開いた鏡板がバタンと閉まった。それとほとんど同時に部屋の扉が勢いよく開き、ブラックバーンが飛びこんできた。彼は一足飛びにエリザベスに駆け寄り、失神寸前の彼女を抱きとめた。

「エリザベス！」彼女の名前がジェフリーの口から自然に漏れた。「大丈夫か？」エリザベスがうなずくと大声で訊いた。「何があった？」

エリザベスは息苦しさに耐えた。「鏡板が――開いて――」ジェフリーは動揺した彼女の体が震えるのを感じた。「手が現れて――」彼女は興奮に声をうわずらせた。「ジェフリー、手に――指が四本しかなかった……」

ブラックバーンはエリザベスを椅子へ導き、いたわるように座らせた。ポケットから煙草入れを出し、一本を抜き取って渡し、ライターで火をつけた。エリザベスは長々と煙を吐き出した。青白い顔のまわりにさらに青白い煙が漂っている。ジェフリーは訊いた。

「気分は良くなったかい？」

エリザベスはうなずいた。「ええ」

ジェフリーは目を細めて壁を見つめた。「どの鏡板が開いたの？」

エリザベスは煙草で指し示した。ジェフリーは大股で部屋を横切り、鏡板を拳で叩いた。空洞に音が反響した。彼は重々しくうなずき、鏡板の上で長い指をさまよわせ、あちこちを押した。すると、それに応えるかのように低く唸るような音が再度部屋に響いた。それから鏡板がゆっくりと、さっきよりも大きく開き、真っ暗な通路の入口が現れた。黴、腐った苔、日光や新鮮な空気から長く遮断されているものの臭いが部屋の中に漂ってきた。

ジェフリーは鏡板の脇に立ち、首を伸ばして入口を覗きこみ、エリザベスを見ずに訊いた。「もう大丈夫なんだね？」

「ええ」エリザベスは立ち上がり、煙草を踏み潰した。「ジェフリー――中に入るつもりなの？」

ジェフリーは質問を無視し、「僕の部屋は五階にある。廊下の曲がり角に近い部屋だ」と言った。

「扉には鍵がかかっていない。机の一番上の抽斗に懐中電灯が入っている。持ってきてくれ――」

「でも、ジェフリー――」

ブラックバーンは鋭い大声を放った。「急げ！　一刻を争う！」

これは命令だった。エリザベスはほとんど走るようにして部屋から飛び出し、二分も経たないうちに戻ってきた。ジェフリーは彼女が部屋を出たときと変わらず、暗い通路の入口にじっと立っていた。その姿は鼠の巣穴の様子をうかがうテリアを思わせた。エリザベスは彼の手に懐中電灯を握らせた。

「中に入るつもりなの？」と質問を繰り返した。

「もちろん」

「それなら一緒に行くわ」

ジェフリーは振り返り、エリザベスをまじまじと見つめた。これまで見せたことがないような厳しい顔をして、「よく聞くんだ、お嬢さん」とすげない口調で言った。「君は言われたことだけやればいい！　僕が中に入ったら、鏡板を閉めてくれ。警部が部下と一緒に居間にいる。十分前に到着した。リードに起こったことを話し、警官二人にこの通路の入口を見張らせるよう伝えてくれ」

エリザベスは言い募った。「でも、通路で――捕まってしまったらどうするつもり？」

「ただ為すべきことを為すまでだ」ジェフリーは短く告げると懐中電灯をつけ、入口を照らした。

「問題なし」とつぶやき、肩越しに言った。「指示を忘れないで」

ジェフリーは頭を低くして通路に足を踏み入れた。彼が闇の中に消えると、エリザベスは手を伸ばして鏡板を押しはじめた。そして、たちまち表情を変えた——小さな丸い顎にぐっと力を入れ、頭を隙間に近づけて耳を澄ました。ジェフリーの足音はしだいに遠ざかり、小さくなっていく。急いでテーブルに歩み寄り、マッチ箱を手に取ると、一度肩を高く上げてから壁のほうに戻った。足音がかすかに響いている。

エリザベスは部屋をさっと見回すと、隙間から体を滑りこませて鏡板を閉めた。両手で目を覆われたかのように真っ暗だった。彼女は手探りしながら慎重に進みだした。

ロバート・アシュトンはオークの間にエリザベスをひとり残し、自分の部屋に戻った。扉に鍵をかけ、小さな机に直行して抽斗の鍵を開け、仕舞ってある書類の間を探った。彼は一通の封筒を探り当て、タイプライターで打った手紙を抜き出した。手紙に綴られた言葉は諳んじられるほど覚えていたが、一字一句逃さず丁寧に読み直した。彼は首を振り、「いや」とつぶやいた。「あり得ない。マースデンの勘違いだ。二人の男を混同したに違いない」考えこむように下唇を噛んだ。「でも、マースデンが正しいとしたら！　何もかもがひっくり返る……」

扉をノックする音が聞こえた。アシュトンは振り返り、動揺した声を上げた。「誰だ？」

扉の向こう側から柔和な声が返ってきた。「レイノルズです。伝言がございます」

アシュトンは顔をしかめた。レイノルズは使用人のひとりで、滑らかに話し、静かに歩く男だ。短く言葉を交わし、この男は信用できないと直感したアシュトンは、手早く手紙を抽斗に戻して鍵をかけた。部屋を横切って扉を開くと、三十代半ばのレイノルズが立っていた。目の色は淡く、金色の髪は薄く、無表情だ。彼は目の前にいるアシュトンに軽く会釈した。

「サー・アンソニーが書斎でお会いになりたいそうです」

「仕事か？」

レイノルズは淀みなく答えた。「そうだと思います」

アシュトンはそっけなくうなずき、手帳を手に取って雇い主の書斎に向かった。ノックして中に入ると、准男爵は机に向かって何か書いていた。彼は目を上げずに言った。「扉を閉めてそこにかけてくれ、アシュトン」ペンを置き、書類をアシュトンに手渡した。

「これが四通必要だ」准男爵は告げた。「一通目に私が、二通目にブレアが署名する。三通目に君が証人として署名し、四通目を保管する」

「今、読んでもよろしいでしょうか？」

「読む必要はない。簡単に言えば、第四ガソリンの独占権を獲得する対価として、私がブレアに一万ポンド支払うことを記した覚書だ」

アシュトンは口をあんぐりさせた。「ブレアは――その件について知っているのですか？」

准男爵はむっとして言葉を返した。「むろん、すでに二人で話し合っている」

「サー・アンソニー――ブレアの身に何が起こったかがはっきりするまで待つほうがよいのでは？彼は死んでいるかもしれません！」

アサートン＝ウェインはかぶりを振り、「それはどうかな」と答えた。「私が思うに、梟がブレアを連れ去ったのは、脅して第四ガソリンを手放させるためだ。梟はブレアの性格をよく理解していると見える。威嚇に屈する若造だと思っている」年嵩の男は咳払いをした。「少なくとも、ブラックバーンは私と同意見だ――」

「ブラックバーン！」アシュトンはふんと鼻を鳴らした。

准男爵は感情的な振る舞いに目をつぶり、「それから」と穏やかに続けた。「ついさっき到着したリード警部と話をした。ブレアが消えた件について。リードは、ブレアは死んだという意見を一笑に付し、断言したよ。梟は人を殺さないと。梟は泥棒だ。大胆不敵で芝居がかったことが好きな泥棒であって、人殺しではない。警部は梟に関する資料を持っている。それによると、梟はこれまで誰も殺めていない。今度だって同じだろう？」

アシュトンは准男爵の覚書を丁寧に折りたたみ、「率直に申し上げてよろしいですか？」と言った。「リード警部もブラックバーンも、この事件の犯人のことをまるでわかっていません。梟は想像以上に手ごわいですよ」彼は立ち上がった。大きな手で手帳を握りしめている。「おっしゃったように、他の窃盗事件では人を殺していません。それはなぜでしょう？　最終的な目的――第四ガソリンを手に入れるという目的を達成するためです」

准男爵は煙草に火をつけようとしていたが、火のついたマッチを口元近くまで運んだところで手を止めた。「どういう意味だ？」

「こういうことです！」秘書は言葉を強調するために机を指でトントンと叩いた。「梟はすべての窃盗を、奴にとってそれほど重要でないにもかかわらず、鮮やかにやってのけました。それは犯人像を作り上げるためです！　警察は芝居じみたことを好む泥棒を探すよう仕向けられました。でも、梟はそんな泥棒とはまるで違います。梟の仮面？　梟の正体はごくごく平凡な男です。そして――その男は屋敷にいます！」

「ほう？」アサートン＝ウェインは細い眉を上げた。「それが誰かわからないとは悔しい限りだ」

ロバート・アシュトンは冷水に飛びこむ人のように筋肉を緊張させ、落ち着いた調子で告げた。「わかります……僕にはわかります！」

世界が静止したかのような静寂が訪れ、それが永遠とも思えるほど長く続いた。雷鳴が轟けば空気が動きを止め、やがて激しい雨が降る。准男爵の額に小さな汗の粒が浮かんだ。一粒また一粒とスローモーションのようにゆっくり浮き出るのがアシュトンの立っている場所からも見えた。先に口を開いたのはアサートン＝ウェインだった。

「すばらしいよ、アシュトン。すばらしい」准男爵は彼と目を合わせずに体の向きを変え、煙草の先端を灰皿に押しつけた。「君にそんな才能があったとは。これでだいぶ面倒事が減るだろう」彼はたたんだハンカチを額に当てた。「それで――その男は誰だ？」

秘書は首を振り、「すぐにはお答えできません」と言った。「僕は確信が持てません。確信したとしても、証拠を摑めていません。でも、後は時間の問題です。奴はドジを踏んだ――」

秘書は言いかけた言葉をひっこめた。カチッという音が部屋に小さく響いたので振り返ると、扉が閉まるのが見えた。彼は年嵩の男に向き直った。

「これはどういうことでしょう？」

アサートン＝ウェインは身を硬くして扉を凝視した。それから力を抜いて半開きの窓を指し示した。「風のせいだろう」彼は考えこむような目つきでつぶやいた。

秘書は首を振り、「風のはずがない」とつぶやいた。「誰か来たのでしょう。ドクター・ハウトマンかもしれません」

「そうかもしれない」准男爵は心ここにあらずといった風で、少し間を置いてから続けた。「君が言うように、梟の姿をした男が本当に屋敷にいるなら、君の考えを――その――大っぴらに言うことが果たして得策かな?」

アシュトンは顎をつき出した。「むしろ犯人に考えを知らしめたいくらいです」

アサートン＝ウェインは苛立ったような言い方をした。「アシュトン、まったくもって理解できない。今のところ、私にはそんなことをする時間も気力もない」細い手を扉のほうに振った。「昼食までに写しを作ってくれたまえ」

秘書はうなずいた。自室に戻ると、携帯用タイプライターを開いてテーブルに置き、椅子を引き寄せ、紙とカーボン紙を差しこんだ。けれどもキーを叩かなかった。タイプライターに覆いかぶさるように座ったまま、もの思わしげに下唇をつまんだ。覚書に書かれた緻密で繊細な文字を眺めるうちに、准男爵の言葉を思い出した。僕は危険な立場にあるのだろうか? もしそうなら、僕の考えが正しいということだ。梟は強敵であり、ひとりでは太刀打ちできない。

ブラックバーンはどうか?

アシュトンのいかつい顔が曇った。この新参者に思わず嫉妬した。ロンドンからやってきた長身の青年に婚約者が強く引かれている。アシュトンはエリザベスの性格をよく知っている。彼女は鋼屑が磁石に引きつけられるように、危険な男性や刺激的な男性に引きつけられる。ブラックバーンはそういう男だし、魅力的で見た目がいい。アシュトンは決して愚かではなく、謎めいた事件に自ら関わるのにはそれなりの理由がある。誰の助けも借りずに梟の仮面を剝がすことができたら、エリザベスはアシュトンに一目置くだろう。アシュトンはエリザベスを心から愛している。優しい気持ちがこみ上げる一方で、大きくて頑固なアシュトンは、よそ者に自分の領域を侵されることに腹立たしさを覚えた。

しかし、冒険に乗り出して命を落としたら一巻の終わりだ。「もしも僕が正しいなら」アシュトンはつぶやき、落ち着かなげに肩を動かした。「梟は蟻を踏み潰すように僕を殺すだろう！」

ブラックバーンと話し合うのが賢い選択かもしれない。あいつとは何度か話し、正々堂々と行動する男という印象を受けた——それにハウトマンを襲った件では一身に責任を負い、立派だった。エリザベスとの関係をブラックバーンに説明し、それから梟についての僕の考えを伝えよう。もちろん慎重に事を運ばなければならない。

アシュトンは心を決めると、この件を頭から追い出して准男爵の覚書に目を落とし、別の件について考えだした。ブレアはアサートン＝ウェインに第四ガソリンを売るよう説き伏せられたのだろうか？　二人の間で特別な取り決めが交わされたのかもしれないが、それにしても、一万ポンドという金額は第四ガソリンを独占する対価としてはあまりにも安すぎる。サー・アンソニーは、開発されたものはすべて自分のものだと主張したのかもしれない。アシュトンは肩をすくめ、タイプライターのキーを指で叩きはじめた。白い紙に二行目を打ち終わらないうちに、扉をノックする音が聞こえた。

「どうぞ」と答え、扉が開くと目を上げた。エルザ・ハウトマンが戸口に立っている。

暗い廊下と黒ずんだオーク材の鏡板を背にして、エルザは美しく輝いて見える。淡い象牙色の額にかかる金髪、切れ長の大きな青い目、暖かみのある真紅の唇。彼女が中に入ると、まばゆい太陽の光が差しこんで部屋が明るく、広くなったように思えた。アシュトンはぱっと立ち上がった。体の中を温かいものがゆっくりめぐっていくのを感じた。

「やあ」彼は声をかけた。「何か用かい？」

エルザ・ハウトマンはアーモンド形の目でしばらくアシュトンの顔を見つめた。優しい眼差しだ。それから長いまつ毛を伏せ、赤い唇を尖らせた。

「私」エルザは答えた。「お別れとお礼を言いにきたの」

「お別れ？」アシュトンはエルザをじっと見た。「そんな——どこへ行くの？」

「ロンドンよ」

アシュトンは顔をしかめた。「お父さんの仕事の都合かい？」

エルザはそわそわした様子でほっそりした両手を組んだ。「サー・アンソニーから出ていくよう言われたの。お引き取り願いたいって。父がここに来た目的がミスター・ブレアのガソリンを買うことだったから」彼女は目を上げた。その目が美しく輝いて見えた。「だからお別れを言いにきたのよ、ボビー」

「それについては後で話そう！」アシュトンは眉根を寄せて体をかがめ、アサートン＝ウェインの覚書を手に取った。「エルザ——立ち入ったことを訊くようだが、重要なんだ。ハウトマンさんがサー・アンソニーに提示した金額を知っているかい？」

エルザはうなずき、「二万五千ポンドよ」と答えた。

「二万五千……！」アシュトンは言葉に詰まった。「ブレアはすでにアサートン＝ウェインに第四ガソリンを売ることを決めていた。それをサー・アンソニーは君の父上に話したのかな？」

エルザ・ハウトマンは首を振った。「サー・アンソニーがそう言っているのなら、それは嘘よ——」

「どういう意味？」

「父とミスター・トッドハンターが金額を提示した後、サー・アンソニーは一番高い値段をつけると決めたのよ」

アシュトンはつぶやいた。「一番高い値段！」彼はエルザに訊いた。「その男――トッドハンターの提示額は？」

「二万ポンド」

エルザは困惑したように、綺麗に整えられた眉の間にかすかに皺を寄せ、アシュトンを見た。アシュトンは片方の拳をもう片方の拳にもどかしげに打ちつけながら歩き回った。やがて衝動につき動かされるように部屋を横切り、タイプライターから紙を引き抜くと、別の紙を差しこんで腰を曲げ、キーをすばやく叩いた。それから紙を引き抜き、末尾に署名してインクを吸い取った。取り上げた封筒に折りたたんだ手紙を入れながらエルザに近づいた。

「聞いてくれ、エルザ」と早口に告げた。「今すぐ行動を起こさなければならない。説明する暇はない。ミスター・トッドハンターの滞在先を知っているか？」

エルザはうなずいた。「グリーンマン――」ここまで言うと、相手が遮った。

「よし！　では、ブラックバーンを探して、この手紙を渡してくれ。彼は屋敷のどこかにいる――使用人が知っているだろう」

「あなたはどこへ行くの？」

「グリーンマンだ！」アシュトンは答えながら、握り潰した紙を投げ捨てて帽子を手に取り、縦長の窓のほうに向かった。「戻ったら何もかも話すよ」最後にこう告げた。「エルザ、まずは今すぐブラックバーンに手紙を届けてくれ」

アシュトンは帽子をかぶって窓から出ると、芝生を急ぎ足で通り抜けた。エルザ・ハウトマンは遠ざかっていく彼の姿を眺めた。戸口から自分の名前を呼ぶ鋭い声が聞こえたので、振り返った。ドクター・ハウトマンが部屋の中に入り、扉を閉めた。

「おい、ここで何をしているんだい？」

「パパ、もう訳がわからないわ！」エルザは事の次第をかいつまんで話した。

ハウトマンは優しい口調で訊いた。顔の緑色を帯びた異様な青白さが一段と増している。「あの青年は、アサートン＝ウェインがいくら払うか言っていたか？」

エルザは首を振った。それから目をきらりと光らせた。「そういえば……」彼女は部屋をさっと見回した。「ボビーは机から一枚の紙を取ったわ。それを握り潰して……あっ！」さっとかがみ、身を起こしながらくしゃくしゃに丸まった紙を父親に手渡した。

ドクターはおぼつかない手つきで丸まった紙を広げ、明かりにかざした。しばらく動きを止め、ドクター・ハウトマンはゆっくり頭をめぐらした。瞼が開いて黒い目がぎらりと光り、唇に冷ややかな笑みが浮かんだ。

「これは興味深いぞ、エルザ。サー・アンソニーは一番高い値段をつけた……一万ポンド……」

「でも、パパは二万五千ポンドを提示したでしょ……」

「そうとも！」

エルザ・ハウトマンは細い肩をすくめた。「イギリス人っておかしな人たちね。まずはこの件。それにボビーはミスター・ブラックバーンに宛てた手紙を私に渡すと、狂ったように窓から飛び出していったわ！」

ハウトマンが鋭く訊き返した。「ブラックバーン宛ての手紙？」娘の手からひったくるように手紙を取った。エルザがはっと息を飲んだが、それには構わずに冷静に封筒を開き、折りたたまれた手紙をひっぱり出すと、タイプライターで打った言葉に目を走らせた。声がふたたび優しくなった。「青年の気が狂ったような振る舞いにも、それなりの理由がある」彼は手紙を渡した。「読んでごらん、エルザ」

エルザは言われるままに読んだ。簡潔な内容だった。「梟の姿をした人物の名前を知りたいならとアシュトンは綴っている。「今夜十一時に図書室に来てくれ。ひとりで」末尾に秘書の男らしい署名が走り書きされている。エルザは問うように見上げた。

「パパ、どうしたらいいのかしら?」

ハウトマンは机から新しい封筒を取り上げるると、娘の手から手紙を取って封筒に入れ、封をした。「言われたとおりに」と淀みなく答えた。「ミスター・ブラックバーンを探し、手紙を渡しなさい。正義は果たされるべきだよ、エルザ」

「でも、パパ、荷造りしないといけないでしょ……?」

父親は手を振って言葉を遮り、「些細なことで煩わせないでくれ」とそっけなく言った。「荷造りよりも、もっと差し迫った問題で頭がいっぱいなんだ。おまえは手紙を届けなさい。他のことで小さなかわいい頭を悩ませるな」

口調には穏やかながらも有無を言わせぬ響きがあった。エルザ・ハウトマンは封筒をポケットに仕舞い、扉へ向かった。取っ手に手を伸ばすと、父親が口を開いた。

「ミスター・アシュトンの行き先を聞いたか?」

エルザはうなずいた。「村の宿、グリーンマンよ」

ドクター・ハウトマンは両手をこすり合わせた。枯れ葉が擦れるような音が静かな部屋に響いた。

「なんとも」彼はつぶやいた。「無鉄砲な青年だ」

エリザベス・ブレアは秘密の通路に入って二分も経たないうちに、ジェフリーを追おうと決心したことを深く後悔した。

どれくらい歩いたのかわからなかった。経験したことのないような闇だ。視界を閉ざす闇が四方からのしかかってくるような感じがして息苦しく、闇を両手で押しのけたいという衝動に駆られた。何も見えない暗い通路は静かで物音ひとつしない。ジェフリーの足音も懐中電灯のかすかな光も、昼と夜を支配する闇にとうに飲みこまれている。

不意に、すぐ近くでガラガラという鋭い音がして、静寂の中におどろおどろしく響き渡った。エリザベスは息を飲んだ。次の瞬間、震える手の中にマッチ箱があることを思い出した。箱を振ると音がしたので慰められた。細い木の棒はあたりを包む闇と戦うための武器だ。闇は刻一刻と濃密さを増していくように思える。

たとえ隠し扉まで戻れたとしても、果たしてそれを開けることができるのか。両手を握りしめ、こみ上げる恐怖を抑えた。こうなったらもう——前に進んで運を天に任せるしかない。

片方の手をざらざらした壁に這わせながら慎重に進んだ。漂う蜘蛛の糸が歪んだ顔をかすめ、尖ったものが服にひっかかり、床のでこぼこに何度もつまずいた。唯一確かなのは——下り坂になっているということだった。足元の床が消えたときには、ぞっとして心臓発作を起こしそうになった。よろめきながら、底なし穴かもしれないと思い、慌ててマッチをつけると階段が浮かび上がった。苔が生えて崩れかかった階段が、一段一段おそろしい何かに向かって下に伸びていた。

空気は冷たくじめじめしている。水の滴る音が聞こえた気がしたので立ち止まって耳を澄ましたが、耳の中で血液の流れる音が響き、すべての小さな音をかき消した。エリザベスは深く息を吸いながらマッチを擦って掲げた。炎に一瞬目が眩み、ゆっくりと闇が後退し、前方に通路の曲がり角が見えた。火が消える間際に強く輝き、でこぼこした黒い壁を照らした。壁は湿っていて、頭から数インチしか離れていない丸形の天井を支えている。火が消え、小さな燃え殻が手の中に残った。どうしようか迷っていると、どこからか別の音——石と石がぶつかるような鈍い音が聞こえてきた。どういうわけかその音を聞いただけでエリザベスは確信した。誰か、味方あるいは敵が、暗くしんとした地下で動いたのだ。

ふたたび進みだした。壁に這わせる手の指先に全神経が集中しているようだった。やがて壁が大きく曲がった。あの曲がり角に違いない。一歩一歩ゆっくり足を運び、わずかな光を求めて暗闇を凝視した。何も見えない。あとどのくらい進まなければならないの？　陽光に満ちたオークの間から離れるなんて愚かだったわ！　思い出したくもない、あの手と割れた黒い爪が脳裏に浮かんだ。

エリザベス・ブレアははっと息を飲み、体が周囲の壁のように硬くなった。指先が何かに触れた……それは柔らかく、へこんだ。全身にぞくりと戦慄が走った。

誰か、あるいは何かが数フィート離れた壁際に存在する。白い顔がぼうっと見える。いいえ、想像に過ぎないのでは？　エリザベスは息を殺して待った。見えない何かにも私の心臓の鼓動が聞こえるかしら、とぼんやり考えながら。

長く重苦しい五秒が過ぎた。

エリザベス・ブレアは肌が粟立つのを感じた。もう、じっと黙っているわけにはいかない。

唇を湿らせ、声を出そうとした。三度目にしてようやく、小さくかすれたような乾いた声が出た。

「誰――あなたは誰?」

返事がない。

何事にも、恐怖にさえ限度がある。全身がたちまち怒りで熱くなり、エリザベスは歯を食いしばった。正体をつき止めてみせる。こう決意し、無意識のうちにマッチ棒を箱にこすりつけ、闇の中で火を掲げた。そして、安心のあまり倒れそうになった。

ロバート・アシュトンが佇み、じっとエリザベスを見つめている。

「ボブ! おお、ボブ!」エリザベスは手を頭に当て、泣き笑いしながら少し体を揺すった。「ボブ、いったいここで何をしているの? もうなんて人なの、よくも驚かせてくれたわね!」半歩前に進んだ。「ところで、どうやってここに入ったの?」

なぜ話さないの? なぜ目を見開いたまま見つめ続けるの? マッチの火の光のせいでそう見えるのかしら。目がどんよりしているのは、なぜ?

「ロバート!」エリザベスは鋭い声を上げた。空いているほうの手を伸ばし、彼の腕に触れた。

アシュトンは顔の筋ひとつ動かさなかった。前方にじっと視線を据えたまま、ゆっくりと横に傾いた。それから、慄(おのの)くエリザベスの目の前でがくんと膝を落とし、洗った袋のようにぐにゃりとうつ伏せに倒れた。

エリザベスが手にしているマッチの火が小さくなった。火は最後の輝きを放ち、ナイフの柄を照らし出した。ナイフの刃は、ロバート・アシュトンの背中の真ん中に深々とつき刺さっていた。

第六章　誰も知らない男

オークの間の鏡板を押し、それが開いたとき、一番驚いたのはジェフリーだった。不快な通路に入り、神経を集中して前進するうちに、ある疑念が生まれた。

アサートン＝ウェインはルークウッド・タワーズに秘密の通路は存在しないと言った。准男爵はその証拠として、好古家たちにも見つけられなかったという話を持ち出した。通路につながる隠し扉はジェフリーが押すと、いとも簡単に開いた。なぜ、専門家たちが扉に気づかなかったのか？　たまま気づかなかったとはとても言えないだろう。鏡板を軽く押しただけで通路は現れた。好古家たちは、ヘマをしたまぬけの集団なのか。それは考えにくい。とすると……彼らは通路を発見したということになる。アサートン＝ウェインは彼しか知らない理由で発見したことを隠しているのだ！

ジェフリーは、壁の上を滑らかに進む懐中電灯の楕円形の光を目で追いつつ、慎重に足を運びながら考え続けた。梟はルークウッド・タワーズに潜んでいる。暗い地下通路は身を隠すにはもってこいの場所だ。だから、アサートン＝ウェインは通路の存在を秘密にしておきたいのだろうか？　小柄な准男爵が梟なのかもしれないという考えがジェフリーの脳裏をかすめたが、この馬鹿げた考えを頭から振り払った。通俗劇ではあるまいし。いや、一連の騒動はまさに通俗劇ではないか？　若き発明者。貴重な第四ガソリン。梟の仮面と翼をまとう神出鬼没の犯罪者。

醜く奇妙な手が隠し扉を開けるのをエリザベスは目撃した。誰の手だろう？　印象深いドクター・ハウトマンと美しい娘――二人はおそろしい謎にどう絡むのか？　第四ガソリンを求めてはるばるデトロイトからやってきたミスター・トッドハンターは？　ジェフリーは苛立たしげに首を振った。屋敷には秘密が多すぎるし、暗い思惑が渦巻いている。警部が戻ってくれて何よりだ。できる限り早く会って、話をしなければならない。

梟は大胆にもブレアをかどわかし、捜査官たちは手詰まり状態に陥っている。梟は、離れでパーティーを開いた日の夜に若き化学者を殺そうともしたが、手がかりになるようなものといえば、曖昧な予告状とおそろしい鳴き声くらいだ。

アサートン＝ウェインには慎重な対応が必要だ。ジェフリーはため息をついた。確たる手がかりがあれば、そして、それを警察が摑めれば、警部は大手を振って秘密だらけの屋敷を捜索できる。スコットランドヤードは能力を発揮し、灰色の天井に張られた蜘蛛の巣のように屋敷を厚く覆っている、たちの悪い半端な真実や暗い疑念を打ち砕けるだろう！

ジェフリーははたと足を止め、空気の臭いを嗅いだ。

何かの臭いがする。嗅ぎ慣れた臭いが暗い通路に充満している。ジェフリーは懐中電灯の光を床に向けてあたりを照らし、満足げに小さく叫びながら落ちているものを拾い上げた。それに懐中電灯の光を近づけた――煙草の吸殻だ。根元まで吸ってあり、アメリカの有名な煙草の銘柄が印字されている。

トッドハンター！　この名前が最初に頭に浮かんだ。ジェフリーは懐中電灯のスイッチを切り、闇の中に佇んだ。これはあからさまな手がかりではないか？　有名な煙草だから、屋敷の中で誰が吸ってもおかしくない。ひとつだけ確かなのは、灰がほとんどついておらず、吸殻がまだ燻っているということ。少し前に誰かがここを通ったのだ。指のない手の持ち主か、それとも客の誰か——？

ここで思考が途切れた。通路の奥から不意に音が聞こえ、ジェフリーは凍りついたように動きを止めた。

ふたたび低くゆっくりした軋むような音がした——重い扉を慎重に開いたときのように。

ジェフリーは猫のように足音を忍ばせながら進んだ。伸ばした手が壁の直角に曲がった部分に触れた。通路の曲がり角だ。手探りしながら曲がろうとすると前方に明かりが見えたので、粗い石壁にぴたりと体をつけた。用心深く角から頭を出し、目を細めて前方を凝視した。

十二ヤードと離れていないところに、ひとりの男が火のついたマッチを頭上に掲げて立っている。ジェフリーは男の顔に視線を向けた。浅黒くて顎髭が生え、光る目に恐怖の色が浮かび、白目が剝き出しになっている。男は足首近くまで丈のある長い外套をまとい、室内履きを履いている。

見知らぬ男はぼさぼさ頭を鳥のようにすばやく動かして左右に視線を走らせた。それからマッチを下ろし、肩と同じ高さにある一組の鉄の輪を空いているほうの手で引っぱった。また、ゆっくりした軋むような音がした。顎髭を生やした見知らぬ男は、壁に設けられた重い扉を開けようとしているらしい。マッチの火が強く燃え上がってから消えた。その瞬間、ジェフリーは気づいた。マッチを持つ手に薬指がない！

ジェフリーは懐中電灯をつけて飛び出した。見知らぬ男は催眠術にかかったように目を前に据えたまま、突然向けられた丸い光の中で立ちすくんだ。叫びながら片方の腕で顔を覆い、身を翻して脱兎のごとく通路を駆けていった。ジェフリーは石の扉の前に立ったまま、闇の中で遠ざかる足音を聞いた。

後を追おうかどうしようか迷っていると、すぐ近くで音がした。ジェフリーは耳をそばだてた——苦痛に満ちた、息が詰まったような小さなうめき声だ。後ろを向き、通路のあちこちを照らした。誰もいない。また声がした。背後から聞こえてきたようだ。ジェフリーは振り返った。重い扉が少し開いている。鉄の輪を握り、力をこめて思いきり引いた。すると扉は大きく開き、壁に鉄の輪がぶつかった音が通路に何度もこだました。ジェフリーは懐中電灯で内部を照らした。次の瞬間、「なんてことだ！」と小さく叫んだ。

エドワード・ブレアがいた。顔は紫色に腫れ上がり、目元も痛々しく腫れている。地下室の床に横たわる体は紐で不自然に曲げられている。曲がった動かない体は見るもおそろしく、ジェフリーは若き化学者のそばに駆け寄った。ブレアは残酷非道なやり方で体の自由を奪われていた。

うつ伏せの状態で、上半身が拘束衣でがんじがらめにされている。細い紐が足に固く巻きつけられ、ぴんと張った状態で首にも巻いてある。だから体が異様なほど弓なりに曲がっている。ジェフリーは若き化学者の体の上に身を低くかがめ、首に巻かれた紐を近くから見ると、血が煮えたぎるほどの怒りを覚えた。

紐は引き解け結びになっており、足先に巻かれたロープにつないである。そのためブレアが拘束を解こうと動くたびに、腫れた首に巻かれた紐が少しずつ締まる。ゆっくりと自分で自分の首を締め、言いようのない苦しみを味わうことになるのだ。

ジェフリーは懐中電灯を床に置いてポケットナイフを引っぱり出し、首と足先をつなぐ紐を一気に切断した。するとブレアがごろりと転がった。次に、猿ぐつわとして若き化学者の口に詰めこまれた幅広の布を引っぱった。ブレアが猿ぐつわを吐き出しながら、かすれた声で訴えた。

「喉——紐——息ができない——」ジェフリーが手で紐を緩めると、ブレアは溺れる人が空気を求めるように思いきり空気を吸った。「ブラックバーン——僕は——あなたは——」言葉を話しだしたばかりの子供のようにたどたどしく言った。「間に合った——」

「落ち着け——落ち着け」ジェフリーは言葉を返した。足に巻かれた紐を切り、体を締めつけている拘束衣を激しい快感すら覚えながら切り裂いた。こうして、ようやくブレアは自由になった。彼はまず首をもんだ。紐が食いこんでいた部分が真っ赤なみみず腫れになっている。立とうとしたら、ジェフリーの腕の中に倒れこんでしまった。

「足が痺れている」ブレアは弱々しく喘いだ。「少し待ってください——」

「落ち着け」ジェフリーは繰り返した。

ブレアはジェフリーの腕にしがみつき、片足ずつゆっくりと膝を伸ばした。それから壁に寄りかかるようにしてひとりで立った。「僕の眼鏡が」と言った。「床のどこかに落ちています」ジェフリーは眼鏡を見つけ出し、ブレアに手渡した。ブレアが眼鏡をかけている間に、拘束衣と紐をひとまとめにして、振り返った。

「歩けるか?」

ブレアはうなずいた。「首は痛いけれど」首を伸ばし、やにわに苦しそうに喘いだ。「どれくらいここにいたんだろう。もう何週間も経ったような気がする」震える声が途切れた。「僕も——今度ばかりはもう駄目だと思いましたよ、ブラックバーン」

「もう大丈夫だ」ジェフリーはこう言いながら、ふらふらしている男に手を伸ばした。その瞬間、叫び声が聞こえ、彼は動きを止めた。迷路のような通路のどこかで怯える声が叫んでいる。「ジェフリー！　助けて――ジェフリー！　どこにいるの？」

ブレアはたちまち反応し、だらりとした体がぎゅっと固まった。「ベスの声だ」ブレアは叫んだ。「あいつが――地下にいるのですか？」

「まさか！」ジェフリーの顔が石のように硬くなり、灰色を帯びた。彼はブレアの取り乱した姿をちらりと見やった。「君は待っていたほうがいい――」と言いかけたところで年下の男に一蹴された。

「ひとりでここに残るつもりはありません」ブレアは告げた。「妹に何が起こったか知りたい！」

二人は並んで部屋から飛び出した。ジェフリーは懐中電灯で通路を照らした。光の届く範囲には誰の姿も見えない。二人は戸惑って立ち止まり、ブレアがつぶやいた。「確かに通路から声が聞こえた。他に通路があるのかな？」

ジェフリーははたと思い出し、「分かれた通路がある！」と声を上げた。「僕の後を追ってきて、暗闇の中で道を間違えたに違いない」

詳しい説明をせずに、ついてこいとブレアに身振りで示した。足音が不気味に響いた。通路は曲がり角から分岐している。ジェフリーは肩越しに振り向き、一言告げた。「こっちだ」

ところが、たちまち足を止めた。すぐ後ろにいたブレアは、危うくつんのめってジェフリーを押し倒しそうになった。懐中電灯の光がかすかに震えている。二人は少し離れたところからエリザベス・ブレアの姿を見て取った。彼女はぐったり横たわり、気を失っていた。傍らにロバート・アシュトンの姿もあった。

一時間後、ウィリアム・リード主席警部はルークウッド・タワーズの図書室でジェフリーと向かい合っていた。

ジェフリーはすぐにエリザベスと彼女の兄を連れてオークの間に戻った。使用人を呼んでエリザベスを介抱させ、ブレアが医者に診てもらえるよう手配した。壮絶な体験をしたブレアは今にも倒れそうなほど弱っていた。それから警部を図書室に連れて行き、驚くべき冒険の顛末を詳しく話して聞かせた。話し終えると、リードがジェフリーを睨みつけた。

「君のおかげで」リードは文句を垂れた。「もうめちゃくちゃだ！　私は事態を収拾するために君をここに残した。その結果どうなった？　君が護るべき男は姿を消し、梟は下宿人よろしく我が物顔で屋敷を歩き回り、一連の騒動は殺人事件にまで発展する始末！　じつに」リードは告げた。「あっぱれ！　警視総監のおめでとうという声が聞こえてきそうだ！」

ジェフリーは沈んだ声を出した。「僕がハンカチ落としをして遊んでいたとでも思っているのですか？」

リードは口髭を噛み、声が遠雷のように響いた。「これは——至極当然の結果だぞ！」

「どういう意味ですか？」

「いいか、私は世間知らずの青二才ではない。ここに来てからわずか五分で、君とブレア嬢がどんな仲なのかわかったよ」大きな男はポケットに手をつっこみ、ジェフリーに面と向かって言い放った。「君はシェルドンを殺した犯人をつき止め、『魔法人形』の事件の謎を解明した。もし、誰かがその話を持ち出したら、そいつに失せろと言ってやる！」リードは役人風を吹かせた。「これは確かだ——ペティコートレーン（ロンドンのイーストエンドにある通り。市が開かれる）を担当する愚鈍なパトロール警官のほうが、君よりもうまく対処しただろう！」

　ジェフリーはしばらく沈黙してから、ぶつぶつつぶやいた。

「おっしゃるとおりです。僕は事態を悪化させました。歳を取ったせいかな。脳が萎縮して――」

「歳を取っただと！」鼻を鳴らさんばかりの勢いでリードは言った。「それは問題ではない。君が他の事件を解決できたのは――女性にうつつを抜かさなかったからだ！　君が事件の解決に専念したからだ！　問題なのは、君がブレア嬢に夢中だということ。恋愛にかまけているということなのだよ！　ふん！」リードは踵を返し、部屋の中を往きつ戻りつしはじめた。「できることなら美女をひとり残らず牢屋にぶちこんで――閉じこめておきたいよ！」

　ジェフリーは思わずにやにやした。「女嫌いなんですね！」

「これは冗談じゃないぞ」リードは振り返りながら怒鳴った。「オークの間の隠し扉からあの娘を抱きかかえて入ってきたとき、君の愛情に満ちた目はクリスマスの花火のように輝いていた。それで私はこの混乱の元凶を知ったのだ！」

「誰かが彼女を運ばなければならなかったのです」ジェフリーは言い返した。「僕が彼女を通路に置いてけぼりにするとでも思うのですか！」顔が赤くなるのを感じ、決まり悪さを隠すために煙草に火をつけた。「ブレアはとても誰かを運べるような状態ではなかった」煙草の端を見つめながら、顔を上げずに続けた。「僕はロンドンに戻ります。それが一番良いようです」

「いいや、駄目だ！」警部はジェフリーが飛び出していくのをおそれるかのように、図書室の扉を背にして立った。「ここに残りたまえ――この現場に！」

「それは命令ですか？」

リードの口調が和らいだ。「私の命令に従う必要はない。だが、助言には従うべきだ」ジェフリーに歩み寄り、真剣な面持ちで向き合った。「これはブギーマン（子供をさらうとされる幽霊）の悪戯ではないのだよ、ジェフ。誰かが長さ四インチの冷たい鋼を秘書につき刺した。私が辞任を求められる前に、その誰かを見つけなければならない」

「でも――」

「力を貸してくれ」リードは静かに続けた。「彼女のことはしばらく忘れて、難事件に注力しろ。この事件には君が必要だ。騒動が決着したとき、彼女を想う気持ちが変わらないなら……」リードは言葉を切り、大きな肩をすくめた。

ジェフリーは半インチほどの長さの灰を硬質ゴムの皿にぽんと落とした。「アシュトンの死について考えながら彼女のことを想うのは不謹慎でしょう」

リードは苛立たしげに手と手を叩き合わせ、「まるでわからない」と声を上げた。「なぜ、秘書が殺されなきゃならんのだ？　動機は何だろう？」

ジェフリーはポケットを探り、折りたたんだ手紙を取り出した。

「これが動機です」と答えた。

警部は眉間に皺を寄せ、その日の早い時間にアシュトンがジェフリーに宛てた手紙を読んだ。「梟が誰なのか見当がついていたのだな？　彼の身に起きたことから判断すると、彼は正しかったようだ！」リードは顔を上げた。「どこでこの手紙を手にした？」

「十分ほど前にエルザ・ハウトマンから渡されました」ジェフリーは説明した。「彼女によると、アシュトンは手紙を僕に届けるよう彼女に頼み、村の宿に行くと言い残して飛び出していった」彼は言葉を切り、考えた。「僕にわかる限りでは、彼が死ぬ十五分ほど前に」

リードは口髭を引っぱった。「それでは、そのお嬢さんが生きているアシュトンを見た最後の人物なのか?」ジェフリーがうなずいた。「その二人のことをどう思う?」

ジェフリーは暗い声で答えた。「わかりません、警部。屋敷にいる人は互いに隠し事をしています――そこが厄介なのです。ハウトマン、アサートン゠ウェイン、それにトッドハンターの会談の内容を知るためなら僕は何でも差し出します」

「トッドハンター?」警部は眉を寄せた。「それは誰だ?」

ジェフリーは、その日の朝、アサートン゠ウェインがアメリカ人を書斎に迎え入れた経緯を簡単に説明した。「僕は我らの友が現れる前に書斎から出ました」と続けた。「だから彼の容貌は不明です。彼が吸っている煙草の銘柄をなんとしても知りたい」

「なぜ?」

ジェフリーは通路で燻っている吸殻を見つけたことを話した。リードは軽く悪態をつき、目をきらりと光らせた。「屋敷で多くのたくらみが進行している」彼は唸った。「すぐに上の階に行ってブレアから話を聞こう。夕食後、部下に指示して屋敷にいる全員をこの部屋に集めさせる――徹底的に尋問してやる!」警部の頬がかっと赤くなった。これは危険信号だ。「屋敷に着いてからずっと尋問したいと思っていたが、権限がなかった。だが、殺人事件が起こって状況が変わった。私の行動に対してあれこれ言われるだろうが、これで謎が解けるぞ!」

ジェフリーは穏やかに言った。「用心してください、警部。アサートン゠ウェインは有力者ですから」

リードの顔がこわばった。「殺人は尋問する大義名分を与えてくれる。我らの友である殺人者は、屋敷に集うお歴々の背後に長い間潜んでいる。奴は我々の目の前であれこれかすめ取ってきた。拘束衣も——」

「確保できなかったのですか？」

警部は首を振った。「コノリーとアームストロングがアシュトンの遺体を運び出すために通路に入るとき、例の部屋から拘束衣を取ってくるよう指示したのだが。部屋は見つかったが、そこには何もなかった」

ジェフリーは舌打ちした。「僕が持ってくるべきでした。あまりに多くのことがいちどきに起こったから……何とも皮肉ですね、警部。梟は人殺しではないとみんなに請け合う僕らを尻目に、梟は最善の方法でアシュトンの口を封じる算段を進めていたのです」

「私は心配だよ。殺人はただの序章に過ぎない。そんな気がしてならん。梟は今までずっと我々を手玉に取ってきた。殺しをやらず芝居がかったことを好むこそ泥という犯人像を作り上げ、アシュトンが真相を知るや、本性を現した」

ジェフリーはうなずいた。「梟は残酷な方法でブレアを縛り上げました。背中の真ん中にナイフをつき刺すという方法は、ゆっくり時間をかけて窒息させる方法に比べれば、卑怯だが単純な殺し方です。ブレアは言語に絶する苦しみを味わったはずですから、どんな風に襲われたのか詳しく聞いていいものかどうか」

「彼には優しく対応するよ」警部は約束した。「それはそうと、アームストロングたちはどうしているかな。通路を徹底的に捜索して、指のない男を見つけ出せと指示したのだが——」扉をノックする音が聞こえたので言葉を切った。扉が開き、デニス・コノリーが部屋の中に入ってきた。

　コノリー刑事は丸顔の大柄な男で、生来の愛想の良さが消えている。第一声でその理由がわかった。

「空振りでした、警部」

「何があった？」リードは短く訊いた。

「私たち——アームストロングと私は六人の部下を連れて通路に入りました」コノリーは答えた。「通路が分岐するところで、アームストロングは部下三人と一緒に一方の通路を進み、私は残りの部下ともう一方の通路を進みました。アームストロングによると、彼が選んだ通路はいくつかの地下室に通じていました。どれもがらんどう——ただの大きな石造りの部屋で、崩れかかっていました」

「おまえが選んだ通路のほうはどうだ？」

「二百ヤードほど進んだつき当たりに鉄の扉が立ち塞がっていました。扉は錆だらけで鉄の閂がついていました——ドゥームズデイ・ブック（イングランド王ウィリアム一世が実施した土地調査の記録帳）を作った頃から一度も開いていないといった感じでしたが……」コノリーは言葉を切り、幅の広い顎を撫でた。「よく見ると、蝶番（ちょうつがい）に油を差したばかりだということがわかりました。なんだか怪しいでしょう、警部？」

「確かに！」リードは声を上げた。「それからどうした？」

　コノリーは肩をすくめた。「鍵がなく、扉を開けるにはトーチランプが必要でした。だから戻るしかありませんでした」

「黒い顎髭を生やした友はいなかったのか？」ジェフリーは訊いた。

　コノリーは首を振った。「でも、そいつの隠れ場所を発見しました。それはひと月分の給料を賭けてもいいくらい確かです——屋敷にいる誰かが匿っているに違いありません。それが誰なのかつき止めることが何よりも先決です」

リードは短く刈った口髭を引っぱりながらしばらく考え、肩をそびやかした。「よし」彼はさらりと言った。「おまえに次の任務を与えよう。夕食後、屋敷にいる者を全員、図書室に集めろ——使用人を含めた全員を。ブレア君だけは別だ。彼を呼ぶかどうかは医者の判断しだいだ。彼以外みんなだぞ、いいな?」

コノリーはうなずき、顔をにやつかせた。「軽く活を入れるのですか、警部?」

「そうとも!」リードは叫んだ。大柄な刑事は振り返ると、ジェフリーに向かって意味ありげに片目をつぶってから扉のほうへ歩いていった。彼が扉を開けると、外で何かがさっと動いた。ひとりの男が立ち上がったのだ。主席警部が怒った雄牛のように吼えた。

「おい、おまえ!」

男は驚くコノリーを押しのけて近づいてきた。ジェフリーは男のとても静かな歩きぶりを眺めた。警部は自分の前で足を止めた男をじろじろ見た。

「おまえは誰だ?」

男は穏やかに答えた。「レイノルズと申します。使用人です」

リードは一歩前に出て、男の表情のない顔にぶつからんばかりに顔を近づけた。「戸口で盗み聞きしていたな?」

使用人は目を伏せた。「いいえ、まさか。断じて私は——」

「嘘をつくな! 鍵穴に耳を押しつけていたんだろう!」

「それは誤解です」声に呆れたような、そして責めるような響きがあった。「ドクター・ニューベリーの指示で参上しました。部屋の中から声が聞こえましたので、お邪魔にならないよう待っていたら……」レイノルズは薄い色の目でリードのこわばった顔をちらりと見た。「急に扉が開いたので驚いてしまい――」

「そうだろうとも」と警部が言いかけたところで、ジェフリーが割って入った。

「ドクター・ニューベリーが君をここによこしたのか？」

使用人はつるりとした顔をジェフリーに向けた。「はい。ドクターがおっしゃるには、ミスター・ブレアは一眠りして、だいぶご気分もよろしいようです。ミスター・ブレアとお話しをなさりたいなら、すぐにお出でいただけませんか？」

ジェフリーが年嵩の男を見やった。リードはうなずき、使用人に手を振って退室を促した。「鍵穴から盗み聞きするときは」と怒鳴った。「もう少しうまく立ち上がれ！　以上」

使用人がドアに近づくと、ジェフリーがまた口を開いた。「あっ、レイノルズ！」使用人が振り返った。「閲覧机の上にある銀製の灰皿を持ってきてくれるか？　それから、この灰皿を空にしてくれ――吸殻でいっぱいになってしまったから」

使用人は頭を下げて従った。彼の背後で扉が閉まると、ジェフリーは胸ポケットからハンカチを引っぱり出して銀製の灰皿を丁寧に包み、当惑した表情を浮かべている警部に渡した。

「警部」彼は言った。「これをできるだけ早く本部に届けて、クレイヴェンに指紋を採取させてください。指紋を照合するのです」

リードはジェフリーを見つめながら、麻のハンカチに包まれた灰皿を無意識のうちに受け取った。

「何を考えているんだ？」

「僕はひどく疑り深い性質なんです」ジェフリーは言った。「あの男の顔を見た覚えがあります。どこか、ルークウッド・タワーズよりも彼の自由を束縛する場所で」彼は灰皿のほうに顎をしゃくった。「だから指紋を採ります」

警部は唸り、灰皿をポケットに滑りこませた。「君はついに恋煩いから抜け出したな。次はどうする？」

ジェフリーは上着のボタンをかけた。「僕の気分が変わらないうちに、ブレア君から話を聞きませんか？　また、とびきりの閃きが訪れるかもしれません！」

エドワード・ブレアは落ち着いていた。彼は三階にある寝室で二人の質問者と対面した。鎮静剤のおかげで神経の高ぶりは収まっているものの、ベッド越しに見える顔は頭を支える枕と同じくらい白い。赤ら顔の大柄なドクター・ニューベリーは地元の総合診療医だ。彼は脇に寄ってジェフリーとリードを通し、扉に手をかけた。

「十分ですよ」彼は告げた。「それ以上は駄目です。患者を興奮させたら大変です。私にはお手上げだ！」

扉が閉まると、ジェフリーは椅子を引き寄せ、リードはベッドの側面に体をもたせかけた。ジェフリーは煙草入れを取り出し、ブレアに勧めた。ブレアは煙草を一本取り、ジェフリーが差し出した火をつけ、ありがたそうに一服吹かした。

「僕は諦めます」ブレアは短く言った。「誰にも負けないくらい勇敢だと自負してきましたが、人殺しには手も足も出ません。梟は第四ガソリンを手に入れるでしょう――それでこの恐怖から解放されるのなら万々歳だ」彼は声を落とした。「アシュトンは――助からないのですか……？」

ジェフリーはゆっくり首を振った。「手遅れだったよ。僕たちが発見したときには、すでに事切れていた」

ブレアが手に持つ煙草がかすかに震えた。「次は誰が殺されるんだろう？　誰が狙われてもおかしくない！　第四ガソリンは貴重なものだけれど、血を流す価値はない。あんなもの、人殺し野郎にいつでもくれてやる！」彼は高くてか細い、ヒステリックな声を上げた。「どこにいるか知らないが、聞こえたか？　第四ガソリンをくれてやる！　だから僕らに手を出すな！」

「落ち着きたまえ！」リードは手を伸ばして青年の肩を摑んだ。「君は間違っている。奴の目的は君を怖がらせて屈服させることだ――それがわからないのか？」ブレアの硬くなった筋肉が緩むのを手に感じた。ブレアの顔からゆっくり色が失せていった。「いいかい、梟は超自然的な力を持つブギーマンではない。赤い血が流れる殺人鬼であり、ただの人間だ。それを忘れるな！」

ブレアは動揺した声で答えた。「はい。奴はただの人間。血が流れる人間」口元にふっと疑うような微笑が浮かんだ。「僕は血が出るほど奴の嘴を殴りました」

「殴った？」ジェフリーは鋭く訊いた。「それからどうなった？」

リードが制止するように手を振り、「最初から話してくれ」と言った。「私たちが知っているのは、君が四階の部屋にいたということ。扉には鍵がかかっていた。ブラックバーンと君の妹が悲鳴を聞き、鍵を開けたときには君は消えていた」

ブレアは燻る煙草の先端を見つめている。その夜の出来事を思い出し、目が翳り（かげり）を帯びた。「そうだ」彼はゆっくり言った。「ベッツィーと少し話をした――何かについて」記憶がよみがえったらしく、顔を上げた。「妹――ベッツィー――あいつも通路にいた！」

「妹君は大丈夫だよ」ジェフリーは請け合った。「明日には起きられるようになる。話を続けて」

青年は後ろにもたれかかって目を閉じ、「ベッツィーが出ていった後、なんだか心がざわつきました」と言った。「気持ちを静めようと二、三杯ひっかけ、机に向かって数字と格闘しました。途中で眠ってしまったらしく、目が覚めたときには暗くなっていた。しばらくじっと座ったまま、何をしていたのか思い出そうとしました。それから手を伸ばして電気スタンドのスイッチを入れました。どういうわけか言いようのない不安を感じ、またウイスキーを飲もうと思ったけれど、瓶は空でした。座ったまま耳を澄ますと、屋敷はとても静かで……」

声がしだいに小さくなって消えた。ジェフリーは黙っていた。彼の脳裏に怯える青年の姿がありありと浮かんだ。青年は静かな古い屋敷の部屋でひとりぽつんと座っている。窓の外で渦巻く闇はいっそう深まる。しばらくの沈黙の後、ブレアは続けた。

「どれくらいそうしていたのだろう。突然、音が聞こえました――ゆっくりした軋む音。とても小さくて、どこから聞こえてくるのかわからなかった。僕は飛び上がって扉のほうに行き、部屋の明かりをつけました。また音が聞こえ、今度は出所がわかりました。扉の取っ手が少しずつ少しずつ回っていました。鍵を鍵穴に差しこんだままだったので、自分でも信じられないほどすばやく、文字どおり鍵に飛びかかって回しました。怖くて汗が吹き出しそうだった。扉に鍵をかけると、音が止みました。心臓が早鐘を打つのが聞こえるようでした。どうしたらいいかわからず立ち尽くしていると、窓を叩く音がしました」

一インチの灰が煙草から落ちた。ブレアはもどかしげに灰を払い、白いベッドカバーに灰色の長い染みが残った。ジェフリーは、彼らを取り囲む壁が話を聞こうとじりじりと近寄ってきて、部屋が小さくなっていくように感じた。リードは大きく咳払いをした。部屋が静かだったのでひときわ大きく響いた。ブレアは話を聞かれるのをおそれるかのように低い声で話しだした。

「窓を叩く音は、あなたたちには想像もつかないほどおそろしいものでした。四階の窓だから人が窓を叩いたはずがない。蔦の巻きひげが風に吹かれて窓ガラスに当たったのだと自分に言い聞かせました。厚いカーテンが窓の一部を覆っていて、それが微風を孕んだときのように少し膨らんだ気がしました。風が吹いたのだろう、使用人がうっかり窓を開けっ放しにしたのだろう――こう思うと勇気が湧きました。僕はカーテンに近寄り、ぱっと開けた。そこに……梟がいた。黒色の長いローブを着て、じっと待ち構えていたのです。嘴のついた仮面の細長い穴の奥で目がぎょろりと動きました！」

青年は声を出せなくなった。記憶が恐怖をかき立てたからだ。洗面器の近くにいたリードがグラスに水を注ぎ、ベッドの中にいるブレアに手渡した。彼はほんの少しすすり、しっかりした声で続けた。

「僕は麻痺したように立ちすくんだ。梟はけたたましく鳴きながら飛びかかってきました。あの鳴き声は一生耳から離れないでしょう。奴は何か白いもので僕の鼻を塞ごうとしました。だから、おぞましい仮面をありったけの力で殴った。拳骨を食らうと奴は呻き、血が黒いローブに流れ落ちました。はっきり覚えているのはそこまでです。クロロホルムを染みこませたもので顔を覆われたから。後はぼんやりした記憶しかありません。僕は持ち上げられ、蔦が体をかすり、少し進み、さらに進んだ」ブレアは言葉を切り、ジェフリーを見上げた。「意識が戻ったときには、あの暗い部屋にいました。そして、縛られて窒息しかけていた僕をあなたが見つけてくれた」

ブレアが話し終えると、ジェフリーはパチッと指を鳴らした。「梟がどうやって君を運び出したかわかったぞ！」彼は立ち上がり、部屋を行きつ戻りつした。「梟は蔦をよじ登って屋根の上に出た。

一階分登ったのだ。おそらく、それから避難階段を下りて地下室へ向かった。闇に紛れて、まんまとやってのけたわけだ」

リードは他のことを考えていた。「君は梟の鼻を血が出るほど殴ったのだな？」彼は短い口髭をいじった。「では、ならず者が誰かは一目瞭然だ。鼻を折られたのを隠すことはできまい」

「梟は見つかりっこない」ブレアは諦めたような沈んだ声を出した。「蛮行を終わらせるには――第四ガソリンを梟に渡すしかないのです」

窓辺にいるジェフリーが訊いた。「なあブレア、使用人のレイノルズはここでどれくらい働いているんだ？」

ブレアは的外れな質問をされて少々苛ついた様子だった。「さあ」と彼は答えた。「三、四か月でしょうか」

ジェフリーはただうなずき、今度はリードが見解を披露した。「彼が梟の顔に目印をつけたのだから、一歩前進だな」

「前進？」ジェフリーがすかさず言い返した。「僕に言わせれば一歩後退です。この二十四時間の間に、地下で働く数人の使用人を除く、屋敷にいる全員に会いました。けれど鼻の折れた人などいませんでしたよ！」

リードは渋面を作った。「それでは、我々が追うべき相手は透明人間ということか！」

二人はまだ知らなかったが、彼らはこの時点ですでに不可思議な真相に近づいていた。奇しくも、警部の何気ない発言は的を射たものだった。それは後でわかったことだが、ジェフリーはそれに気づいていたのかもしれない。リードがジェフリーを見やると、彼はまぶしい光に目が眩んだ人のように、不意に目の前に手をかざして瞬きした。大柄な警部が口を開きかけたとき、廊下の奥から銅鑼の音が響いてきた。馴染みのある音が聞こえ、ジェフリーは我に返った。

「行きましょう、警部」淡々とした口調で告げた。「ここでの用事は済みました。食べないと頭も飢えたままです」彼はブレアのほうを向いた。ブレアは半ば目を閉じ、枕にもたれかかっている。話をして疲れてしまったようだ。「しばらく無理は禁物だよ」と告げた。「僕たちは夕食をとりに行くから、ドクター・ニューベリーにここへ来るよう頼んでおくよ」

リードが同意するように唸り、二人は部屋を後にした。廊下の角を曲がったら、コノリーがやってくるのが見えた。刑事は顔を紅潮させ、二人が近づくと言った。

「指示どおり、夕食後図書室に集まるよう全員に伝えました、警部」彼は二人に歩調を合わせた。「屋敷の人たちは殺人捜査のことをわかっていません。遊び事か何かと思っている人もいます」

リードは唸った。「協力しないのか?」

「あのご老人とドイツ人のドクターはとくに」コノリーは嘆くようにつけ加えた。「でも、彼らも来るでしょう!」

「よろしい! あと二つ、早急にやってほしいことがある。部下を二、三人、グリーンマンに行かせろ。あそこに滞在しているミスター・チャールズ・トッドハンターを説得するよう言え。今夜、彼をここに連れ戻させるんだ」

コノリーはうなずいた。

リードはポケットを探り、ハンカチに包まれた灰皿を取り出した。「これをすぐに記録室に届けてくれ。指紋を採って照合してほしい。アームストロングとメイソンには頼むなよ」警部は顎を少しつき出した。「夕食の後、あいつらを図書室に一緒に連れていく。私は図書室で遠慮なしに話をするつもりだ。睨みをきかせるのに、あいつらが必要だろう！」

図書室の隅に置かれた背の高い置時計が九時を打った。

人は七人しかいないが、広い部屋には混んだ劇場のように熱がこもり、息苦しいほどだ。本がずらりと並ぶ壁の前に小さな一団が集まっている。その中心で静かな怒りを漲らせているのは白髪混じりのサー・アンソニーだ。

腕組みをして、タワーズのかつての所有者の色褪せた肖像画の下で細い体を固くし、いかにも不満そうだ。ドクター・ハウトマンは青白く暗い顔に何の表情も浮かべずに立ち、彼の傍らにある椅子に娘が座っている。エルザ・ハウトマンはほっそりした体にイブニングドレスをまとい、ぴったりした白いドレスが金髪を引き立てている。彼女はおとなしくうつむき、時折顔を上げ、机にもたれかかる長身のジェフリーを見た。向かい側の椅子にブレア青年が腰掛け、苛々を募らせているらしく、布張りの椅子を長い指の先で叩き続けている。

その近くで、つるりとした顔の使用人レイノルズが落ち着かなげにそわそわしている。彼の視線は、ラダマンテュス（ギリシア神話に登場する冥界の審判官）よろしく部屋の真ん中にいかめしく陣取る警部から離れない。警部は目を細めて一同の顔を見渡した。

リードは不愛想に告げた。「今夜、みなさんがここに集められた理由は説明するまでもないでしょう。知ってのとおり、今日の昼食前、屋敷でひとりの青年が殺されました。屋敷で起こった一連の奇妙な騒動が最高潮に達したのです。梟はみんなを動揺させた。とくに、奴の標的であるミスター・ブレアを。単なる脅しではなく殺人が実行され、状況が一変しました。警察が今まで手出しできなかったいろいろなことに捜査のメスを入れられるようになった。だから、みなさんは今夜ここにいるのです」

リードは言葉を切り、部屋の中を見回した。青白い顔、不安そうな目、落ち着かなげに動く手が次々と目に映った。静寂の中、時計がゆっくり時を刻んでいる。大きな暖炉で静かに燃える石炭がカラカラと転がり落ちた。

「あらゆる事実が明らかになっても、殺人の捜査を進めるのは容易ではありません」警部は続けた。「事実が歪められ、証拠が故意に隠されているから、捜査は暗礁に乗り上げてしまった」彼は目を細めた。「この部屋にいるみなさんが、謎を解く助けになる情報を警察に意図的に提供しないなら、罪に問います！」

アサートン＝ウェインは敵意を含んだ冷たい目で大きな男を見つめた。「あなたの思い過ごしではないですか、警部？」

リードは肩をそびやかした。「あなたが私に対して正直になれば、そうなのかどうかわかりますよ、サー・アンソニー。ご協力いただけますよね」彼はハウトマンのほうを向いた。ハウトマンは体をこわばらせ、半ば瞼に覆われた目で警部を見据えた。とぐろを巻いて攻撃の機会をうかがう蛇のようだとジェフリーは思った。リードがぶっきらぼうに訊いた。「ドクター、あなたは何をしにここに来たのですか？」

「個人的なことです」

「それでは答えになっていない」

ハウトマンは一歩前に出た。娘は彼を見つめている。「私がルークウッド・タワーズに来た理由をどうしても知りたいですか、警部？　それでは教えましょう」彼は劇的効果を狙って少し間を置いた。「アサートン＝ウェインがミスター・ブレアを騙して一万五千ポンド損させるのを阻止するために来たのです！」

部屋は水を打ったように静まり返り、耐え難いほどの張り詰めた空気が流れた。みんなの目がいっせいに小柄な准男爵に注がれた。准男爵は石のように固まり、皺の刻まれた顔がしだいに緋色に染まった。やがて彼が口を開いた。

「ハウトマン、正気を失ったとしか思えない！」

ドクターは体の向きを変え、「否定しないでください」と荒々しく言い返した。「トッドハンターは第四ガソリンを獲得するために二万ポンドを提示しました。あなたはその事実を意図的にブレアに教えなかった！　私が二万五千ポンドを提示したという事実も！　ブレアが連れ去られると、渡りに船とばかりに、一万ポンドという安い金額で第四ガソリンを手放すようブレアを言いくるめようとしたのです！」

アサートン＝ウェインの顔がいっそう赤くなった。彼は少し喘ぎながら言った。「でたらめだ！　とんでもない戯言が本当だという証拠を示すことをこの男に強く求める！」

「本気ですか？」

「むろんだ！」

ハウトマンは肩をすくめた。「仕方ない――あなたが恥の上塗りをしたいとおっしゃるのなら……」アシュトンの部屋にあったくしゃくしゃの覚書をポケットから取り出して警部に渡し、「読んでください」と促した。「サー・アンソニーも自分の筆跡ではないと主張するほど愚かではないでしょう！」

リードは無言で受け取り、ジェフリーに向かってうなずいた。ジェフリーは近づいてリードの肩越しに読んだ。ブレアは座ったまま、催眠術にかかったかのように准男爵をぼんやり見つめている。やがてリードが顔を上げた。

「あなたの筆跡ですか？」

サー・アンソニーはうなずいた。

「では、ドクター・ハウトマンの話は本当なんですね？」

准男爵の顔がたちまちこわばり、骨が浮き出た。惨事を目の当たりにした人間の顔のようだった。彼は唇に舌をさっと滑らせた。ジェフリーは准男爵の顔を眺めた。その奥にある明敏な脳が猛烈に働いている様子が目に見えるようだった。面子(めんつ)を守れ！　面子を守れ！　何としても面子を守れ！　アサートン＝ウェインは深く息を吸った。

「はい、警部――私が覚書を書きました。そのときは今とは違う状況でした。まさかこんなことになるとは」

ドクター・ハウトマンが手をこすり合わせた。「あなたにとっては幸運だ。とくにアシュトンが唯一の証人でしたからね、サー・アンソニー。あの青年が――その――消えたから、後はブレアに署名させるだけでいい」

准男爵が言い返す間もなく、ブレアがすっくと立ち上がった。眼鏡の奥で目が光っている。体の脇で拳を握りしめてアサートン＝ウェインと向かい合い、「あなたは――そんなことをするつもりだったのですか？」とつっかえつっかえ言った。「僕は少ないお金でやりくりしながら、全身全霊を注いで契約を守りました。それなのに、なんという仕打ち！」彼は逆上して手を振り上げた。「あなたがもっと若ければ、目にもの見せてやるところだ！」

「おい！　暴力はよせ！」リードは一歩前に出て、怒りをたぎらせる青年を椅子に押し戻した。「殴り合いは御免だぞ！」彼は准男爵に言った。「サー・アンソニー、かなりまずい立場に追いこまれたようですね。何か言いたいことはありますか？」

アサートン＝ウェインはみんなの視線を感じながら背筋を伸ばした。こんな局面なのに、この男は抗いがたい不思議な力を発している、とジェフリーは思った。准男爵は静かに告げた。

「今は言葉より行動で示すときです。ドクター・ハウトマンは」彼は肩越しに振り返り、軽蔑するような視線を投げた。「私がブレアを騙して一万五千ポンド損させたと非難しました。それに対する私の答えはこうです。私は第四ガソリンの独占権を得る対価として、五万ポンドをブレアにただちに支払います」

また静寂が訪れた。ブレアがつぶやいた。「五万ポンド……！」彼の言葉は暗い池に次々に投げこまれる小石のように消えてしまった。ハウトマンは仰天して息を飲み、急に足の力が抜けたように、娘の椅子の肘掛けにへなへなと座った。奇妙な男レイノルズだけは微動だにしない。顔に何の表情も浮かべず、暖炉の中で揺らぐ炎と同じようにどこか超然としている。ブレアが目をしばたたきながら准男爵を見上げた。

「あなたは――」彼は言い淀んだ。「それだけのお金を僕に払うのですか――今？」

サー・アンソニーは答えなかった。机に歩み寄り、小切手帳と万年筆をポケットから取り出し、金額を書きこんだ。万年筆を走らせるかすかな音が、部屋にいる面々の耳に届いた。彼は仰々しい手つきで小切手帳から一枚を破り取り、目を丸くした若き化学者に渡した。

「第四ガソリンのサンプル、それに君が持っている製造方法に関するすべての資料とその他の資料が今夜、私の金庫に収まることを期待している」と冷たい口調で告げた。「それまでに契約書を作り、署名してもらう」くるりと振り返ると、一同に向かって言った。「厄介な問題が決着した。これでよろしいかな?」

みんな黙っていた。どう返したらいいのかわからなかったからだ。あまりの落ち着きぶりに警部さえ絶句した。沈黙を破ったのはドクター・ハウトマンだった。彼は立ち上がり、頭を下げた。

「本当に幸運ですね、サー・アンソニー。お金は何でも与えてくれる」彼は言葉を切り、薄い唇を歪めた。「あなたは危険をもたらしかねない秘密を手に入れました。果たして、お金はあなたを梟から守ってくれるでしょうか?」

アサートン=ウェインは話し手からわざと目をそらした。「その件については警察と話し合う。ドクター・ハウトマン、お嬢さんと一緒に朝一番の列車に乗りたまえ。もうお帰り願おう!」

「それは駄目です!」警部は挑みかからんばかりに肩を丸めた。「屋敷で殺人が起こったのですよ。私の許可なくここから出てはいけない」抗議しかけたアサートン=ウェインに向き直り、「申し訳ありませんが」とそっけなく続けた。「そうしないとうまくいきません」

准男爵は警部を威圧するように見つめた。「警部、正直なところ、秘書を殺したかどで私が逮捕される可能性があると思いますか?」

小者なら冷たく光る青い目に射すくめられたかもしれないが、リードは顔の筋ひとつ動かさず、相手を見返した。彼は無表情のまま答えた。「誰も逮捕云々の話などしていません」

「でも、あなたは逮捕について考えている。ミスター・リード、この屋敷で私たちの自由を奪ったことをいずれ後悔しますよ。私は断固として警視総監に抗議するつもりです。あなたがやろうとしていることは事実上の監禁です。とにかく、そんなことをする理由はどこにもない」

ジェフリーが初めて口を開いた。「理由ならあります」

「どんな理由かな？」

「あなたの行動です。失礼ながら、奇妙な行動とさえ言えます」

「私の行動！」冷たい目がジェフリーを上から下まで見た。「屋敷には隠すべきものは何もない」

ジェフリーは一歩前に出て、リードと肩を並べて立った。「屋敷の中にはないかもしれない。けれど、屋敷の地下には部屋があります！」

アサートン＝ウェインは殴られた人のように頭を仰け反らせ、ふらふらする体を支えるために椅子に手を置いた。ジェフリーは彼の顔だけを見ていたが、リードはレイノルズの青白い顔を妙な表情がよぎるのを見逃さなかった。一瞬、血色の悪い唇に意地悪な笑みが浮かんだように見えた。准男爵がささやくように訊いた。

「何のことだ？」

「ご存じでしょう？」

准男爵はかすれた声で言った。「言いがかりだ――とんだ言いがかりだ！　これは警告だ――私は抗議する――」彼は二人の尋問者を乱暴に払いのけ、足早に部屋を後にした。リードが追おうとすると、ジェフリーは彼の腕に手を置いて首を振った。

廊下に響く准男爵の足音がしだいに小さくなって消えると、ドクター・ハウトマンが訊いた。「尋問はこれで終わりですか？」リードがうなずくと、ドクターは娘に腕を差し出した。エルザは素直に立ち上がり、二人はゆっくりした重々しい足取りで部屋から出ていった。レイノルズは大きな男の視線を避けるように後に続いた。扉が閉まると、警部はブレアのほうを向いた。

「君は少し休みたまえ――五万ポンドを持ったまま休めたらの話だが」

ブレアは立ち上がって二人に近づき、「その件について話があります」と言った。「明日、僕が街に行くまで、お金を預かってもらえますか?」肩越しに後ろをちらりと見た。「今日起きたことを考えると、大金を部屋に置いたままでは眠れません」

「構わんとも!」リードは小切手を受け取り、ベストのポケットに押しこんだ。「確かに預かったぞ。さあ休め」彼はジェフリーに言った。「トッドハンターを連れ戻しに行った連中はどうしているんだろう。連絡ぐらいすればいいのに――」

「あれは何だ?」ジェフリーが鋭く遮った。

リードは振り返った。机の下に小さな白い封筒が落ちている。それは絨毯の柄を背景に浮き上がって見える。ジェフリーは封筒に飛びついた。警部がそばにやってくると封を切り、折りたたまれた紙を引っぱり出した。

白い紙にひとつの文句が書きなぐられている。二人の視線の先で文字が躍っている。

アサートン=ウェインはアシュトンに続くだろう

そして署名で締めくくられていた。　梟

第七章　死者からの言葉

時計が十時を打っている。リード主席警部は執務室として使っている西翼棟の小さな部屋にコノリーを呼び入れた。刑事は部屋に入り、指紋係が到着したことを伝えた。

「私を煩わせないでくれ」リードは言い返した。彼は出所不明のタワーズの見取り図とにらめっこしている。「おまえもわかっているだろうが、指紋係の仕事はまずナイフを調べることだ」彼は目を上げた。「街に持っていった灰皿の指紋のことが気になる。マラルーは何か報告してきたか？」

「朝、電話をかけました」コノリーは答えた。「照合作業を早急に進めるそうです」

「トッドハンターの件でグリーンマンから連絡はあったか？」

コノリーは首を振った。「彼は昨日の朝出かけたきり、いまだ行方知れずです。でも、いずれ戻ってくるでしょう」

「どうしてそう言える？」

「旅行鞄が部屋に残っています」

リードは口髭を噛み、「今日の夜まで待っても現れなかったら」と言った。「部下に旅行鞄を調べさせろ。何かわかるかもしれない」

刑事は机の上にある見取り図を見やった。「地下室に隠れている奴をどうしますか、警部？　部下を使って引きずり出しますか？」

「いいや」リードは目の前にある見取り図を叩いた。「それはこれから私がやる。この件にはアサートン＝ウェインがなんらかの形で関わっているから、慎重に行動せねばならん。混乱を引き起こすおそれも大いにある。判断を誤れば、あの小男が抗議する。私は警視総監から大目玉を食うだろう！」

「どういう計画ですか、警部？」

「真実を話す機会をもう一度与える。彼が強情を張りとおすなら、村から錠前屋を呼んで、地下室の扉をただちに開ける」リードは攻撃的な口調で答えた。「今朝、ブラックバーンに会ったか？」

コノリーはうなずいた。「十分ほど前、庭にいる二、三人の部下と話していました」

刑事が去ると、リードはポケットから葉巻を取り出し、端を嚙み切って火をつけ、もの思いにふけりながら吹かした。

しばらくするとジェフリーが部屋に入ってきた。部屋が煙っていたので鼻に皺を寄せた。リードは葉巻をぷかぷか吸っている。

「これはどういうことですか？」ジェフリーは訊いた。「鰊の燻製でも作っているのですか？」彼は部屋を横切り、窓を開け放った。

警部は風で飛びそうになった机上の書類を摑んだ。「庭で新鮮な空気を存分に吸ったんだろう？」とぶつぶつ言った。

ジェフリーは聞き流し、机のほうに戻って椅子に腰掛けた。「僕がここへ来たのは」彼はリードに向かって言った。「ひとつには、あなたが僕を必要としているからです。またひとつには避難するためです。あなたのせいで庭は大混乱。ブラッドハウンド（鋭い嗅覚を持つ大型犬）だらけで、踏まずには歩けないほどですよ！」

警部は後ろにもたれかかり、広い胸の前で腕を組んだ。「いいかい、我々は君のとりとめのない推論や考えを参考にした。今は入念な下準備を進めている」

筋骨たくましい男二人が庭師を尋問している。その様子を開いた窓から眺めながら、ジェフリーは肩をすくめた。「これほど大々的な捜査がまだ必要でしょうか？」

リードが背中をぴんと立て、葉巻がぐいとつき出た。「必要かだと？」彼は声を荒らげた。「よく聞きたまえ。我々がここでどんな風に見られているか知っているか？　昨日の夜、メイドのひとりが廊下で待ち伏せしていた！　弟のために飼っている二匹の白兎が逃げたらしい。で、あろうことか、図々しくも部下を駆り出して兎を探すよう言ってきた」大きく広げた手で胸を叩いた。「この私――ウィリアム・リード主席警部に二匹の白兎を探せと！」

ジェフリーは立ち上がり、年嵩の男を見つめた。目は光を帯び、口は開いている。「いやはや！」と静かに言った。「なんともはや！」

「なんともはや！」警部は唸った。「それで我慢の限界に達した。アサートン＝ウェインがリトアニア大公フェルディナントの親友であろうと構わない。私はすぐに警視総監に電話し、洗いざらい報告した。これでいい方向に向かうだろう！」

ジェフリーはふたたび腰を下ろして足を伸ばし、あくびを嚙み殺しながら、「そうですね、警部」と言った。「大規模な捜査に頼らざるを得ないとは、まったくお恥ずかしいしだいです。僕は朝食をとったばかりです。コーヒーを運んできたメイドがその人物――つまり、あなたに兎の話をした人物でしょうか？」

「さあどうかな?」警部はそっけなく答えた。「元気な赤毛の小娘だった」彼は机越しに睨みつけ、嫌味たらしく言った。「もちろん、君なら細かいことまで書き残して事件簿を作っただろうな!」

ジェフリーの目が光った。「どんな些細なことも見逃せませんよ、警部」と咎めるように答えた。「一連の事件とつながりがあるかもしれません。梟は兎を捕食します――いや、子羊を捕食するのかな?」彼は煙草に火をつけた。「これだから都会人は駄目だ。自然界の物事に疎いんです」

リードは葉巻を口から外し、両手を机の上に置いてジェフリーを見据えた。「今朝、何かあったな。この三年間君と一緒に働いてきたから、それくらいわかる」葉巻を口にくわえて大声を上げた。「何かを知ったんだろう?」

ミスター・ブラックバーンは穏やかにうなずいた。「警部、おっしゃるとおり、あることを知りました。そのあることは昨夜起こりました」

「さあさあ! 話したまえ!」

「いいえ、話しません!」ジェフリーはかたくなに首を振った。「あなたは僕のとりとめのないあらゆる推論や考えを参考にし、それらをすべて、丁寧かつ容赦なくごみ箱に投じました! そして入念な下準備を進めている。まさにご英断。さあ、ミスター・リード! 正道を進んでください。僕は正道から外れます――」からかい気味に話していたジェフリーは、やにわに言葉を切って立ち上がった。「あなたより先に梟に手錠をかけることができないなら、僕はホワイトチャペルに住むユダヤ人全員にご馳走を振る舞います!」

リードの顔に驚きと怒りの色が浮かんでは消えた。短気な年嵩の紳士が嚙みつくように言った。「我々はそれぞれ自信を持っている」

「いいえ、主席警部」ジェフリーは真面目な口調で答えた。「自信は皆無です」彼は身を乗り出し、煙草の火をもみ消した。「僕が今、どんな気持ちでいるかわかりますか？　道に迷い、ちらちら揺れる彼方の小さな光に向かって流砂の上を歩いているかのようです。暗闇に浮かぶかすかな光に向かっている。間違った方向に一歩でも進んだら最後――」空中で指を鳴らした。

リードはジェフリーを見つめた。葉巻が指に挟まれたまま燻っている。「おい」ぼそっと訊いた。「何を考えている？」

この問いに答えるかのように扉を強く叩く音がした。扉が開き、ずる賢そうな小柄な男が現れ、鋭い黒色の目で部屋の中を見回した。リードが声を上げげた。「アームストロング――何か用か？」

「あなたに会いたいという女性がお見えです、警部」刑事は告げた。「ドクター・ハウトマンのお嬢さんです」

ジェフリーは眉を上げ、「美しいエルザが？」とつぶやいた。「どんな用件だろう？」

アームストロングは扉に手をかけて立っている。「昨夜起こったことに関する情報を持っているそうです。今、お会いになりますか。それとも出直すように言いますか？」

リードはジェフリーにちらりと視線を送った。ジェフリーは短くうなずいた。「よし、今、会おう」

エルザ・ハウトマンが部屋に足を踏み入れた瞬間、二人は彼女の変化に気づいた。理由は後になってわかった。見た目は変わらず上品ないでたちで、立ち居振る舞いはしとやかだ。実った小麦畑を渡る夏のそよ風のようだとジェフリーは思った。しかし、乙に澄ました態度は影を潜め、表情は虚ろで明るさが消えている。それを見て取ったジェフリーは、扉のそばにためらうような様子で佇むエルザに優しく言った。「僕たちに会いに来たのかい、ミス・ハウトマン？」

エルザはうなずき、半歩前に進んだ。窓から差しこむ明るい光の中に入り、顔がはっきり見えた。ジェフリーは目を細めた。目のまわりが巧みに化粧を施しても隠せないほど紫色に変わり、眠れない夜を過ごしたことを物語っている。口元に新しい皺ができている。エルザはかすかに震える指でモスリンのハンカチをいじりながら、二人を順々に見た。いきなり、今にも泣き出しそうな子供のように鼻に皺を寄せ、言葉がほとばしり出た。

「ここはおそろしいところです。私たちを――父と私を帰らせてください――聞こえましたか？　帰らせてください！　ここで起こっていることに――私たちは関わっていません――いっさい――いっさい！　わかりましたか？」

ジェフリーは椅子を据え、「おかけなさい、ミス・ハウトマン」と促した。エルザは素直に従い、いつでも立ち上がれるように背筋を伸ばした姿勢で座った。ジェフリーは微笑んだ。「いったいどうしたんだい？　話してくれ。話を聞き、できる限り君の力になると約束する」

ジェフリーはこう言いながらエルザを眺めた。窓から差しこむ強い光が気になるからか、エルザ・ハウトマンは椅子を少し横にずらし、体を緩めた。長いまつ毛の下からジェフリーの顔をじっと見た。

「私を愚かだと思わないでください」彼女は言った。「慣れないことばかりだから――警官が部屋に入ってきてあれこれ質問し、私の写真を撮り、変な目で私を見るんです。犯罪者ではないのに。悪いことなんてしていないのに――」

リードは両腕を机の上に置いた。「不運にも滞在している家で殺人が起こった以上、そうしたことは避けられない。不便を強いているのなら心から詫びたい。私の部下に問題があるなら、すぐに調査して――」

「それはやめて！」エルザが言葉を遮り、ほっそりした肩をすくめた。「彼らは務めを果たしているだけだから。ただ、時間が経っても、あの——あの梟は野放しのまま。ここには警官が大勢いるのに、梟は我が物顔で出入りしています」

リードの顔が引きつった。「お嬢さん、私が請け合う」彼はぶっきらぼうに告げた。「もう奴の好き勝手にはさせない！」

「ああ！」エルザは吐き出すように鋭い声を放った。「ガアガアと声を上げて、まるで大きな牛蛙のようだわ！」緑色を帯びた目を斜めに向け、徐々に赤く染まっていくリードの顔を見つめた。「梟が昨夜現れたと私が言っても、まだ大口を叩くつもりですか？」

「何だって？」警部は立ち上がった。「梟が現れただと？」

「ええ。庭に現れました——夜遅くに。真夜中を過ぎていたかしら」

「どうしてそれがわかった？」

エルザ・ハウトマンは膝に置いた手をこわばらせた。珊瑚色の唇を小さな桃色の舌でさっとなめた。

「この目で見たんです」彼女の言葉はほとんど聞こえなかった。

リードは黒い眉を寄せ、エルザを見下ろした。顔に驚きの色を浮かべている。かたやジェフリーは呆然とした表情を見せ、「おお、まさか」と希うようにつぶやいた。「おお、嘘であってほしい！」彼は夢から覚めた人のように頭を振り、ぱっと窓から離れて机の角に腰掛け、エルザの顔をまじまじと見た。「ミス・ハウトマン——それは本当かい？」

エルザはジェフリーの目から視線をそらさずに、ただこう言った。「嘘をつく理由がありますか？」

「昨夜起こったことを話してくれ——何もかも！」

金髪の娘はうなずいた。「昨日の夜、図書室に集まった後、寝室に戻りました。もうくたくたでした。ベッド脇の時計を見ると、まだ十時前でした。パパにおやすみのキスをして、言われたとおりに扉に鍵をかけました。ベッドに入ると、たちまち眠ってしまいました」

エルザがゆっくりと発する少しかすれた単調な声が途切れた。煙草を選んでいたジェフリーが煙草入れを差し出すと、彼女は首を振った。

「一時間眠りました——二時間だったかもしれません。目を覚まして外を見ると、月が明るく照っていました。しばらく横になっていましたが、目は冴える一方です。ベッド脇のランプのスイッチを入れて時計を見ると、十時十分でした。まさかと思ってよく見たら、時計が止まっていました。ひどく疲れていたせいで、ねじを巻くのを忘れていたのです。

「大きな塔時計が鳴るのを待ちました。でも、何時間にも思える時が過ぎても、時計は一向に鳴りません。すっかり目が覚めてしまったので起き上がり、月の光に誘われて窓辺に向かいました。外はこの世のものとは思えないほど綺麗で、すべてが銀色に輝いていました。窓から顔を出すと、母屋の翼棟が見えました。ひとつの窓だけが明るく、室内も見えました。ミスター・ブレアの部屋です。彼はベッドに入って本を読んでいました。私も明かりをつけて本を読もうと思ったけれど、あんなに明るい月を見たことがなかったので、窓から離れられませんでした。そして——見たんです！」

エルザ・ハウトマンは言葉を切り、椅子の中で少し体を縮めた。彼女が味わった恐怖が二人の聞き手に伝わり、感じやすい性質のジェフリーはぞくりとした。リードは細めた目でエルザを見つめながら考えた。この娘は演技をしているのだろうか、それとも、何か危険で忌まわしいことが起こったのだろうか——

「ひとつの影が動きました。最初は木の枝が風で揺れたのだと思いました。でも風は吹いていなかった。それはまた動き、月光の中に梟の姿が浮かび上がりました。芝生に届くほど長くて黒いローブを着ていました。猫のようにそっと前に進んで止まり、また進みました。陰から陰へと移動し、陰から出てきたとき、何かを持っているのが見えました——」

「何かとは？」ジェフリーは先を促した。

「白いものです。大きくはなくて、形はよくわかりませんでした。人影は芝生を滑るように横切り、温室のそばにある小さな睡蓮の池のほうに向かいました。水がはねる音がかすかに聞こえ、それからほんの一瞬、梟は姿を見せて暗い林の中に入っていきました。白いものは消えていました」

リードはゆっくりうなずいた。「睡蓮の池に投げ入れたのかな？」彼は友人に向き直った。「ジェフ、すぐに池を浚うようコノリーに言ってくれるか？」去ろうとするジェフリーに、「池から出てきたものを全部ここに持ってこさせてくれ」と声をかけてからエルザに訊いた。「ミス・ハウトマン、梟を見たとき、どうして誰にも知らせなかった？」

エルザは顔を上げ、「知らせようとしました」とすぐさま言い返した。「化粧着をはおり、ミスター・ブラックバーンの部屋へ行きました。二つ隣の部屋です。ノックしましたが返事がありませんでした。そうしたら怖くなって——」

「ジェフに何かあったと思ったのかい？」

エルザ・ハウトマンは首を振った。目が大きく見開かれている。「自分の身の危険を感じたんです。屋敷はとても静かで、廊下は真っ暗でした。ミスター・アシュトンに起こったことが頭をよぎって、得体の知れないものに取り囲まれているような気がしました。怖かったから走って部屋に戻り、扉に鍵をかけ、枕に顔をうずめて泣きました。それからは一睡もできませんでした」

声は震え、真珠のような小さな涙の粒が頬を伝った。エルザはモスリンのハンカチで涙をそっと拭った。純真そうな娘の打ちひしがれた姿を見て、リードは態度を和らげた。根は情にもろい男なのだ。机を回って、エルザの肩を叩いた。

「さあ、ミス・ハウトマン」と声をかけた。「心を落ち着けるんだ。今は誰にとっても大変なときだが、動揺ばかりしていてもはじまらない」月並みな言葉しか出てこないので、リードは気まずくなって言葉を切った。「部屋に戻って横になりなさい。美味しいお茶を一杯飲むといい」

エルザ・ハウトマンは立ち上がり、リードに感謝の笑みを投げかけた。「あの」堅苦しい口調で告げた。「あなたを牛蛙と呼んでしまって、ごめんなさい。許していただけますか?」

警部は顔をそらし、「もう忘れてくれ」と低い声で告げた。「誰でも時には分別を失うものだよ」エルザは華奢な手を伸ばし、リードの節くれだった手を優しく握りしめた。そして、リードがどぎまぎしているうちに部屋から出ていった。

「首を懸ける覚悟でやるしかない!」ウィリアム・リードは喘ぐように言った。ジェフリーが戻ってきたとき、警部はまだ紅潮しており、面倒くさそうに葉巻に火をつけていた。ジェフリーは空いたばかりの椅子に座った。

「今、コノリーが作業に当たっています」ジェフリーは告げた。「美しいエルザが本当のことを語ったかどうかすぐにわかります」

リードはマッチの燃えさしを窓から放り投げた。「彼女の話をどう思う?」

「話の一部は真実です」ジェフリーは答えた。「確かに、ブレアはほとんど一晩中本を読んでいました」

「どうしてそれを知っているんだ？」

「理由は単純です。僕もブレアと一緒に起きていたのです」ジェフリーは相方のきょとんとした顔に向かってにやりと笑った。「謎が解けましたか、警部。昨夜、ブレア君が廊下で僕を呼び止め、彼の部屋にいてほしいと頼んできました。図書室で予告状が発見された後ということもあって、ひとりで寝るのが怖いと正直に打ち明けたのです。僕は彼の寝室にある長椅子で横になりました」ジェフリーは体を伸ばした。「彼は夜半まで僕と話し、それから数時間明かりをつけたまま読書。だから、今朝僕は遅くまで寝ていました」

リードの顔が明るくなった。「それで君は自分の部屋にいなかったのか！」エルザ・ハウトマンがジェフリーの部屋まで行った件について話して聞かせた。話を終えようとしたとき、扉をノックする音が聞こえた。扉が開き、コノリーが入ってきた。泥まみれの濡れた包みを持っている。刑事は部屋を横切り、よく見えるように包みを捧げ持った。

「難なく見つけました」彼は告げた。「どこに置きますか、警部？」

リードは机の上から書類を取り払った。「ここだ、デニス」コノリーは上司の目の前に包みを置いた。「今のところ、出てきたのはこれだけです」

ジェフリーは汚れた包みを見つめた。「僕たちは、あのお嬢さんを誤解していたのかもしれない」と言い、手を伸ばして包みを持った。「ずいぶん重いな。何が入っているのだろう？」

警部はチョッキからポケットナイフを取り出し、「すぐにわかる」と低い声で告げた。「しっかり持っていろ！」彼が紐を切って包みを解くと、何かがカタカタと床に落ちた。驚きと失望がないまぜになったリードの表情は見ものだった。「二個の石」彼はつぶやいた。「これは有罪を示す証拠になるのか？」

ジェフリーは穏やかに答えた。「それほど重要なものではありません——それは重石です！」警部は相方が持っている形の崩れたキャンバス生地の服に目を向けた。「これこそ梟が隠したかった有罪を示す証拠です！　何だかわかりますか、警部？」

リードの目が輝いた。「ああ、わかるとも！　昨日、地下室から消えた拘束衣だ！」

「そのとおり！　ブレア君をがんじがらめにした拘束衣です」ジェフリーの声から気持ちの高ぶりがうかがえた。「我らの謎の友がこれを捨てたかったのもうなずけます」彼は興奮しながらリードの顔の前で拘束衣を振った。すると、キャンバス生地の拘束衣の間に挟まっていた柔らかいものが落ちた。リードはそれが床に落ちる前に受け止めた。

「これは何だ？」彼は熱心な手つきで丸い物体をいじった。するとそれが崩れた——六枚のキャンブリックの四角いハンカチだった。池の泥がつき、汚れている。ジェフリーには見覚えがあった。

「それは拘束具のひとつです」彼は言った。「ブレアはハンカチの猿ぐつわを嚙まされていました。可哀そうに——」リードが三枚のハンカチの角をジェフリーの目の前に差し出した。

「これを見ろ！」彼は吠えるように言った。

それぞれのハンカチの角に風変わりな模様と二つの文字——二つのAが刺繡されている。ジェフリーは驚いてゆっくり口笛を吹き、拘束衣を隅に投げやった。

「警部」彼は言った。「なにはともあれ、アサートン＝ウェインが警視総監に手紙を書くことはないでしょう！」

塔時計が十時半を打った。サー・アンソニー・アサートン＝ウェインは南翼棟にある部屋に入り、扉を閉めて鍵をかけた。

窓の外をがっしりした人影が通り過ぎた。彼は部屋を横切り、重いカーテンの後ろに半ば隠れるようにして外を見た。体格のいい二人の男が芝生に沿った砂利道に膝をついている。ひとりは巻尺で長さをはかっており、もうひとりはメモ帳に記録している。准男爵はうんざりして鼻に皺を寄せ、カーテンをこれ見よがしに一気に閉めた。机のほうに戻って腰を下ろし、細い指で唇を触りながら部屋の反対側をぼんやり眺めた。

扉をそっと叩く音がした。「誰だ？」と鋭く訊いた。

頑丈なオーク材の扉の向こうから、くぐもった声が申し訳なさそうに答えた。「レイノルズです。少しお話しさせていただけますか？」

「駄目だ！」サー・アンソニーは答えた。「仕事に戻りなさい！」

レイノルズは引き下がらなかった。「その件についてお話ししたいと思って参りました。少しお時間をいただきたいのです」

アサートン＝ウェインは苛立たしそうに首を振りながら扉に向かい、鍵を回して扉を開けた。「それで、どんな話だ？」と強い口調で訊いた。

レイノルズは中に入って扉を閉めた。サー・アンソニーは少し目を見開いた。

「これはごく内々の話です」レイノルズは冷たい声で言うと、両手の指を組み、無言で雇い主を見つめた。態度がどことなく変だと准男爵は思った。使用人はいつにも増して恭しく振る舞っているようでもある。アサートン＝ウェインは表情を見たかった。けれども偶然か意図的かは不明だが、レイノルズはカーテンが作る陰の中にいる。准男爵は刺々しい口調で訊いた。「まったくもう！　どんな話なんだ？」

レイノルズはこう告げた。「ふと思ったのですが、ミスター・アシュトンが悲惨な死を遂げ、あなたは秘書を失いました」彼が言葉を切ると、雇い主がそっけなくうなずいた。「ですから、私を秘書として雇っていただきたいのです」

「おお！」アサートン＝ウェインは、部屋に迷いこんだ頭のおかしい男でも見るかのような視線を使用人に投げた。「本気なのか――」

レイノルズは肩をすくめた。「私の能力は抜群です――」

サー・アンソニーは背を向けた。机から長い鉛筆を取り上げ、指でもてあそんだ。「君の能力にはまるで興味がないよ、レイノルズ。じつに厚かましい申し出だ！」

「そんなことをおっしゃらないでください！」

「私は君のことを何も知らない。わかっているだろうが、私の秘書という地位は、揺るぎない誠実さを備えた、つねに分別を働かせる人物にのみ与えられる」

部屋の窓が揺れている。レイノルズの顔は流れる水を通して見える青白い仮面のようだ。「サー・アンソニー、私ほど分別のある人間はいません。今朝、警官に尋問されたとき、五年前にベイズウォーターの集合住宅でピアソン大佐が殺された件にはいっさい触れませんでした――」

ポキッという小さな音が部屋に響いた。アサートン＝ウェインが手に持っていた鉛筆が折れ、絨毯の上に音もなく落ちた。准男爵はくるりと振り返った。死を目の当たりにした人のような顔をしている。少しふらつき、かすれた声を絞り出した。

「レイノルズ——君は——」彼は声を詰まらせた。

レイノルズは頭を下げた。「気が動転なさるのももっともです。今、あの件のことを蒸し返されたら厄介でしょう」

アサートン＝ウェインは拳を握ったり開いたりしている。陰の中にいる灰色の男から目をそらし、「何が——望みだ？」としわがれた声で訊いた。

「はっきり申し上げたはずですが？」慇懃な声音は嘲りを含んでいる。「私は、ミスター・アシュトンの不幸な死によって空位となった秘書の座に就きたいと申し出ました」

「つまり、それが君の条件か？」

レイノルズは首を傾けた。「優秀な秘書になります。私を秘書に任命することは——ええと——双方の利益にかなうのではないでしょうか？」

准男爵は袖からハンカチを引っぱり出して額に当てた。しばらく逡巡し、こう答えた。「そうだな。この件に選択の余地はない」

「ありがとうございます。これ以上お手間は取らせません」レイノルズは扉へ向かった。「私は優秀な秘書になります、サー・アンソニー——哀れなミスター・アシュトンよりお役に立ちます」アサートン＝ウェインが背を向けた。「当然ながら」レイノルズは淀みなく続けた。「その分、前任者より少しばかり高くついてしまうでしょう。それでは失礼いたします、サー・アンソニー」彼は扉を閉めて去っていった。

准男爵はしばらく扉を見つめていた。やがて、はっと我に返って電話に手を伸ばし、番号をダイヤルした。

時は刻々と過ぎていく。静かな部屋の中で、呼出音が小さくくぐもって聞こえる。「アサートン＝ウェインだ」准男爵は名乗った。「ベルリッツキにつないでくれるか？　お願いだ、急いでくれ！　一刻の猶予もないんだ！」


エリザベス・ブレアは自分の部屋で横になっていた。メイドが朝食のトレイと一緒に運んできた長い封筒を手の中でひっくり返した。

通路で起こった辛い出来事から立ち直れずにいた。エリザベスは死体を発見して動転した。その後のことはぼんやりとしか覚えていない。記憶の断片が浮かんでは消える。眩しい光を浴びたこと。ジェフリーに抱きかかえられて隠し扉からオークの間に入ったこと。お母さんのような家政婦長が優しい手つきで服を脱がせてくれたこと。ドクター・ニューベリーの心配そうな顔と薬の苦い味。ひんやりした滑らかなシーツと枕。ベッドに潜りこむと、薄い黒色のベールが一枚また一枚とずきずきする頭を覆っていった。

薬を飲んだので、メイドが部屋に入ってくるまで夢も見ずにぐっすり眠った。メイドがカーテンを開けると、朝日が部屋いっぱいに差しこんだ。メイドは朝食のトレイをベッド脇の小さなテーブルに置いて出ていった。エリザベスは半分体を起こした。銀製のティーポットに封筒が立てかけてあった。

夢うつつのまま起き直り、封筒を手に取った。今朝、届いたばかりらしく、〝ロンドン〟の文字が入った消印が切手の上に押されていた。視線を下のほうに移すと、彼女の名前と住所が書いてあり、ロバート・アシュトンの筆跡だった。

昨夜の出来事の記憶が一気によみがえった。見慣れた装飾文字は、目に浮かんだ涙のせいで滲んで見えた。ボブが書いたのだ！　頭の回転が遅くて鈍感な愛すべきボブ！　こまごまとしたことがとりとめもなく思い出された——巻き毛に覆われた頭のてっぺんにある桃色の小さい禿げ。悩んでいるときに眉間に表れる皺。頭を少し前につき出し、足を踏ん張って立つ頼もしい姿。

「ああ、ボブ、ボブ」エリザベスは途切れ途切れにつぶやき、枕の下に手を入れてハンカチを探した。

彼のことをどれほど恋しく思うだろう。やけに落ち着き払った態度を取る彼にいつも苛々させられたけれど、そんな彼のことも、孤独を感じる今は、黒い波に飲まれそうになって無意識にすがりつく硬い岩のような存在に思える。エリザベスはまた泣いた。このことは彼女に良い効果をもたらし、心の痛みがしだいに和らいでいった。けれども、その代わりに激しい感情が湧き起こった——卑劣にも善良な男を殺した者に復讐を果たすまで、できる限り手を尽くすと決意した。

思考があちこちに飛び、手紙のことを忘れていた。エリザベスは手紙を取り上げた。手紙がタワーズからロンドンに送られたのは明らかだ（封筒にタワーズの紋章が施されている）。そしてロンドンから送り返されたのだ。なぜかしら？　かすかに震える手で封を切り、便箋を取り出して読みだした。便箋には走り書きされたアシュトンの大きな字が並び、前日の日付が記されている。

〝親愛なるベッツィー〟という言葉ではじまっていた。

この手紙を君に郵便で送ります。屋敷にいる人に託すことができないし、事情があって君に直接手渡せないからだ。僕はいたずらに騒いでいるわけではない。梟の事件の闇は、みんなが考えているよりずっと深い。事件の謎を解いた今、僕は怖くてたまらない——ベッツィー、僕が怖がりではないことは知っているだろう。

そう、君は僕のことをよく知っている。僕は立派な人間ではないが、やるときはとことんやる。偶然手に入れた情報と屋敷で見聞きしたことから、ひとつの結論にたどり着いた。僕は正しい！　もうひとつの手紙に書いてあることを読んだら、君は僕の頭が完全にいかれてしまったと思うだろう。でも、すべて辻褄が合う。君は、現代屈指の驚くべき陰謀を知ることになるのだ。

エリザベスは手紙を脇に置き、長い封筒の中を覗いた。封筒が入っている。それを取り出し、少し目を見開いた。端にこう記されている。

エリザベス・ブレアへ　僕の死後に開封すること

彼女は困惑して頭を振り、手紙の続きを読んだ。

君とは長くつき合っているから、君に勇気と決断力があることも、これを読んでも馬鹿な真似をしないこともわかっている。僕が真相を摑んだことを梟は気づいたようだ。だから、手遅れになる前に、なんとしても僕の口を封じようとするだろう。自分の身は自分で守れるが、もしも僕に何かあったら封筒を開け、読んだらすぐにブラックバーンに渡してくれるか？　わかったかい？

ベッツィー、君が開封しないで済むことを願っている。君がこの手紙を受け取るとき、君のそばにいたい。すべてを僕の口から説明したい。だが、それは叶わないかもしれない。君と僕は一緒にすば

らしい時間を過ごしたね——僕にとってかけがえのない時間だったよ。君に幸あれ！　愛情をこめて。　ボブ

エリザベス・ブレアは長い間手紙を見つめていた。彼女は手紙をゆっくりとたたみ、唇に押し当てた。

「君がこの手紙を受け取るとき、君のそばにいたい……」ロバートは、ある程度自信を持ってこう書いたのだろう。一語一語がナイフのように鋭くエリザベスの胸をつき刺すとは露ほども思わずに。エリザベスは青ざめていたが、泣いてはいなかった。問題があまりにも深刻で繊細すぎて涙も出てこないのだ。ベッド脇のテーブルに置かれた手つかずの銀のティーポットが光っていて、カリカリに焼いたトーストは固くなっている。エリザベスは陽光が降り注ぐ庭を見るともなく眺めた。

キルトの上に置いたもうひとつの封筒にゆっくりと視線を移ろわせ、さっと摑み取った。本当かしら——私は本当に謎を解く鍵を手に入れたのかしら？　エリザベスは封筒をぎゅっと握りしめた。それに反発するかのように、封筒がパリパリと音を立てた。私の愛しい人がこの鍵のせいで命を奪われた！　そう考えたら鼓動が激しくなり、喉が震えるような感じがした。無意識のうちに後ろを見た。何事もなく真相を知ることができるのかしら？　阻止されるかもしれない。今、封を開けたら何かが起こるのではないかしら？

エリザベス・ブレアは震える手でもうひとつの封筒を破って開けた。

突然、凄まじい爆発音が響いた。全身の神経が張り詰め、エリザベスは嚙み殺したような短い悲鳴を上げた。ところが、その音は誰かが激しく扉をノックした音だった！

封筒――どこに隠そう？　急がなければ！　あちこち視線を動かし、朝食のトレイにかけてある刺繡の施された覆いに目を留めた。急かすようなノックの音がまた聞こえ、心が決まった。すばやく覆いを持ち上げ、開けた封筒を下に差し入れた。「どうぞ」声がうまく出てこなかった。「ど――」扉が開き、ドクター・ニューベリーが入ってきた。エリザベスは小さな吐息を漏らし、枕に背中をもたせかけた。額に汗が浮かんでいる。

ニューベリーは部屋を横切って患者を見下ろし、小さな黒い鞄を提げたまま、咎めるように首を振った。「お嬢さん」彼は訊いた。「いったい何をしていたのですか？」

エリザベスはこわばった口元に無理やり笑みを浮かべた。「何もしていないわ、ドクター」

「何も！」ドクターは豊かで朗々とした声を少しだけ荒らげた。「まったく、一マイルを全速力で走ったように見えますよ！」彼は小さなテーブルの上に場所を作り、鞄を置いた。ポケットから大きな懐中時計をおもむろに取り出して身をかがめ、指を当てて脈を取った。彼の濃い眉が吊り上がった。

「チッチッ！　これはたいへんだ！　あなたに絶対安静を命じます！」

「わかりました、ドクター」エリザベスは彼の目を見ずに答えた。「昨夜、あんなことがあったから、気が休まりません」

ニューベリーは顔をしかめた。「眠れなかったのですか？」

何でもいいから言いなさい、と小さな心の声がエリザベスを急かした。ドクターを追い払うために――口実を作りなさい――何でもいいから！　彼女は首を振り、「よく眠れませんでした」とつぶやいた。「薬をください。それで落ち着けば、午前中いっぱい眠れるかもしれません」

「いいですとも！」ニューベリーは体の向きを変え、鞄を開けて中を探った。「このままではいけません。みんながひどく心配しますよ」栓をしたいろいろな瓶の中身を巧みな手つきで薬用のグラスに注ぎ、向き直った。「さあお嬢さん、これを飲んで！　これから五時間、ぐっすり眠りなさい！」エリザベスが小さなグラスを受け取ると、つけ加えた。「おそらく一時的に動悸が起こりますが、心配いりません。これは神経を鎮める薬です。飲んで静かに休んでください」

「ありがとうございます、ドクター」エリザベスは空いているほうの手をベッドに這わせた。「あらいやだ――抽斗から綺麗なハンカチを取ってきていただけますか？」エリザベスが窓辺にある鏡台を指し示すと、ニューベリーはうなずいて振り返った。エリザベスはすばやくティーポットの蓋を外し、薬用グラスの中身を注ぎ入れた。ドクターが折りたたまれたハンカチをベッドの上にぽんと置いたとき、彼女は枕にもたれかかって目を閉じていた。ガラスがカチンと当たる音から、ニューベリーが鞄に中身を戻していることがわかった。ドクターは鞄を閉めて訊いた。

「気分は良くなりましたか？」

エリザベスは目を開けて微笑んだ。「ええ」

ドクターは窓のほうに行き、カーテンを閉めて部屋を暗くした。それから鞄を取り上げて扉に歩み寄り、取っ手に手をかけた。「心配しないで。眠りなさい。後で様子を見に来ます」安心させるようにうなずいてから出ていった。

扉が閉まった後、エリザベスはしばらくじっとしていた。やがて、そろそろと手を伸ばし、トレイの覆いの下から封筒を引っぱり出すと、封筒を握りしめてベッドから飛び出し、窓に近づいてカーテンを開けた。そして開封した封筒の中に二本の指をつっこむや、はっと驚いて指を引き抜いた。

封筒は空っぽだった！

リード主席警部はミスター・ブラックバーンを従えて、アサートン＝ウェインの書斎の扉を強くノックした。頑丈なオーク材の扉は、中に入ることを阻むように立ちはだかっている。返事がない。リードは断固とした調子で再度ノックした。今度は准男爵のどうぞという声が聞こえた。二人は中に入った。ジェフリーが扉を閉めると、リードは扉を背にして立った。

アサートン＝ウェインはうちしおれた様子で肘掛け椅子に身を沈め、立ち上がろうともしなかった。警部はぞんざいな口調で訊いた。「少しお話しできますか？」

准男爵は煩わしそうな素振りを見せ、「私は自由を完全に奪われたのですから」と冷ややかに答えた。「拒否することなど許されないでしょう。できるだけ手短にお願いします」

「わかりました！」リードは前に進み出て、机の上に紙片を放り投げた。「これを見てください」

アサートン＝ウェインはためらいを見せ、足が重いからか、のろのろと立ち上がった。紙片を手に取って眺め、顔を上げた。

「どこにあったのですか？」

「昨夜、図書室の床に落ちているのを見つけました。あなたが出ていった後で」

准男爵は肩をすくめた。紙片を指先でそっとつまんで屑籠の中に丁寧に入れ、「これが私の答えです」とそっけなく言った。

ジェフリーは准男爵をまじまじと見つめた。「あなたはおそれ知らずですね、サー・アンソニー」

准男爵はジェフリーと一瞬目を合わせ、氷に反射する冬の日光のように冷たい笑みを浮かべた。

「とんでもない。ブラックバーン、私はひどい臆病者だよ。おそれ知らずは梟のほうだ。私を脅してくるのだから――」口を歪めて微笑した。「スコットランドヤードの警官が総出で私の警護に当たっているときに」彼は椅子に戻った。「用件はこれだけですか？」

警部は一歩前に出て、声を張り上げた。「地下室で何が起きているのですか？」

准男爵は、今度は動じなかった。不快な驚きを覚えてただ眉を上げ、もの憂げな声で答えた。「いったいどういう意味ですか？　あなたが言うように地下室で何かが起きているとしても、私は何も知りません」

穏やかに否定されて、リードはちょっと肩透かしを食ったようだった。ジェフリーが代わりに質問した。

「ご存じのように」と静かに言った。「アシュトンが殺された後、オークの間の裏にある通路を警官が調べました。分岐した通路の一方は鉄の扉で塞がれ、もう一方は複数の地下室と温室脇の睡蓮の池のある庭に通じていました」アサートン＝ウェインがうなずいた。「警官が鉄の扉をもうひとつ発見しました。それは通路の出入口を塞いでいました。二つの扉の間に何があるか調べてもいいですか？」

「私の知る限りでは」准男爵は答えた。「崩れ落ちた大量の石があるだけだ」

「それは本当ですか？」ミスター・ブラックバーンは訊いた。

准男爵は椅子の上でそわそわと体を動かした。「二年前」彼は説明した。「ある客がオークの間の裏にある通路を発見し、探検に出かけた。客は途中で道に迷った上、危うく怪我をしそうになった。通路の天井の一部が崩れたのだよ。危険極まりないから通路の両端を塞いだ」

ジェフリーはうなずいた。「数日前に僕が尋ねたとき、どうして通路の存在を否定したのですか？」

「災難が繰り返されてはならないからだ」准男爵は答えた。

ジェフリーは黙って考えた。准男爵はきっぱりと言い切ったが、真実を言っているのだろうか、それともただの見せかけか？

いかにもじれったそうに聞いていたリードが質問を続けた。「扉の蝶番に油が差してありましたが、なぜですか？」

准男爵が顔をしかめた。「にわかには信じがたい話だ」

「だが、部下のひとりがそう断言しました」

アサートン＝ウェインは肩をすくめた。「ああ、そう聞いたわけですね！」彼の声は嘲笑を含んでいる。「私に愚かな質問をする前に、自分で扉を調べたらどうですか」

不毛な問答が続き、とうとう警部の堪忍袋の緒が切れた。彼は怒りの形相で振り返り、相方に向かって怒鳴らんばかりに言った。「行くぞ――時間の無駄だ！」ジェフリーを後ろから急かしながらどかどかと部屋を出て、力まかせに扉を閉めた。

二人は無言で地下通路を進んだ。曲がり角に差しかかると、ジェフリーはリードのこわばった黒い顔に目をやった。「どっちに行きますか？」

「地下室があるほうだ！」

数分後、屋敷の外に出た。警部の重いブーツが睡蓮の池に沿う砂利道をザクザクと踏んだ。二人は林の中に入った。頭上で折り重なる枝の葉が踊るように揺れながら、涼しげな緑色に輝いている。前方には、巨大なマッシュルームのように地面からつき出したドームが見える。やがて二人は風化した石造りのドームにたどり着いた。横手に地下に通じる階段がある。崩れ、苔むしている。リードはポケットから懐中電灯を取り出して照らした。振り返ると、ジェフリーが石に刻まれた言葉をしげしげと眺めていた。言葉は長い年月を経たために消えかかっている。

「それは何だ？」リードは語気鋭く訊いた。

「文句が彫ってあります」ジェフリーは穏やかに答え、石に彫られた文句を指でなぞった。「ファシリス　ディセンサス　アヴェルノ」とつぶやくように読んだ。

「どういう意味だい？」

「〝地獄に落ちるのは簡単だ〟。窮地を脱するより窮地に陥るほうがはるかに簡単だということです」

ジェフリーは顔をしかめた。「独特なユーモアだと思いませんか？」

警部が答える間もなく、怒鳴り声が響いた。

「手を上げろ、童顔野郎！」

警部は激しく唸りながら振り返るや、凍ったように動きを止めた。一番近くにある木の陰に男が立っている。口を引き結び、無表情で二人を見つめている。男の銅色の髪と片方の手にしっかり握られた小型自動拳銃の銃口が、一筋の陽光に照らされて光っている。ジェフリーはリードが驚きの叫び声を上げるのを聞いた。

「俺が誰だかわかるか、警部？」固く閉じられた口が少し動いた。「グリーンマンにブラッドハウンドを送りこんだときには、俺が現れるとは思ってもみなかっただろう？」

鼻にかかった声と宿の名前を聞いてジェフリーははっとした。

「トッドハンター！」

リードが辛辣な声を放った。「果たしてそうかな？　いいかい、ここではトッドハンターという名で知られているが、中央公文書館の資料によると、こいつの名はレッド・レイシー。広大な大西洋を渡ってきた、すこぶるつきの口達者な悪党だ！」

第八章　黒い死の翼

「なんてことだ」ジェフリーは叫んだ。

レイシーはこの状況を面白がっているようだった。引き結ばれた口がぴくっと動いた。「優位なのは俺のほうだぜ！　ジプシーもそう言ってる」

リードは少しだけ上げた手を怒りに震わせている。「よく聞け、卑しいどぶ鼠」と怒鳴った。「ここはシカゴじゃない。銃を下ろせ！」

「もう一度そんな口をきいたら――容赦なく撃つぞ」レイシーは一歩前に進んだ。「わかったか、まぬけ野郎？」視線をジェフリーのほうに向けた。「ネクタイを外して、このでかい男を後ろ手に縛れ」

ジェフリーは動かなかった。「十秒だけ待ってやる！」

「おまえは」ミスター・ブラックバーンは穏やかに言い返した。「地獄に落ちるぞ！」

引き金にかけられたレイシーの指に力が入った。それを見た二人はほとんど同時にかがんだ。けれどもジェフリーが一瞬遅れた。大きな音が響き、ミスター・ブラックバーンの頭から帽子が弾け飛んだ。彼は足首の高さまである草の上に落ちた帽子を見やった。てっぺんに銃弾がかすめた痕がはっきり残っている。

「あと五秒」ミスター・レイシーが告げた。

「すみません、警部」ジェフリーはつぶやいた。リードは屈辱を覚えながら雄牛のように鼻を鳴らした。レイシーは冷たく厳しい目つきでジェフリーが縛る様子を見つめ、彼が作業を終えると言った。「あっちを向け――二人ともだ――さあ歩け！」

顔を紫色に染めた警部が最後のあがきを見せた。「レイシー、おまえに警告する――」

レイシーは自動拳銃の銃口で警部の脇腹を乱暴に小突き、「地下室に行け」と荒々しく命じた。「歩け――おしゃべりは終わりだ！」

階段の下り口まで進むと、レイシーは空いているほうの手でポケットを探って懐中電灯を取り出し、スイッチを入れた。リードとジェフリーは縦に並んで階段を下りた。地下室に続く暗い通路に入り、二人は不利な立場に追いこまれた。懐中電灯の丸い光に照らされているから、逃げようとすればレイシーに気づかれて阻止される。三人は無言のまま進んだ。リードは背中を丸め、左右の暗がりに目を配りながら歩いた。前方に伸びる彼の歪んだ影は、大きなオランウータンを思わせた。

地下室の手前まで進んだとき、事態が急転した。まず、レイシーが短い叫び声を上げ、懐中電灯の揺れ動く光が丸天井を照らした。続いて人がさっと動く気配がした。それと同時に人が激しく動く音が通路に響き、懐中電灯が音を立てて落ち、明かりが消えた。二人は振り返った。階段から入るかすかな光の中に、男ともみ合うレイシーの姿がぼんやり浮かび上がっている。レイシーの荒々しい呼吸の音や低い罵声、彼に襲いかかった見知らぬ男の唸り声や喘ぎが壁に反射する。リードとジェフリーはどうしたらいいのかわからず、ごつごつした石壁にぴたりと身を寄せた。

突如としてはじまった格闘は突如として終わった。二人は振り上げられた腕を目の端で捉えた。明らかに骨が折れたとわかる音が聞こえ、その瞬間、震えるような呻き声が上がり、格闘する男たちの体が離れた。一方は石畳の上に横たわったまま動かず、もう一方はふらふらと立ち上がり、動きを止めた。そして、リードとジェフリーが動く前に二人の脇をさっと通り過ぎた。二人が前に飛び出すと、少し先にある鉄の扉の開く音が嘲るかのように響いた。

「マッチをつけろ」リードは鋭く言った。

ジェフリーは箱を取り出し、マッチを擦って高く掲げた。警部が彼を押しのけるようにして前に出た。両手は縛られたままだ。「右のポケットの中に懐中電灯が入っている。取り出して、ネクタイを解けるかどうか見てくれ」

ジェフリーはマッチを投げ捨てて作業に取りかかった。探り出した懐中電灯をつけ、口にくわえた。数分後、相方の手は解放された。リードは手首をもみながら唸った。「それでは、利口者のミスター・レイシーの面を拝んでやろう！」

ジェフリーが懐中電灯の光を下に向けると、相方は気を失って床に伸びている男の上にかがみこんだ。レイシーの顔はひどく傷つけられ、見るも無残な状態だ。額は切れ、片方の目のまわりは紫色に腫れ上がっており、色がしだいに濃くなっていく。顔の片側にある三つの長いひっかき傷は口まで伸び、口は裂けて出血している。悪党は鼠のように細い顎にとどめの一撃を食らったらしく、そこにできた真っ赤なみみず腫れに血の粒がぽつぽつと浮かんでくる。ジェフリーは哀れな姿を眺めながら、予言どおりだという風に首を振った。

「僕はまっぴらだ」彼はつぶやいた。「冷たい無慈悲な世界で目覚めるなんて！　それはミスター・レイシーも同じでしょう」

リードが顔を上げた。傷ついた男の頭を膝の上に乗せている。「この件では、君の黒髭の友に礼を言わなきゃならんようだ」

「そうですね」

警部は傷ついた顔をふたたび見つめた。「こいつを運び出したら、後はコノリーと腕っぷしの強い部下たちに任せよう。私は、この年になってあの乱暴者を追いかけるほど無分別ではないからな！レイシー君は脱穀機に巻きこまれたような姿に成り果てたな」

ジェフリーはうなずいた。「どうしてそうなったのかわかりますか？　黒髭は怖かったのですよ、警部。レイシーに怪我を負わせたのは奴の恐怖の表れです——文字どおり、命欲しさに襲ったのです」

「なぜレイシーを襲った？」

「思うに、黒髭は僕たちの後をつけていたのです」ジェフリーは説明した。「僕たちは奴と奴の隠れ場所の間にいました。懐中電灯の丸い光に照らされていたから、奴には僕たちの姿がはっきり見えた。一方、レイシーの姿は見えなかった。それが襲われた理由です」

「というと？」

「黒髭はレイシーに近づきすぎたのでしょう。で、我らの不正直な友は人の気配を感じ、懐中電灯の光を後ろに向けた。黒髭は動転しながらもレイシーにすぐさま襲いかかった——虎のように。奴は、僕たちがすぐにレイシーに加勢すると思ったのです」

警部は鼻を鳴らし、通路にその音が響いた。「鼠のために我が身を挺するというのか？　それは御免被る！　こいつもとうとう懲らしめを受けたのだよ」彼は気絶した男を壁を背にして座らせた。

「こいつの目的は何だろう？」

ています」

「表向きには、トッドハンターという名の男がブレアの第四ガソリンを買いにきたということになっ

「金を持っていたのかな？」警部は鋭く言った。「この悪党は、トラファルガー広場で盲目の花売り娘が持っていた箱から金を盗った。こいつが最後に盗んだ金だ！」彼はゆっくり続けた。「待てよ！もしもレイシーが梟だったら！　故買屋が買うと見込んで盗みを繰り返し、一稼ぎしたんだ！」

「うーん……」ミスター・ブラックバーンは疑わしげにつぶやいた。

「おい？」大柄な男は唸った。「君はどう思う？」

「今は、その可能性について考えるのはよしましょう。時も場所もふさわしくありません」ジェフリーは穏やかに答えた。「レイシーを屋敷に連れていきましょう。ひょっとしたら意識を取り戻したとき、懺悔して心の安らぎを得たいと思うかもしれません――」

「こいつに心があるならな！」リードは身をかがめ、レイシーのだらりと垂れた腕の下に手を差し入れた。「よし、懐中電灯をポケットに入れて、こいつの足を持ってくれ」明かりが消えると、落ち着かなそうに体を動かした。「さあジェフ、早く行こう。ここは気味が悪い！」

エリザベス・ブレアは小さな東屋の腰掛けにひとりで座っていた。ルークウッド・タワーズの広い庭には小さな東屋が点在している。

穏やかな夕暮れ時だ。西の空は黄金色に輝いている。太陽は沈みかけ、筆でさっと描いたような紫色の雲が地平線に沿ってたなびいている。

部屋から見える夕方の風景は穏やかで美しかった。猜疑心と恐怖に苛まれていたエリザベスは、夕

べの穏やかさに誘われて庭に出たのだ。優しい香りとかすかな音に包まれた小さな世界では、心に渦巻く強い疑念をうまく取り除けるような気がした。

ドクター・ニューベリーが梟の正体が記された手紙を封筒から抜き出したのかしら？　エリザベスはワンピースのポケットを探って空っぽの封筒を取り出し、薄明かりの中で見つめた。〝エリザベス・ブレアへ　僕の死後に開封すること〟。アシュトンが梟の正体を知っていたことはタワーズでは周知の事実だ。ニューベリーはロバートの筆跡を知っていたから、封筒に記された文字を見て、何が書いてあるのか見当がついたのかしら？　手紙を盗るという行動に駆り立てたのは何？　単なる好奇心か――それとも底深い悪意か？

これらの疑問が頭の中をぐるぐる回るので心が休まらない。エリザベスはジェフリーに会おうと思い、昼食の少し前に起きた。けれど、彼は警部と話をしていた。ミスター・トッドハンターがじつはアメリカの危険な悪党だったという情報が伝わり、屋敷はざわついていた。二つの顔を持つ男はすでに一階の部屋に閉じこめられ、扉は厳重に施錠されていた。

エリザベスは兄に打ち明けようと決心して兄の部屋に向かったが、まだ帰宅していなかった。その後、庭に出た。半時間考えたものの、疑問はまったく解けなかった。

濃い青色の空に星がひとつ瞬いている。そのそばにタワーズが黒く聳え、窓に次々に明かりが灯っていく。遠くの谷から吹く風が木々をそっと揺らした。エリザベスは小さく体を震わせて立ち上がった。夜の闇が庭に忍び寄り、ひとりで外にいてはいけないと何かがささやいた。

ほとんど駆けるようにして玄関に戻った。

玄関脇に置いてある鎧の前に三人の刑事が立っている。ひとりはオーク材の長椅子に座り、手帳に何かを書きこんでいる。ここは安全だ。エリザベスは自分に言い聞かせたが、得体の知れない不安は消えなかった。彼女は急に話し相手が欲しくなった――誰かと話したり笑ったりしたい。

エリザベスはしょんぼりと肩を落として階段を上りはじめた。踊り場でミセス・タムワースと出くわした。メイドから数着の服を受け取っているところだった。タワーズの家政婦長は太った中年女性で、使用人たちの間ではやかまし屋と呼ばれている。コーネリア・タムワースは魅惑的な黒いレースやブレスレットなどには惹かれず、毎晩聖書を読む。蒸留酒を嫌悪し、占星術を素直に信じている。エリザベスが近づくと、家政婦長が振り返った。

「こんばんは、ミス・エリザベス。お元気になられてよかった」

エリザベスは微笑んだ。「ありがとう、ミセス・タムワース。お世話してくださって感謝しています」家政婦長のふっくらした腕にかかる雨外套と分厚い灰色の毛糸のマフラーに目をやり、「誰が天気の神様の気を惹こうとしているの？」と明るく訊いた。

「三分前に同じことを訊かれました」家政婦長が答えた。「ミスター・ブラックバーンから。サー・アンソニーの部屋に持っていきますとお答えしました。電話を通してそう指示されました」

エリザベスは努めてさりげない口調で訊いた。「ミスター・ブラックバーンはどこにいるの？」

「警部と一緒に村までお出かけになりました」ミセス・タムワースは相手が話を聞きたがっていることを察し、ぐいと近づいた。「どうしてサー・アンソニーが暑い八月の夜に外套とマフラーをご所望なのか、お二人が不思議に思われるのももっともですが、私は今夜を限りに物事の理由を考えるのを止めます」

「なぜ？」エリザベスは訊いた。「今夜、何かあったの？」

ミセス・タムワースは心を決めかねる様子で黙っていた。彼女はやにわに言った。「ミス・エリザベス、正気の人間が一組の古いカーテンを盗みますか?」

「カーテン?」

「ミスター・ブレアの寝室の古いカーテンです」家政婦長は確固たる口調で言った。「今日の午後、クラリスが部屋を掃除したときには窓にかかっていました。ところが三十分前、ベッドを整えようと彼女が部屋に入ったら、カーテンが消えていたのですよ!」

エリザベスは肩をすくめた。「騒ぐほどのことじゃないでしょう? たぶん、警官が外したのよ」

家政婦長は雨外套をもう一方の腕にかけ、「私の前で警官の話をしないでください」と蔑むように言った。「あの連中に話してないことがいくつかあるんですよ!」声を落とし、用心深く肩越しに後ろを見やった。「毎晩、サー・アンソニーの部屋に運んだ料理を食べているのは誰だと思いますか?」

エリザベスは家政婦長を見つめた。「誰か? サー・アンソニーでしょう」

ミセス・タムワースはきっぱり首を振った。「旦那様ではありません! 旦那様は鳥も生きられないほどの量しか召し上がらないのです。ひと月前までは夕食に見向きもなさいませんでした――一杯のホットミルクにも。ところが急に、労働者が食べるほどの量の料理を毎晩ご所望なさるようになり、それが綺麗に平らげられているのです! 朝、戻ってくるトレイの上に残っているのはパン屑くらいです!」

エリザベスはこの会話が面倒になってきた。自分自身の疑問も解消されていないからだ。家政婦長のとめどないおしゃべりから逃れるべく、腕時計にちらりと目をやり、いきなり声を上げた。

「たいへん! 着替えないと夕食に間に合わない!」エリザベスはにっこりして離れた。「本当は起きたら駄目なのよ。ドクター・ニューベリーが知ったらカンカンになるわ」

「それでは、ドクターと出くわさないようにしないといけませんよ」ミセス・タムワースは忠告した。「今夜は、ここにお泊まりになります」

エリザベスは少し振り返った。「なぜ？」

家政婦長の顔がこわばった。「アメリカの悪党をドクターが一晩つきっきりで診るそうです。まったく呆れてしまいます！」彼女は頭を振り上げた。「私に言わせれば、あいつは当然の報いを受けたのですよ。悪魔の子分に慈悲は無用です！」言葉を続けようとしたら、踊り場の呼び鈴が大きく鳴り響いた。ミセス・タムワースはぎくりとして自分の務めを思い出し、「旦那様です」と早口で告げた。「それでは失礼いたします――」彼女は腕にかけた衣類を整えながら、慌ててサー・アンソニーの部屋に向かった。

エリザベスは歩きながら、今聞いたことについて考えた。ミセス・タムワースがアサートン＝ウェインの関与を仄めかしたから、彼に打ち明けたいという衝動はたちまち消え失せた。ドクター・ニューベリーに対してはどうすべきだろう？　彼の部屋へ行き、正面切って問いただそうかしら？　しばらく考え、そんなことをしても無駄だと思い直した。ニューベリーが悪意から手紙を取ったのなら、それを認めるわけがない。

エリザベスの部屋はもう目の前だった。歩きながら無意識にワンピースのポケットに手を入れ、はたと立ち止まり、ポケットをごそごそ探った。空っぽだ。

ぱっと振り返って廊下を見渡した。東屋から出たとき、封筒はポケットの中に入っていた。立ち上がりながら封筒を折ってポケットに入れたのを覚えている。庭から飛ぶようにして戻る間にポケットからはみ出し、玄関ホールか廊下で落ちたに違いない。とっさに視線を左右に走らせたが、絨毯の敷かれた床の上には探しているものは見当たらなかった。もう一度ポケットを探った。そのとき、すぐそばで声がした。

「何か落とされたのですか?」

レイノルズだった。使用人はエリザベスを不思議そうに見ている。彼がいきなり現れたので、エリザベスは驚いて言葉に詰まった。

「あの――ええ――いいえ――私――」レイノルズはまじまじと見つめてくる。エリザベスはどぎまぎしながら努めて平静な声で答えた。「何でもないわ、レイノルズ」

「そうですか」レイノルズの視線はまだエリザベスの顔に注がれている。「伝言をお預かりしています――お兄様から」

「兄が帰ってきたの?」

「ミスター・ブレアは五分ほど前にお戻りになりました。部屋でお会いになりたいそうです。早急に」

エリザベスはうなずき、兄の部屋に足早に向かった。背中にレイノルズの視線を感じていたから、廊下の角を曲がって彼の視界から外れたときにはほっとした。扉に歩み寄り、ノックした。中から声が聞こえた。「ベッツィーか? どうぞ」

エリザベスは中に入り、扉を閉めた。エドワード・ブレアは精巧な装飾が施された大理石の暖炉の傍らに佇み、空っぽの火床を憂鬱そうに見下ろしている。エリザベスが近づくと顔を上げた。表情が暗く沈んでいる。

エリザベスは足を止めた。「まあ、テッド！　いったいどうしたの？」

ブレアは椅子を指差した。「座ってくれ。話がある」

エリザベスは従った。「なんて顔しているの。大金を手に入れたのに」あえて軽い口調で言った。

「サー・アンソニーの小切手に問題があったの？」

ブレアはそっけなく答えた。「いや、問題はない」

「それじゃあ、何？」

青年は向かい合わせに置かれた椅子に座り、身を乗り出して両手の指を組み合わせた。エリザベスを見ずに告げた。「今日、ちょっとした衝撃を受けたんだ、ベッツィー。これは——そう——不意打ちを食らったようなものだ」彼は顔を上げた。眼鏡の奥にある目は憂いを帯びている。「遠回しに言っても仕方ない。おまえはずっと、僕のことを実の兄だと思っていただろう？」

「あたりまえじゃない！」

エドワード・ブレアは首を振った。「僕は実の兄じゃない。ベッツィー、僕は——僕は養子だ」

エリザベスは半ば腰を上げた。「テッド！」

「ああ、紛れもない事実だ！」青年の声には投げやりな響きがあった。「ペネフェザーが養子縁組に関する書類を見せてくれたよ。僕たちの弁護士である彼に書類が託されたんだ。僕たちの——」彼は一瞬言葉を切った。「おまえの両親が鉄道事故で亡くなったときに。エドワード・コンウェイというのが僕の元の名前らしい。一歳半のとき、孤児院からおまえの両親に引き取られた」

エリザベスは椅子に腰を下ろした。驚きの表情を浮かべながら、目の前にいる青年の話は真実だと直感した。これで不思議に思っていたさまざまなこと、例えば二人の性格がまるで違うこと、彼が輝かしい業績を上げたこと、彼と心が通じ合わないことの説明がつく。彼はエリザベスとは異なる性質の持ち主であり、その性質はエリザベスの祖先から受け継いだものではなかったのだ。率直なエリザベスとは反対に、彼は曖昧な態度を取るし、彼の冷たさや厳しさ、気性の激しさは——いつもおそれを抱かせた。こうした性質は天才的な才能を持つ人ならではのものだとエリザベスは思っていたが、今はもっと論理的に説明できる。

青年は心の内を見透かすかのように、じっとエリザベスを見つめている。とても繊細な人だから、真実を知って深く傷ついているに違いない。そう思ったエリザベスは微笑み、ほっそりした手を伸ばして彼の膝の上に置き、あえて軽い口調で言った。

「ああ！　それが何だというの？」

「えっ？」

「二十五年間、あなたを兄として慕ってきた」エリザベスは優しく告げた。「その事実は変わらないわ。養子縁組の書類に何と書いてあろうと、これからもずっと、あなたは私にとって真面目な愛すべきテッド・ブレアよ！」

「ベッツィー！」ブレアはエリザベスの手をびっくりするほど強く握りしめ、少し間を置いてから続けた。「僕は——打ち明けなければならなかった。それが正しいことだから——」

「まったくもう！」エリザベスは母親のような口調で言った。「つまらないことで大騒ぎして！」

——」

ブレアは手を離し、煙草に火をつけた。「おまえが遺言書を見たら、ある事実を知ることになる

「誰の遺言書？」

「僕のだ」ブレアは焦げたマッチの燃えさしを床に落とした。「遺言書によって、すべてが明らかになるよ。アサートン＝ウェインの小切手を持ってペネフェザーを訪ね、お金を銀行に預けるべきか投資に使うべきか尋ねたら、彼はこの件をとても真剣に考えて――こう訊いてきた。あなたは今や金持ちだ、もう遺言書を作ったかと」

「それで何と答えたの？」

「遺言書は必要ないと答えた。妹がこの世でただひとりの肉親だから、自動的に最近親者である妹が遺産を相続すると。すると、ペネフェザーがある事実を明かした」

エリザベスは穏やかに訊いた。「どんな事実？」

ブレアの声が低くなった。「どうやら、おまえは僕の最近親者ではないようだ、ベッツィー。僕の父親がまだ生きていて、イギリスの北部で暮らしているらしい」彼はしばし沈黙した。「信じられなかったけれど、ペネフェザーから書類を見せられて事実だとわかった。だから、その場で遺言書を作ってもらったんだ」ゆっくりした口調で続けた。「ベッツィー、僕の身に何が起こっても、おまえは一生楽に暮らせるよ」

エリザベスは立ち上がり、彼を見下ろした。「テッド――それではいけないわ……！　あなたのお父さんはどうなるの？」

ブレアの顔が紅潮し、眼鏡の奥にある目に怒りの色が浮かんだ。「お父さんだって？」彼は声を荒らげた。「無力な赤ん坊だった僕を孤児院に置き去りにした男だ。そんな奴にどんな借りがあるというんだ？　恩義を感じなければならないのか？」彼はかぶりを振った。「いいんだよ、ベッツィー！僕を大切にしてくれる人にお金を相続してほしい」

「でも、テッド――」

ブレアは立ち上がり、「以上だ」と有無を言わせぬ口調で告げた。「もうこの話はしたくない。じつのところ、今日という日を人生から消し去りたい気分だよ！」

ブレアは振り返った。エリザベスはさっとそばに寄り、彼の腕の上に手を置いた。「テッド！　何か隠しているわね。何なの？」

青年の赤い顔がたちまち蒼白になり、口の一方の端がわずかに引きつった。彼はそれを抑えながら、「何も隠していない！」と不機嫌そうにつぶやいた。

エリザベスは手に力をこめ、「それならどうしてそんなに動揺しているの？」と言った。「養子であることは恥ではないわ！　そんなに惨めな顔をしているのは、養子であることだけが理由じゃないわね」ブレアの顔をじっと覗きこんだ。「何かあるんでしょう――話していないことが！　そうでしょう？」

責めるような視線を向けられ、ブレアはたじろいだ。それから深くうなずいた。

「ああ」

エリザベスは鋭く訊いた。「何なの？」

ブレアは言葉をひとつひとつ絞り出すようにして、ゆっくり答えた。「僕の父親のことだ」彼は目を合わせずに続けた。「当然ながら、父親のことを知りたいと思い、ペネフェザーに尋ねたんだ。ところがどういうわけか、彼は返事を濁した。そこで問い詰めたら、咳払いをしてぼそぼそと答えた。この五年間、僕の父親に会っていないと」

「どこかに行っていたの？」

ブレアは笑った――棘のある耳障りな笑い声だ。「ああ、そうだ、どこかに行っていた！　ペネフェザーが事実を明かしたよ。もうごまかせないと思って」青年の暗い顔は窓の外の闇を思わせた。「親愛なる父は、三か月前にウォームウッドスクラブズ刑務所を出所した。殺人未遂罪で服役していたんだ！」

エドワード・ブレアがエリザベスに衝撃的な告白をしてから半時間ほど経った頃、ウィリアム・リード主席警部はティリングにあるグリーンマンの部屋にいた。ジェフリーと向かい合っている。「君をここに連れてきたのは話をするためだ」リードは切り出した。「屋敷では、おちおち話もできんからな。タワーズでは口を開くたびに、肖像画の中の老人連中が体を乗り出して聞き耳を立てるような気がするよ！」

「賢明な判断ですね、警部」ジェフリーはつぶやいた。「あなたと一緒に今回の事件を洗い直したいと思っていました。捜査の進展につながるかもしれません」

「そうだな」リードはポケットを探って紙片を取り出した。「午前中ずっと事件のことを考えていた。梟がタワーズの中にいるのはまず間違いないだろう。そこでまずは、夜に飛ぶ我らの友の特徴と、梟と疑うべき人物がその特徴を持っているか考えてみよう」警部は言葉を切り、大きな手を上げて指を立てた。「ひとつ目の特徴。梟は悪の世界の人間だ。インターナショナル・バンクの金庫がどんな風に――トーチランプを使って――破られたか思い出してみろ！　あの手際の良さからして素人の仕業ではないぞ。人生の大半を犯罪稼業に捧げた者の仕業だ。モートレイク所蔵のチェリーニの杯が盗まれた件についても同じことが言える。これもあらゆる点から見て玄人の仕業だ――用意周到で、指紋やその他の痕跡が何ひとつ残っていない。そうだろう？」

ジェフリーはうなずいた。「ひとつ目の特徴。梟は賢い玄人の犯罪者」

「よろしい！　次に二つ目の特徴」リードは立てた指を大げさに叩いて見せた。「梟は一匹狼だ。だから裏切りに遭わない。誰も何も知らないから何も言わない。盗んだものを独り占めできるのも大きな利点だ。誰とも分け合う必要がない。しかし、不利な点もある。盗んだものを自分で売らなきゃならないからな」

「つまり――」ジェフリーが口を開くとリードが手を上げた。

「まあ待て」リードは三本目の指を立てた。「三つ目の特徴。梟は君の言うように芝居がかったことを好む。黒いローブや梟の鳴き声、不気味なメッセージなど、すべてが謎めいている――まるで映画の世界だ！　だからといって私の白髪が増えるわけではないが、怖がる人は大勢いる。夜寝る前にベッドの下を覗いて泥棒がいないかどうか確かめるような人たちが。あの下衆野郎はそれをよく知っている。人をおそれさせて手玉に取る。それが奴のやり方だ！」

「なるほど」とジェフリー。「続けてください」

「四つ目」警部は言った。「梟はタワーズの構造を知り尽くしている！　縦横無尽に動き回っているから、それは明らかだな。秘密の通路のことも知っている。だからブレア君を屋根から地下室まで運べたのだ！」

「最後に、梟は人殺しだ。知ってのとおり、これはいろいろな意味で重要な点だ。犯罪者は職人と同じで自分のやることにこだわる。スリも金庫破りをする者も人殺しも、めったに鞍替えしない」リードは言葉を切り、椅子に身を沈めた。「ジェフ――この紙に七人の名前を書いた。ひとりひとりについて考え、今挙げた特徴に当てはまる人間を探し出そう」

「いいですよ」ジェフリーは賛成した。「誰からはじめますか?」

「アサートン＝ウェイン」リードは告げた。

「では警部、はじめましょう」ジェフリーはすっかりくつろいだ様子で煙草に火をつけた。

「アサートン＝ウェインは」リードは言った。「一見犯人とは思えない。タワーズを知り尽くしているという特徴にしか当てはまらない。玄人の泥棒ではないし、芝居がかったことを好むわけでもない。だが、金持ちだ！　汚れ仕事をやってくれる玄人の泥棒を雇い、そいつにタワーズの構造を教えることを思いとどまる理由があるだろうか?　ないだろう！」

「あります」ジェフリーは指摘した。「小切手を切ったことは大きな理由になり得ます。アサートン＝ウェインが汚い手を使って第四ガソリンを手に入れるつもりだったのなら、どうして五万ポンド――ブレアが要求した金額の倍以上――を出したのでしょう?」

「それは」警部は答えた。「お偉いさんだからだよ。賭けてもいいが、大金を出したのは、ただ単に体面を保つためだ」

「地下室に潜む指のない男のことを、雇われた殺し屋だと考えているのですか?」

「それ以外、考えられないだろう?」リードは唸るように答えた。

ジェフリーは首を振った。「そうなると、いったい誰が、アサートン＝ウェインの殺害をほのめかす言葉を書いた紙切れを図書室に落としたのでしょう?」

「本人だ。アサートン＝ウェインは旗色が悪いと思っているのだろう。もはや彼の取るべき道はひとつしかない。なんとしても自分から疑いの目をそらし、黒髭の殺し屋を地下室から追い出すしかないのだ。アシュトンが殺された一件は私の仮説を裏付けるものだ。アシュトンはアサートン＝ウェインにある程度信用されていたから、彼の私信をすべて読むことができた。おそらくアシュトンはアサートン＝ウェインの企みを知って彼を責めた。だからアサートン＝ウェインは雇った殺し屋に目で合図したのだよ。アシュトンを消せと！」

リードが言葉を切ると、ジェフリーはうなずいた。「なかなか面白い仮説ですね、警部――十分にあり得る話です。次は誰ですか？」

「ブレア青年」リードは低い声で答えた。

ジェフリーは顔をしかめ、「そんな馬鹿な、警部」とつぶやいた。

「わかっている！」相方は言葉を返した。「ブレアはアサートン＝ウェインより犯人らしくない。おそろしい事件を起こす動機は一見すると見当たらない。泥棒ではないし、そもそも自分の第四ガソリンを自分で盗むなどおかしな話だ。だが、彼と彼の妹とアサートン＝ウェインが共謀しているとしたら！」

エリザベスが話に出てきた瞬間、ジェフリーは背筋を伸ばした。「共謀？」彼は語気鋭く聞き返した。

リードはジェフリーの口調にも動じず、穏やかに続けた。「これは事実ではない。あくまでも仮説だ。ブレアは第四ガソリンを発明し、そのことを妹とアサートン＝ウェインに話した。そして准男爵がすぐにあることを思いついた。第四ガソリンの価値を十倍にすべく、梟が起こした事件――もちろん彼らとは無関係の事件を利用することにしたのだ。まず、妹がスコットランドヤードにやってきて、夜に飛ぶ我らの友にブレアが狙われているという作り話を披露した。君は美しい彼女に惹かれ、私と一緒にここに来た。ブレアが第四ガソリンを発明したという話はたちまち広まり、すぐに買い手が競い合いはじめると踏んでいた三人は、図書室で一芝居打った。アサートン＝ウェインが五万ポンドを提示したのは、ハウトマンがそれより高い金額を提示すると思ったからだ。ああ、これは火を見るより明らかだ！　あの娘が執務室に入ってきたとき、私は彼女が犯罪をしでかす気がしたのだよ――」

リードはジェフリーの顔が赤くなるのを見て、思わず目を輝かせた。

「あなたは、とんでもない大ぼら吹きだ！」ジェフリーは叫んだ。「僕をからかっているのですね！」

警部は冷静に言った。「まあ、聞き流してくれたまえ。ブレアと妹が犯人だという証拠はない。ハウトマン親子についても同様だが、彼らも怪しい！　ドイツ大使館の報告によると、あの親子はドイツ政府に代わって第四ガソリンを買う権限など持っていない。デューハースト卿もそう言っている。ドイツ大使館の人間は親子が勝手に動いていると考えていて、彼らのことを調べると約束してくれた」リードは紙片をポケットに入れ、ジェフリーを見た。「ようやく、まともな意見が聞けるかもしれない」

「ああ！」ミスター・ブラックバーンは言った。「残るはレイシーとレイノルズのみ」

「それはこの紙に書いてある」リードは封筒から一枚の折りたたまれた紙を取り出して手渡した。「この指紋とレイノルズが灰皿に残した指紋を照合した」

ジェフリーは紙をじっと見つめた。隅に二枚の小さな写真が貼ってある。レイノルズの横顔と正面の顔の写真だ。その下に五つの指紋が並んでいる。さらにその下にタイプライターでこう書いてある。

ジョセフ・マーティン。別名レジナルド・キャッスル。ダーシー・ケントン。詐欺師。小盗人。一九三〇年から一九三一年までの二年間、ペントンヴィル刑務所において詐欺罪で服役。三年後、文書偽造を企てたため十八か月服役。昨年、強盗罪で八か月服役。概要は……

後はお決まりの内容だった。ジェフリーは目を上げた。

「興味深いですね、警部」彼はつぶやき、紙をテーブルの上にぽんと置いた。「でも、別段驚きではありません。意気地がないレイノルズがアシュトンの背中にナイフをつき刺すとはとても思えません！　犯罪の計画を立てることはできるでしょう。けれども、人を殺す度胸はない」

「そうだな」リードは認めた。「だが、誰かと組んでいるとしたら――ひとりが計画し、ひとりが汚れ仕事をする」

「その誰かとは？　レイシーですか？」

警部は首を振った。「まだわからない。ここにきて新たな人物が浮上したぞ」リードは椅子から身を乗り出した。「五年前、ベイズウォーターでピアソンが殺された事件を覚えているか？」

ジェフリーは顔を曇らせてうなずいた。「もちろん覚えています。国中を震撼させた極めて凄惨な事件のひとつですから。ピアソン大佐と妻が殴り殺され、二人が蓄えていたお金、確か三十ポンドほどが盗まれましたね」

「そうだ。この上なく嫌な事件だった。三日後、アーノルド・パターソンという名の男を二つの容疑で逮捕した。奴が罪を犯したのは明々白々で、死刑判決が下された。ところが、今でもどうしてなのかわからないが、何らかの政治的な裏取引によって死刑は執行されず、奴は死ぬまでダートムーア刑務所で過ごすことになった」

「アーノルド・パターソン」ジェフリーはその名前を聞いて額に皺を寄せた。「最近どこかで彼の消息を聞きましたよね？　聞いていませんか？」

「三か月前」警部は重苦しい口調で言った。「パターソンは霧に紛れて脱獄した。行方は杳として知れず、捜査当局は奴が荒野の沼に落ちたと判断して捜査を打ち切った。だが、奴はレイノルズとつながりがある。レイノルズは最後の刑期の一部をダートムーア刑務所で務めていて、そのときパターソンと親しくなった。パターソンが荒野で死んでいないとしたら？　奴とレイノルズが共謀しているとしたら」

ジェフリーは首を振った。「それはないでしょう、警部。犯行の手口は繊細で、パターソンのような凶暴な男の手口とは思えません。手口は巧妙で――狡猾でもあります」彼はうんざりしたように肩をすくめた。「このおしゃべりによって、ひとつふたつ明らかになった点がありますが、梟殿はいまだ謎に包まれています。僕たちは奴の正体に一歩も近づいていないのです」

リードはほとんどやぶれかぶれになった。「君はどう考えているんだい――君のことだから、何か敏感に感じ取ったことがあるだろう？」

ジェフリーはまた首を振った。「ありません。あれば真っ先にあなたに教えます」

警部はポケットから空っぽのパイプを取り出して荒々しく口につっこみ、「それではレイシーだ」と言い放った。「もう奴しかいない！　明日、本部に連行し、あいつが青くなるまで部下に尋問させる！　私はクレオパトラの孫娘ではないから、締め上げて全部吐かせてやる！」彼はくるりと振り返り、大股で扉に向かった。「ビールでも飲まないか？　このごたごたを忘れよう！」

ジェフリーが腰を上げたとき、階下にあるバーの時計が九時を打つ音がかすかに聞こえた。小さな音は、風に運ばれてきたタワーズの時計の鐘の深い音色と響き合った。ジェフリーが口を開こうとしたら、扉を叩く音がした。そばにいたリードが扉を開けると、宿の主人が立っていた。警部にじろりと見つめられて、主人はぺこぺこ頭を下げた。

「九時になりましたので」彼はぼそりと言い、大きな男の顔の前に封筒を差し出した。

「これは何だ？」リードは大声を上げた。

「夕方、使用人のジョーがバーで見つけました」主人は目をしばたたいた。「九時に警部に届けるよう表に書いてあります」

「バーにあったのか？」警部は語気荒く訊いた。「誰がそこに置いた？」

主人はかぶりを振った。「バーには誰もいませんでした。ジョーは鍛冶屋のサム・グライムスと給湯室で話していました。二人は鳴き声のようなものを聞き、グライムスが〝バーに梟がいるぞ〟と言いました。それからジョーがバーに行き、手紙を見つけたのです。フローリン銀貨（イギリスをはじめとするヨーロッパ諸国でかつて流通した銀貨）が上に乗っていて、九時にあなたに届けるよう書いてありました――」リードは手を振って黙らせ、ぎこちない手つきで封を切った。

階下のどこかで電話が鳴った。主人は申し訳なさそうに会釈して、そそくさと行ってしまった。

ジェフリーは広げられた紙に記された文句を相方の肩越しに読んだ。例によって走り書きされている。

今夜九時半、アサートン＝ウェインを殺す。おまえに残された時間は半時間！

署名はない。けれど、それは必要なかった。リードは紙をぐしゃりと握り潰した。ジェフリーは大きな男の額に汗の粒が浮かんでいるのに気づいた。警部はうつろな声で言った。「おい、こいつは悪魔か?」

主人の声がした。彼は扉の向こうからおずおずと顔を覗かせ、「あなたに電話です」とリードに告げた。「タワーズから。急用だそうです」

大きな男は部屋から飛び出した。彼が階段をドタドタと下りていく音、大声で放つ短い言葉がジェフリーの耳に届いた。それらに続いて階下から聞こえてきたリードの大きな声にジェフリーははっとした。「車に乗れ! タワーズに戻るぞ! どこぞの下衆野郎がアームストロングの頭を棍棒で殴った。レイシーが逃げた!」

ジェフリーが宿でかすかに聞いた九時を告げる鐘の音が、タワーズの北翼棟にある部屋にうつろに響いた。ひとりの男がじっと座っている。部屋は暗く、その姿はほとんど見えない。最後の鐘の音が消えると、黒い手袋をはめた両手が抽斗を開けた。カーテンの隙間から差しこむ月光に、箱に入ったいくつかの風変わりなナイフが照らし出された。手袋をはめた手が一本を選び取った。ナイフの刃はかみそりのように鋭く、少し湾曲している。

男は静かに立ち上がって窓に近づき、カーテンの片側を開け、向かい側にある翼棟の明かりの灯った窓に目をやった。すると、それが合図とばかりに人の動くくぐもった音が階下から聞こえてきた。明かりがつき、重い足音があちこちで響き、何かを命じる大きな声が飛び交い、警笛が二度、庭に響き渡った。男は手袋をはめた手でカーテンをぎゅっと握りしめ、体を揺らしながらくつくつと笑った。近くの窓に明かりが灯り、一瞬、何かの姿が浮かび上がった——それは黒くぼんやりしていて、黒い翼のようなものを広げている。

男はとっさにカーテンを閉め、部屋が暗くなった。床が軋む音や物が擦れる小さな音を立てながら、男は暗い部屋の中で動いた。どこかでカチッという小さな音が鳴った。

扉の向こう側に足音が近づき、頑丈なオーク材の扉が有無を言わせぬ調子で力強くノックされた。数秒後、ノックが繰り返された。扉が開き、脇柱のそばにある電灯のスイッチに手が伸びた。部屋の中央にある電灯がつき、コノリー刑事が現れた。彼は首を伸ばして部屋の中を覗いた。荒い息を吐いている。

足音が聞こえ、彼は振り返った。ドンリンが廊下の向こうから近づいてきた。厳しい表情を浮かべて、「今、警部に連絡した」と告げた。「すぐに戻るそうだ。ドクター・ニューベリーに急ぐよう言ってくれ――アームストロングがひどく出血している！」

コノリーはスイッチを切って扉を閉め、「別の場所を探すしかない」と答えた。「ドクター・ニューベリーはこの部屋にはいない」

九時十五分を少し過ぎた頃、ジェフリーが運転する小型車がタワーズの門を通り抜け、屋敷に続く曲がりくねった車道を進んだ。

リードは空っぽのパイプを口にくわえ、拳を膝の上に置き、両側に並ぶ木々が作り出す黒々としたトンネルに目を据えている。細金細工のように重なり合う枝が風に揺れ、時折、枝の合間から明かりの灯った窓がちらりと見える。

車道が蛇行しているので速く走れない。ジェフリーはアクセルペダルに軽く足を乗せている。車は木の枝に覆われた細い車道に入った。ヘッドライトの光が密集する木々の幹や前方に伸びる白っぽい道を明るく照らしている。

「男がいる！」リードが不意に叫んだ。

ジェフリーはブレーキペダルを力いっぱい踏みこみ、タイヤが滑りながら止まった。二人は車から飛び出した。車道に現れた男はヘッドライトの光に一瞬目が眩んで、片方の腕を顔の前にかざした。そして木立の中に戻っていった。男が下生えをかき分けて進む音が聞こえてきた。

警部は後を追った。両腕を振り回して行く手を阻むものを払いのけ、頭に当たったり顔を切ったりする厄介な小枝をものともせず、無慈悲な巨人といった体で突進した。一方、ジェフリーは警部より慎重に、静かに、そして速く進んだ。やがて追われる男が動きを止めた。ジェフリーが立ち止まって耳を澄ましていると、リードが追いついてきた。

「奴はどこにいる？」大きな男は息を弾ませている。

「静かに！」ジェフリーは黙るよう相方に身振りで示し、ささやいた。「あの茂みに隠れています。さあ、警部。あいつを捕まえましょう！」

警部は背伸びし、枝を一本摑んで折り取り、すばやく葉を取り除いた。そうして丈夫な棍棒が出来上がると振り返った。「鼠を穴から追い出してやる！」唸るように言うや、茂みをひっかき回しはじめた。ブラックバーンは、わずかな動きも見逃すまいと周囲に目を配りながら用心して進んだ。リードが不意に立ち止まって悲鳴を上げた。ジェフリーの十歩ほど前にいる。

「ジェフ！」彼は叫んだ。「懐中電灯を出せ」

ポケットから懐中電灯を引っぱり出しながら、ブラックバーンはほとんど走るようにして近寄り、リードの視線の先を照らした。次の瞬間、吐き気を催した。

下生えに半ば隠れた状態で男が横たわっていた。細い体に格子縞の雨外套をまとい、首に灰色のマフラーを巻いている。うつ伏せになっていて、背中からナイフの柄がつき出している。ジェフリーは唸り声を漏らした。

「アサートン＝ウェイン！　警部、遅かった！」

沈黙が訪れ、どこかで犬が遠吠えをした――鳴き声は妙に悲しげに響き、微風が頭上の枝を揺らした。ジェフリーの持つ懐中電灯がかすかに震えている。リードがこほんと咳払いした。

「珍しいナイフだな、ジェフ」警部は重い口調で言った。

ブラックバーンは前に進み、死体の上にかがみこんだ。「これは医者が使うメスです」と告げた。立ち上がろうとしたら、誰かが、隠れる様子もなく下生えをかき分けながら足早に近づいてきた。

「誰ですか?」細く鋭い声が聞こえた。「ここで何をしているのですか?」

リードは仰天して奇妙な喘ぎ声を漏らした。ジェフリーは懐中電灯の光を上に向け、やってきた人の顔を正面から照らした。

光の中で目をしばたたいているのは、サー・アンソニー・アサートン＝ウェインだった！

「あなたでしたか！」ジェフリーは息をつき、皺の寄った灰色の顔を見つめた。「それでは――それでは、これは誰だ?」すでに死体の傍らに両膝をついていた警部が死体をひっくり返した。ジェフリーが懐中電灯の光を向けると、髭のある浅黒い顔が照らし出された。目を閉じて死んでいる。

「黒髭の男！」

ジェフリーのそばで悲痛な叫び声が上がった。アサートン＝ウェインが体を震わせ、懐中電灯の光が照らす顔を見るのをおそれるかのように顔を手で覆っている。彼はかすれた声でささやいた。「アーノルド……アーノルド……！」

リードは立ち上がり、大きな手で准男爵の腕を摑んだ。「あなたが地下室に匿っていた男ですね？」彼ははたと気づき、怒鳴るように訊いた。「こいつはベイズウォーターの人殺し、アーノルド・パターソンでしょう？」

准男爵は弱々しくつぶやいた。「もう隠しても無駄だな。そうです……アーノルド・パターソンです」

「真実を話すとおっしゃるなら」警部は大声を上げた。「逃亡した人殺しを匿っていた理由もお聞かせ願えますか」

准男爵は高熱で苦しむ人のように震えていて、それがリードの手に伝わった。彼はしわがれた声を絞り出した。

「アーノルド・パターソンは――私の兄弟です！」

第九章　相続問題

サー・アンソニー・アサートン゠ウェインがルークウッド・タワーズの庭で衝撃的な告白をした後は、これといったことは起こらなかった。リードもブラックバーンも、その場では准男爵に詳しく訊かなかった。彼が震えながら告白するや、エドワード・ブレアがコノリー刑事と一緒に下生えをかき分けながらやってきた。

興奮して質問を浴びせた二人は――茂みに半ば隠れた死体に気づくと口をつぐんだ。大柄な刑事と若い化学者は、ジェフリーと協力して死んだ男を玄関ホールまで運んだ。それからアサートン゠ウェインの部屋に運び入れた。准男爵は見るからに精神的に参っていた。彼は、翌朝事情を説明したいとリードに頼み、リードは老いた男の灰色のやつれた顔をじろりと一瞥し、そっけなくうなずいた。

リードは次にアームストロングに会いに行った。狐のような顔をした刑事はベッドに寝ていて、有能なミセス・タムワースが後頭部の醜い切り傷に冷湿布を貼っているところだった。刑事は話せるまでに回復していたものの、大した情報は得られなかった。彼がレイシーのいる部屋の前で警備に当たっていたら、自分の名前を呼ぶ小さな声が聞こえた。戸惑いつつ隣の部屋の扉まで行き、廊下を見渡した。不意に背後で扉の軋む音がしたので振り向き、半分開いた扉を目の端で捉えた瞬間、殴り倒された。意識が戻ったときには、ポケットに入れていたレイシーの部屋の鍵がなくなっていた。

襲ってきた奴を見たか？　ほんの一瞬だけ、とアームストロングは答えた。男なのか女なのか、それはわかりません。顔をショールのようなもので覆っていて、眼鏡をかけていました。それは断言できます。眼鏡がきらりと光ったのを覚えています。警部はミセス・タムワースに向き直った。この屋敷で眼鏡をかけているのは誰だ？　ミスター・ブレアだけですと家政婦長は答えた。それは証拠になりません、とジェフリーが会話に割って入った。眼鏡で変装するというのはよく使われる手です。

ドクター・ニューベリーが部屋に駆けこんできた。とろんとした目つきで酒の臭いをぷんぷんさせている。ミセス・タムワースは息を飲んで後ずさった。彼女は憤慨していたが、それももっともだった。ドクターは仮眠をとったと説明した――「オークの間のソファーで一眠りしたのです」――私に何かできることはありますか？　警部たちは、あからさまに侮蔑の表情を浮かべたミセス・タムワースと一緒に出ていった。残されたドクターは、アームストロングの傷ついた頭を見て、自分を責めるように舌打ちした。

警部たちはレイシーを閉じこめていた部屋へ行き、中を調べた。ジェフリーが地下で見つけた煙草と同じ銘柄の煙草の吸いさしが十数本残っていた。アメリカ人の痕跡はそれ以外何もなかった。リードが嘆いていると、刑事のひとりが極めて重要なことを知らせるべく部屋に飛びこんできた。モートレイク所蔵のチェリーニの杯を取り戻したという情報がスコットランドヤードから入ったのだ！

リードが所属するスコットランドヤードは貴重な杯の行方を追っていた。そして杯がミスター・エベネザー・チーズリングの手元にあることをつき止めた。ミスター・チーズリングは、ロンドン屈指のあくどい故買屋として犯罪捜査局に知られている。彼は説得されて、杯を持ちこんだ男の特徴を明かした。その特徴は、姿をくらましたミスター・レイシーの特徴と一致した！

コノリー刑事はマーティンまたはケントンという別名を持つレイノルズを尋問し、彼を朝まで監視するつもりだった。それをリードに伝えたら、すげなくあしらわれた。それは無理もないことだった。というのも、警部は新たな証拠に基づいて事件を見直そうと思っていたからだ。塔時計が午前零時を告げたとき、彼は臨時本部を置いた部屋で机を挟んでジェフリーと向かい合っていた。

「なあ」唸るように訊いた。「夜中に働くのも悪くないだろう?」

ジェフリーは煙草に火をつけ、「レイシーが梟という人殺しであるように思えますが」と言った。「梟がレイシーを使ってチーズリングに杯を売ったのかもしれません」

リードは首を振った。「いいや、ジェフ。梟は一匹狼! 一連の盗みは玄人の仕業。レイシーが梟の姿をした盗人だよ。奴はブレア青年が第四ガソリンを作ったことを知り、手に入れようと心に決め、トッドハンターという人物を装ってここに現れた――」

「なぜ?」

警部は苛立たしげな仕草をした。「おいおい、理由は明らかじゃないか! 様子を探りたかったのだよ。外交員を装い、何食わぬ顔でグリーンマンに滞在し、自由に動き回った」

ジェフリーは穏やかに言った。「僕は異論を唱えているわけではありませんよ、警部。今回はあらゆる疑問を解消したいのです。また間違いを犯すわけにはいきません! 僕が細かい点まで疑問を挟むとしたら、それは、裁判官と陪審員を納得させるために証拠固めをしなければならないからです」

「ここまでで何か異論はあるか?」

「ありません」

「結構」警部の刺々しい口調が和らいだ。「さて、レイシーは一匹狼だ。しかし、逃げるときに誰かの助けを借りたはずだ。どんなに賢くても、部屋に閉じこめられた状態でアームストロングを棍棒で殴るなんて芸当はできまい。屋敷で一番奴に手を貸しそうな人間は誰だ？」

「レイノルズ」

「そのとおり！」リードはポケットから葉巻を取り出して端を嚙み切り、屑入れをめがけてぷっと飛ばした。「類は友を呼ぶ。レイシーとレイノルズは互いに引き寄せられた！　状況から見て、レイシーが梟だと考えるのが妥当だろう。事件と関係のある人物の中で唯一奴だけが、我々の目の届くところにいなかった。だから悪事をほしいままにした。それに、こんな情報もある——」

「何ですか？」

「拘束衣を着せられたブレア青年がどんな風に紐で縛られていたか覚えているだろう？　紐はとても固く結ばれていたから、彼を解放するには紐を切るしかなかった。スコットランドヤードでこの手のことに詳しい連中のひとりに紐を送った。そいつの報告によると、紐は水兵の間で使われる結び方で結んであった」リードはゆっくり続けた。「レイシーはアメリカで悪さを繰り返した後、雲隠れした。海軍に入隊したのだよ。そして、ほとぼりが冷めると除隊した！」

ジェフリーの目が光った。「追い詰められつつある」と叫んだ。「ミスター・レイシーは、窮地から抜け出すために一刻も早く申し開きをするべきですね」彼は煙草の灰を落とした。「ところで、拘束衣と紐の話で思い出したのですが、なぜブレアが嚙まされた猿ぐつわがアサートン＝ウェインのイニシャル入りのハンカチだったのか、彼に訊きましたか？」

リードはうなずいた。「皆目見当がつかないそうだ。たぶん本当だろう。偽の証拠を仕込むのはよくあることだ。アサートン＝ウェインが怪しい行動を取った理由はもうわかっている」

大きな男は、言葉を切って葉巻のラベルを考え深げに眺め、顔を上げた。

「ジェフ──数日、ロンドンに戻ってくれないか?」

ジェフリーは気が進まなかったが、こう答えた。「いいですよ、事件の解決に役立つのなら──」

「役立つとも」相方は請け合った。「チーズリングの件を調べてほしい。あの愚かなユダヤ人がチェリーニの杯を買ったのなら、ハーネットのネックレスについて何か知っているかもしれん。デューン公爵夫人のダイヤモンドは、もうオランダに売り飛ばされているだろう。ほんのわずかでも手がかりが摑める可能性があるなら見過ごせない。私は、行きたいのは山々だが、ここにいなければならん。周辺一帯に捜査網を敷いた。それをレイシーが突破しようとするだろうから、ここで待機する!」

ジェフリーはあくびを嚙み殺した。「これだけは言えますよ、警部。これから二十四時間、梟は屋敷から離れません──」

「どうして?」

「アサートン=ウェインに聞いたのですが、明日の午後、彼の工場で働く化学者のひとりが第四ガソリンを街に持っていきます。梟にはもう後がない。第四ガソリンがタワーズから移されたら万事休すです。だから、化学者が屋敷に到着する前に奪わなければならない。奪うためには、ここに留まるしかありません」警部はうなずいた。「アサートン=ウェインは梟が盗みやすい場所に第四ガソリンを置くことはない。梟にはそれがわかっていた。准男爵が第四ガソリンを肌身離さず持っていることも。今夜、庭をこっそり通り抜けようとしていた人物をアサートン=ウェインだと思いこんで殺し、体ごと奪い去ろうとした。そこで自分の間違いに気づいたのです」

リードは葉巻を嚙んだ。「梟はドクター・ニューベリーのメスを拝借したのだろう」彼は唸った。

「レイシーの策略だな――我々が混乱して他の誰かに疑いの目を向けるよう仕向けたのだ」ジェフリーは黙っている。「どうした？」

「ただ考えているのです」ジェフリーは答えた。「警部、車道で車の前に飛び出してきた薄汚い男――僕たちが追いかけた男の顔に見覚えがありますか？」

「見たことがない顔だ！」

「僕も見たことがない」ジェフリーは考え深い目つきをした。「屋敷の人間ではない。あの男はこっそり忍びこんだのかもしれません。そして、あれこれ訊かれたら困るから……」こう言いながら、いきなり体を揺らしてあくびをした。「ああ、疲れた！　一週間だって眠れそうですよ！」

リードはうなずいた。「もう寝たほうがいい。私につき合う必要はないぞ。私は寝る前に二、三報告書をまとめなきゃならんが、ここで君にできることはもうない。夜が明ければ頭も働くだろう」警部は顔を上げた。鋭い目の奥がきらりと光った。「この一週間で初めて、私は願っているよ。君にぐっすり眠ってほしいと――心から」

「はい、アーノルド・パターソンは私の兄弟です」明くる日、サー・アンソニー・アサートン＝ウェインは書斎でリードとブラックバーンに答えた。もう正午近い。昨夜、興奮状態にあった二人は遅くまで寝ていた。警部は、起きるとまずスコットランドヤードに電話をかけ、もっと人員を投入するよう命じた。それから大急ぎで朝食をとった。そのとき、准男爵が書斎で二人を待っていると伝えられた。

アサートン＝ウェインは穏やかに二人を招き入れ、座るよう仕草で促した。ジェフリーは准男爵の顔を眺め、変化に気づいた。秘密めいた表情が消え、疲労によって刻まれた皺があまり目立たなかった。けれども、小さな男は相変わらず堅苦しく、いつもより肩を張り、頭をそらせ、しっかり前を見据えていた。

准男爵は冷静に続けた。「私は謝罪に時間を費やすつもりも、血は水よりも濃いなどという言葉を言い訳に使うつもりもありません。三か月前、私の愚かな兄弟が屋敷に現れ、匿ってほしいと頼んできました。あの状況下では、取るべき道はひとつしかなかった。私は地下室に彼を隠れさせ、みんなを地下室から遠ざけるために虚言を弄し、彼に秘密の通路のことを教え、食べ物を与え、昨夜は逃がすために私の服を着せました。私は大きな罪を犯しており、それを自覚しています。彼の恥ずべき行いが遅かれ早かれ私の人生に影響を及ぼすということを肝に銘じておくべきでした。私は――堕天使のように――傲慢で道徳的勇気に欠けていました」言葉を切り、二人の顔を順々に見た。「今や私はあなた方の手中にある。私をどうするつもりですか?」

目を細めて彼を見つめていたリードがぶっきらぼうに答えた。「質問に答えてもらいます」

不意に准男爵が日よけに覆われた窓のように無表情になり、顔をこわばらせた。ブラックバーンがすかさず言った。

「サー・アンソニー、この件をつつかれるのは苦痛に違いありません。とはいえ、当然ながら僕たちは、お二人の驚くべき関係に興味があるのです」

アサートン゠ウェインは黙ったまま肩をすくめ、白髪混じりの髪を細い手で撫でた。

「あなた方にとっては驚くべきことかもしれませんが」とつぶやくように言った。「私にとってはそうではありません。アーノルドは一家の厄介者でした。彼が初めて罪を犯したのは十五歳のとき――

郵便局の外に置いてあった自転車を盗みました。父は過酷な方法でアーノルドを立ち直らせようとした。だがアーノルドは改心せず、六か月間、矯正施設に入れられた。そして、不当な仕打ちを受けたと思った問題児が怒れる犯罪者となったのです。その後十年間で六回も有罪判決を受けました。やがてパターソンと改名し（本名が警官の間に知れ渡っていたからです）、私たちは心底ほっとしました。世界大戦が勃発した後、消息不明になりました。数年経ち、私たちは愚かにも、異国で死んだのだろうと思うようになりました。ところが五年前、ピアソン夫妻が殺され、私たちの人生がいまだ暗い影に覆われていることを悟りました」

言葉が途切れた。ジェフリーとリードが黙っていると、彼は話を続けた。「ある夜、アーノルドが現れ、匿ってほしいと頼んできました。捜索が終わるまで匿ってくれたら、国を出て二度と迷惑をかけないと私に誓いました。不運にも、屋敷にいるある人物にその会話を聞かれてしまった。その人物はアーノルドのことを知っていて、私を脅迫し、私は進退窮まりました」

「その人物とはレイノルズですか？」リードが大きな声で訊いた。

准男爵はうなずいた。「アシュトンが亡くなるとレイノルズがやってきて、私の秘書になりたいと要求してきました。断れませんでした。困ったことに、私はその皮肉な状況を楽しんでもいました。元囚人のレイノルズが個人秘書になる！　もちろん私はレイノルズの魂胆を一瞬で見抜きました。彼はゆすり屋です。私のように高い地位に就いている者は価値のある秘密を持っていて、その秘密は金になります。幸い、彼に知られずに済んだ秘密もあります。ばれた秘密もありますが」

ジェフリーは鋭く訊いた。「第四ガソリンに関係することですか？」

「そうです。金庫の組み合わせ番号も知られてしまいました」アサートン＝ウェインの薄い唇に微笑が浮かんだ。「尋問中、私は時々あなた方に――その――失礼な態度をとりました」彼は真剣な面持ちになった。「緊張にさらされて、どうしようもない気持ちになったからです。昨夜、タワーズから出ていってくれと頼むと、アーノルドは承諾しました。現金五百ポンドを払うという条件つきで。彼がここからいなくなるなら、その十倍の金額だって払ったでしょう。私の古い服を与え、ティリングの外れで速い車に乗れるよう手配しました。ところが、庭を通り抜けようとしていた彼を梟が殺したのです」こけた頬がしだいに赤くなった。「こんなことを言うのははばかられますが、その一撃によって、梟は私の人生から恐怖の影を取り去り、卑劣なゆすり屋から解放してくれました。法の裁きを受ける覚悟はできています」

リード警部はおもむろに立ち上がり、部屋の中を行きつ戻りつした。ポケットにつっこんだ手で小銭をジャラジャラ鳴らしている。彼は振り返り、「あなたのおかげで厄介事が増えましたよ」と無愛想な調子で言った。「しかし、話を聞く限りでは、あなたは脅された。私たちはすでに手いっぱいだから事を荒立てたくない」濃い眉の下から准男爵を見つめた。「むろん、この件を完全に隠蔽するのは難しい。ですから警視総監にこう伝えてください。私たちは寝た子を起こすような真似をするつもりはないと。私の言っている意味がおわかりですか？」

アサートン＝ウェインは首を傾けた。「わかります、警部。ありがとう。あの――今まで、いろいろと失礼なことを言いました――だからその――許してくれますか？」

リードは手を振り、「もういいんですよ」と唸るように言った。「別の件で訊きたいことがあります。あなたの会社の化学者が――」

「ベルリッツキですか？」

「それが名前ですか？　今日の午後、その人が第四ガソリンを取りに来るそうですね」

相手の顔が曇った。「そのはずでしたが。予定より遅れています。今朝、ベルリッツキから電話がありました。彼は明日到着します」

「第四ガソリンはどこにありますか？」

准男爵はチョッキのポケットの中を探り、試験管を指でつまんで取り出した。ジェフリーは椅子が急に熱くなったかのように、ぱっと立ち上がった。「ああ、そんな風に持ち歩いてはいけません！」

「持ち歩かざるを得ないのだよ」アサートン＝ウェインは言った。「事ここに至っては、もはや金庫の鍵すら信用できない！」

ジェフリーは信じられないといった目つきで見た。「サー・アンソニー、梟はあなたが第四ガソリンを持ち歩くことを望んでいます――これでは梟の思う壺でしょう？　昨日の夜、梟が人違いをしなかったら、第四ガソリンは今どこにあると思いますか？」

准男爵はうなずいた。「信じてくれ、ブラックバーン。それは百も承知だ。昨夜、私がどんな風に過ごしたと思う？　ベッド脇のテーブルに第四ガソリンと弾をこめたリボルバーを並べて置き、眠らずに横になって本を読んでいた。今朝、この世の誰よりも夜が明けたことに感謝したよ！　ベルリッツキの到着が遅れるから不安でならない。また同じような夜を過ごすなんて嫌だ！」

会話をじっと聞いていたリードが口を開いた。「昼食の後、ブラックバーンが街に行きます。第四ガソリンを工場まで持って行かせ、ベルリッツキに渡しましょうか？」

「そんなのお断りです！」ジェフリーは鋭く言い返した。「申し訳ありませんが、警部、時限爆弾をポケットに入れて旅をするほうがましです！　これを預かるなら、武装した護衛をつけます！」口を開きかけた警部に向かって続けた。「あなたが第四ガソリンを持てばいいのでは？」

「私が？」リードは叫んだ。

「そうです」ジェフリーの声が明るくなった。「あなたが持つほうがイングランド銀行に預けるより安全です。梟もあなたには近づきたくないでしょう。それに奴は、サー・アンソニーが第四ガソリンを持っていると思っています。たった一晩です。寝ている間は扉の外に刑事を三人立たせればいい！」

警部はこの提案について眉を寄せて考え、小柄な准男爵に向き直った。彼は試験管をつまんだままだ。「どう思いますか？」

「いい考えですね、警部。明日の朝、あなたがベルリッツキに第四ガソリンを渡し、彼が街に戻るまで、部下に警護に当たらせればいい」

リードは一瞬ためらいを見せた。それから大きな手を差し出し、「それをこっちへ」とぶっきらぼうに言った。准男爵が試験管を渡すと、チョッキのポケットに仕舞いこんだ。彼は上着のボタンをはめ、小さな膨らみを確認するかのようにぽんぽんと叩いた。

「これで」ミスター・ブラックバーンが告げた。「よし！　どうしてもっと早くこうしなかったのだろう」

二人の質問者が扉に近づくと、アサートン＝ウェインが口を開いた。「私はあなた方に率直に話しました。あなた方も率直に話してくれますか？」

リードが振り返った。「何について？」

「このおそろしい状況がいつまで続くと思いますか？　梟の正体をつき止められそうですか？」

准男爵は警部を見ながら訊いたが、答えたのはジェフリーだった。声はとても穏やかだった。

「これだけは言えます、サー・アンソニー。僕たちは梟の正体を知っています。ですが、それで終わりではありません。梟も必死ですから、また襲ってくるかもしれません。しかし、間違いなく――梟の犯罪の歴史に終止符が打たれようとしています。運が良ければ、四十八時間以内に捕まえられるでしょう。あなたの目の前で、奴の顔から仮面を剝がしてみせます！」

ジェフリーは警部にそっけなくうなずいて見せ、二人は部屋を後にした。サー・アンソニーは痩せた顔に奇妙な表情を浮かべ、閉まった扉をしばらく見つめていた。

その日の午後遅く、リード警部はジェフリーと握手を交わした。小型車は私道を進み、その先に伸びる白っぽい道に入った。それを見届けると、大きな男は調子はずれの鼻歌を小さな声で歌いながら踵を返し、屋敷に向かって歩きだした。

リードは久しぶりに機嫌がいい。ジェフリーもレイシーを疑っており、レイシーが犯人であることに疑いの余地はないと警部は思っていた。しかし、事件が片づいたわけではない。神出鬼没の人殺しを捕まえるという仕事が残っている。ポケットに両手をつっこんで歩きながら、リードは眉根を寄せた。

背後から軽い足音が聞こえた。振り向くと、エリザベス・ブレアが近づいてきた。彼女は帽子をかぶっておらず、頰は紅潮し、目は輝いている。

「警部！」エリザベスは叫んだ。「ちょっとお話しできますか？」

リードはうなずき、「何事だい？」と愛想よく訊いた。

エリザベスは少し息を切らしている。「ジェフリーの車で出ていったのは誰ですか?」

「ジェフだ」警部は短く答えたが、話したい気分だったので続けた。「ある取引について調べるため、街にしばらく滞在する」

「ああ!」エリザベスの口から漏れたのは、言葉というよりも失望の吐息だった。彼女は帽子を手に持っていた。つばの広い大きな麦わら帽子で、色とりどりの花飾りがついている。エリザベスはやにわに帽子をかぶり、広いつばに顔が隠れた。彼女が黙っているので警部が訊いた。「あいつは君に何も言わなかったのかい?」

エリザベスは顔を隠したまま勇ましく答えた。「ええ。私に言う必要なんてないでしょう?」彼女は顔を上げた。子供のような青い目が大きく見開かれている。「このところ、ずっとジェフリーをこき使ってらっしゃるのね、警部?」

「あれこれ起こるから」リードは曖昧に答えた。エリザベスの顔をしばらくまじまじと見つめた。「何を考えているんだい?」

エリザベスはじっと見返した。「警部、私がここで起こった事件に関与していないと本当に思っていますか?」非難めいた言葉をリードが無視すると、彼女は続けた。「私は一刻も早くここから離れたいんです」

微笑んだからなのか、警部の口髭が小刻みに震えた。「少なからぬ者がそう思っている」とつぶやいた。

「私には特別な事情があります」エリザベスは言い募った。「私は自分で生計を立ててきました。お金も貯めました。でも、騒動がはじまって仕事どころではなくなり、蓄えも底をつきかけています。

これ以上、サー・アンソニーの厚意に甘えるわけにもいきません」声はとても落ち着いている。「おわかりでしょう？」

「皆目理解できん」相手は答えた。「君の自立心には感心するが、兄上が大金を手に入れた。君はその金で暮らす資格があるはずだ！」

「おお、何もわかってらっしゃらないのね！」エリザベスは視線をそらした。「私は――兄のお金は受け取りません。自分の力で生活したいんです！」

警部は無言のまま見つめた。エリザベスはじっと見つめられて気まずくなったからか、リードのくぼんだ灰色の目に考えを見透かされているような気がするからか、ふいと顔を背けた。大きな男は驚くほど優しい口調で訊いた。「タワーズから出ていきたい理由はそれだけかい？」

「もちろんそうです！」

「それなら、どうしてジェフ青年の動向が気になるのかな？」

エリザベスは彼のほうを向いた。顔がかすかに赤くなっている。「彼に知らせておきたいことがあります」

リードは目を細めた。「事件に関係があること？」エリザベスがうなずいた。「どんな理由であいつだけに知らせるんだい？」

「理由なんてありません」エリザベスは答えた。一瞬ためらったが心を決め、アシュトンの手紙のこと空っぽの封筒をなくすまでの顚末を静かに話した。警部は頭を少し前につき出して聞き、話が終わると表情を曇らせた。

「誰かが」彼はつぶやいた。「封筒を見つければ、手紙に梟の正体が書いてあったと思うだろう」

エリザベスは小声で言った。「梟は私に正体を知られたと思っているわ。ここから逃げなきゃ――梟に襲われる前に」

警部は首を振った。「大丈夫だよ、ミス・ブレア。君は安全だ。梟の正体はもうわかっている。ジェフと私が昨夜つき止めたよ」

「梟の正体を？」警部がうなずくと、エリザベスは目を丸くした。「それなら、なぜ逮捕しないのですか？」

大きな男は肩をすくめ、「事はそう単純じゃない」と唸るように言った。「まだ証拠が足りない。だからジェフが街に行ったのだよ。奴を捕まえるには、まず、なんとかしておびき出さないといけない」

エリザベスは肩越しに後ろをちらりと見た。もう日暮れ近くで、私道に沿って続く林は薄暗く、霞がかかっている。太陽は屋敷の向こうに沈み、蔦に覆われた屋敷の長い影が二人のほうに少しずつ伸びてきている。風は急に冷たくなり、エリザベスは身震いした。思わず警部に近寄り、ささやくように訊いた。「梟の正体は……ドクター・ニューベリーですか？」

警部はすかさず告げた。「知らないほうが身のためだよ。これだけは約束しよう――四十八時間以内に事件に〝終止符〟を打つ。そうすれば、君も好きなところに行けるようになるだろう！」

砂利を踏む音が聞こえたので警部は振り返った。コノリーが屋敷のほうからやってきた。彼はエリザベスがいるので逡巡したが、リードがうなずいたので近づいた。「レイノルズがオフィスであなたを待っています、警部」

「結構！」リードは肩越しに振り返ってエリザベスに言った。「さあ、もう行こう。無用な心配をするなよ。それから、くれぐれも余計なことをしゃべらないように」彼はコノリーと連れ立って大股で歩きだした。

　リード警部は振り返らなかった。だから彼は知らないが、エリザベス・ブレアはポケットから小さなハンカチを取り出し、こっそり目に当てた。それから警部に続いて屋敷に入った。


　リード主席警部は机に拳をついて身を乗り出し、目の前にいる男の青白い顔を挑むように睨んだ。

「おまえはレイノルズなのか？」彼は大声を上げた。

　使用人はおとなしくうなずいた。「最初にお会いしたときに、そう申し上げました——」彼が話しだすと警部が遮った。

「マーティン、キャッスル、ケントンの代わりにレイノルズという名前を使っていることは言わなかった」警部は声を荒らげた。「なぜなら、おまえが浅ましいゆすり屋だということがばれるからだ！」

　この言葉を聞いた途端、レイノルズの様子が一変した。滑らかな仮面が、まるでスポンジで拭い取ったかのように顔から消えた。彼は威張ったように肩をそびやかし、だらりと垂らした手をポケットにつっこんだ。

「で、警部、俺も一巻の終わりか？」彼はにやりと笑った。

「どういうつもりだ？」リードは怒鳴った。「また別人を演じるのか？」

　レイノルズは煙草に火をつけ、小さな炎の向こうで目を上げた。その瞬間、警部は彼が醸し出す雰囲気に危うく引きこまれそうになった。この男は変幻自在で、思いどおりに自分を変えることができる。定まらない視線とかすかに引きつった口元だけが、仮面の奥に潜む卑劣な本性をうかがわせる。

「いいや」レイノルズはリードの質問に慎重に答えた。「これが本当の俺だ。警部、俺はいろんな人間を演じてきた。自分が誰かわからなくなるほどね。寂しいよ」考え深い顔をしてつけ加えた。「芝居をやめるのは。でも、金にならないからな」

警部は男のふてぶてしい態度に呆気にとられ、一瞬ぽかんと口を開けた。それから怒った雄牛のように鼻を鳴らすと、大股で机を回りこんでレイノルズの上着の襟を摑み、ブルドッグのような顎を相手の顔に向かってつき出した。獰猛な目つきで声に凄みがあったので、レイノルズは攻撃から身を守るかのように手を上げた。

「こいつめ！」リードはささやくように言った。「私を騙すつもりか？」引き結んでいた口がわずかに開いている。「今度また——一度でも——そんな真似をしたら、おまえを本部に連れていく。そして、部下がおまえをホースで縛り上げる！　そうすれば、芝居をするのは当分無理だぞ！」

レイノルズの顔から笑みが消えた。顔はこわばり、口は歪み、目はぎらついている。彼は上着を摑まれていたが、恐ろしい形相のリードからできるだけ体を離した。「あんたの望みは何だ？」ぼそりと訊いた。

警部はレイノルズをぐいと押して椅子に座らせ、手から落ちた煙草を踏み潰した。脚を広げ、手を腰に当ててレイノルズを見下ろし、「話せ」と言った。「真実を話せ。さもないと、おまえは今日、イギリスで誰よりも惨めな男になる！　わかったか？」レイノルズがふてくされた表情でうなずくと、リードは身を乗り出した。「梟の潜伏場所はどこだ？」大声で訊いた。

レイノルズは目をぱちくりさせた。「俺が知るわけないだろう？」

警部は黙ったまましばらく見つめた。それから振り返り、机から分度器を取り上げ、大切そうに持ち直した。レイノルズは小さく息を飲み、椅子の上で縮こまった。

警部は静かに告げた。「レイノルズ、おまえが人の生き血を吸う鼠だということをしばらく忘れてやる。いくつもの前科があるという事実に目をつぶってやる。梟との関係を白状したら、すべてを水に流してやるかもしれない」言葉を切り、がっしりした手で分度器の端を持ち、棍棒でもあるかのようにそれを構えた。「おまえは卑劣な梟とグルだ、そうだろう？」

レイノルズは青くなった唇をなめた。「あんた――正気か――」

リードは半歩前に進んだ。すると、椅子に座った男は追い詰められた鼠のように悲鳴を上げた。「う――うたないでくれ」彼はどもった。「本当のことを話すよ、警部――神に誓う！　確かに俺はあの老いぼれを脅した。でも、梟の仲間じゃない。殺人に関わっちゃいない。それはあんたも知ってるだろう！」

「戯言をぬかすな」大きな男は蔑むように言った。「昨日の夜、おまえはアームストロングを襲い、レイシーを部屋から逃がした――」

「そんなこと、やっちゃいない」レイノルズはわめいた。背中を真っすぐにして、椅子の腕を必死に握っている。「勘違いしているぞ、警部。絶対に！　レイシーが部屋から逃げたとき、俺はそこにいなかった。庭にいた――」

「何をしていたんだ？」

レイノルズは乾いた唇をふたたびなめた。「男と話していた。俺はそいつが梟だと思っている」

リードは目を細めた。「それは誰？」

椅子に座った男は、責め立ててくる相手をきっと睨んだ。「エドワード・ブレアの親父」とはっきり答えた。

警部は口をあんぐり開けた。しばらく、信じられないといった面持ちでレイノルズを見つめ、分度器を関節が象牙色になるほど強く握りしめた。「何だと?」と静かに言った。

形勢が有利に傾いたと見るや、レイノルズは座ったまま身を乗り出し、先ほどまでの横柄さが表れた口調で言葉を返した。「嘘じゃないぜ、警部。ブレア兄妹は本当の兄妹じゃない。ブレア青年は養子だ。あいつの実の親父は殺人未遂罪でウォームウッドスクラブズ刑務所に入り、三か月前に出所した! あいつはそれを昨日の午後まで知らなかった」大きな男はあいかわらずレイノルズに視線を注いでいる。「俺の話を信じないならそれでいい。ブレアをここに呼んで訊いてみろ! 本当の話だと言うさ」

リードはレイノルズが話をする間、ずっと顔を見据えていた。この類いの人間と相対してきた経験から、話が真実だということがわかっていた。胸の奥深くで小さな不安が気味悪く蠢いている。ついに何もかもはっきりしたと思ったのに、新たな謎が現れたのか? 彼はレイノルズに訊いた。

「その男――ブレアの父親が梟だと思うのか?」

レイノルズはうなずいた。「ああ、警部」

リードは机の上に分度器を放り投げ、机を回りこんで椅子にどかりと腰を下ろした。身を乗り出し、顎を拳の上に置いた。「そう思う理由は?」

レイノルズは気が楽になった様子で椅子に背中をもたせかけ、足を組んだ。煙草入れが入っているポケットに手を伸ばしかけたが、リードのただならぬ形相を目にしたら気が変わった。彼は穏やかに言った。「警部、梟がブレア青年の命を狙うのはどうしてだと思う? 殺さずに、ただ第四ガソリンを奪えばいいのに、どうしてそうしない?」

「それは昔の話だ」警部は言葉を返した。「もう第四ガソリンを手放したから、ブレアは安全だ」

レイノルズは身を乗り出した。「あんたは間違った方向に進んでいるよ、警部。あいつはかつてないほど危険にさらされている。ほんの数日前までは一文無しだった。でも今は、五万ポンドという金を手にしている。もし、あいつが死んだら、最近親者が自動的に金を相続する――最近親者はブレアの親父だ！」彼はいったん言葉を切った。「ブレアの親父がウォームウッドスクラブズ刑務所を出所してから数日後、梟が街で盗みをはじめているが、これは単なる偶然か？」

リードは鉛筆を手に取り、目の前にある吸い取り紙に小さな字で走り書きした。彼が黙っているので相手は続けた。

「警部、俺は確かな事実を集め、それをつなぎ合わせることで生き抜いてきたんだぜ。俺の推理は十中八九当たる。で、俺の推理はこうだ。ブレアの親父は梟という盗人になった。そして、ブレアが第四ガソリンを発明したことを知り、ブレアのことを調べたら、息子だってことが判明した。奴は第四ガソリンを盗むつもりだったが、あんたがその計画を阻止した。それで秘策を繰り出した」レイノルズはひどくゆっくりと続けた。「ブレアの親父は息子の性格をよく理解していた。脅せば息子が第四ガソリンを手放す――かなりの高値で売るだろうと踏んでいた。今、息子が死ねば、金は親父のものになる――もちろん、ブレアが遺言を書いていなければの話だ」

「彼は遺言を書いていないのか？」

レイノルズは肩をすくめ、「さあね」と言った。「これは単なる推理だよ」

リードは顔を上げた。「今、狙われているのは、第四ガソリンではなくブレア青年なんだな？」

「そうは言ってない。梟は金も第四ガソリンも手に入れるつもりなのかもしれない。まず第四ガソリンを奪う。それから息子を殺す。五万ポンドはすぐには消えないからな」

警部は鉛筆を置いた。「どうもわからん」彼は唸った。「梟はブレア青年を地下室に連れ去った。どうしてそのとき殺さなかったんだ？」

「息子を怖がらせて第四ガソリンを手放させる。それが計画の一部だ」レイノルズは答えた。「ブレアが拘束衣を着ていたのを覚えているか？　ひどい拷問だ！　普通の人間なら一時間もすれば音を上げるぞ」

リードはしばらく考えた。「昨日の夜、ブレアの父親がここに来たのか？」

レイノルズはうなずいた。「庭で奴と話をした」

「何について？」

レイノルズは一瞬ためらい、肩をすくめた。「白状するしかないな」彼はまた肩をすくめた。「ウォームウッドスクラブズ刑務所にいたとき、コンウェイ――これがブレアの旧姓だ――と知り合った。一か月前、コンウェイが連絡してきた。ブレアが第四ガソリンを発明すると、それをコンウェイに教えた。その後、奴はブレアが自分の息子で、自分――コンウェイ――にも他の人と同じように第四ガソリンを手にする権利があると言ってきた。梟に狙われるから関わらないほうがいいと忠告したら、奴はこう言った。自分の身は自分で守れると」

「そして昨夜は？」

「第四ガソリンはどこにあるんだと訊かれたから、まるで見当がつかないと答えた。それから半時間ばかり雑談して、奴はこそこそ帰っていったよ」

リードはバネを軋ませながら椅子の背にもたれた。「よし」彼はしばらく間を置いてから言った。

「おまえから聞いたことについて考えてみよう。おまえのこれまでの行為については、とりあえず不問に付す。逃げようなんて思うなよ——いいか、もう後はないぞ！　今度なめた真似をしたら——」

レイノルズが立ち上がった。「もう勘弁してくれよ、警部。これからは真っ当に生きるから！　反省してる。信じてくれ！」

「おばあちゃんにそう誓えるか！　蟹は真っすぐ歩けないし、おまえは正直者になんてなれやしないんだ！　さあ——もう行け！」レイノルズが扉を閉めると、大きな男はポケットから葉巻を取り出して端を嚙み切り、考え深げに火をつけた。

既知の事実に加わった新たな事実はどれほど重要なのだろう？　リードはレイノルズの話は真実だと思っていた。ブレアに聞けば真偽ははっきりする。私道で見知らぬ男を目撃したが、あの密かに逃げた男がブレアの父親だと考えると合点がいく。レイノルズの仮説が正しいなら、事件の様相は変わる。梟が一番欲しいのは第四ガソリンではなく、ブレアの金なのか。リードはいろいろな点について、うなずきながら考えをめぐらせた。あり得ることだ。五万ポンドのためなら、人は大きな危険を冒すことも厭わない。ブレアがいなくなれば、金はそっくりそのまま卑劣な父親の懐に入る。でも——ブレアが遺言を書いているなら話は別だ！

おそらくブレアは書いていない。風変わりで自己中心的な青年は化学の世界に閉じこもっている。遺言を書くという世俗的なことをするなど思いもよらないだろう。ブレア青年には、死はまだ遠い先のことのように思えるだろう——危険が迫っていると自覚しない限り。彼は自覚していない。第四ガソリンを手放したから、当然危険は去ったと思っている。

「あれこれ考えていても埒が明かない」リードは唸りながら立ち上がった。「彼に訊くのが一番だ」

夕食のために着替える時間を知らせるベルの音を聞きながら、ブレアの部屋の扉を叩いた。青年の声がどうぞと答えた。開いた窓から入る薄明かりの中で、ブレアは座って本から何やら書き写していた。警部が近づくと顔を上げ、分厚い眼鏡の奥の目をしばたたいた。

「目が悪くなるぞ」リードは開口一番こう言い、開いた窓のほうに顎をしゃくった。「明かりをつけたらどうだ?」

「こんなに暗くなっているのに気づかなかった――作業に没頭していたから」ブレアはつぶやいた。細い手を伸ばしてテーブルの脇にあるフロアランプのスイッチを入れると、眼鏡を外し、疲れた様子で充血した目をこすった。それから本と用紙を脇に押しやり、椅子の背にもたれた。「いったいどうしたんですか?」と訊いた。

リードは単刀直入に切り出した。「君は遺言書を作ったのか?」

眼鏡をかけ直していたブレアは鋭く見上げた。「どうしてそんなことを訊くんですか?」

「とても重要なことだからだ」

エドワードは少し逡巡した。「サマセット・ハウス（ロンドンのウエストミンスター地区にある壮麗な建物。かつてここに遺言書が保管され、手数料を払えば閲覧することができた）に行って一シリングを払えばわかることだから」と言った。「隠しても仕方ないですね。はい、警部、遺言書を作りました」

リードはうなずき、勧められる前に椅子に腰を下ろした。「恩恵を受けるのは誰だ?」

ブレアは一瞬むすっとして口元をこわばらせた。「答えないといけませんか?」

「答えてくれ」リードは言った。

青年は肩をすくめた。「いいでしょう。僕の――ミス・ブレアが唯一の受遺者です」

第十章　消えた第四ガソリン

警部は、指に挟んだ葉巻と立ち上る煙をしばらく眺めた。相手の視線を感じ、静かに言った。「ミス・ブレアを妹と呼ばなかったな。君が養子だからか?」

ブレアはすっくと立ち上がり、机の上にある幾枚かの紙を投げ散らした。紙は空を飛ぶ白い鳥のように舞った。顔の上部がランプの笠に隠れ、口元だけが明かりに照らし出されていた。青年は無言のまま、弱々しい歪んだ唇を震わしている。やがて、震えを止めるためか細い手を唇に当て、かすれた声で訊いた。

「誰から聞いたんですか?」警部は答えなかった。「ベッツィーだな! 誰にも言わないと——絶対に言わないと誓ったくせに!」

警部は立ち上がって机に近寄った。青年の肩に手を置き、椅子に優しく押し戻した。「落ち着け」彼はぶっきらぼうな口調で言った。「早とちりするな。ミス・ブレアはばらしていない。君の出生の秘密は、もう二人だけの秘密ではないんだ」

ブレアは警部を見上げた。顔が真っ赤だ。「つまり——屋敷にいる他の人たちも知っているということですか?」警部がうなずくと、ブレアは顔を両手で覆った。「みんなが知ったのなら」ささやくように続けた。「みんなが僕を指差し——哀れみ——陰で笑う」

リードはゆっくり言った。「君は、人間に対してずいぶんひねくれた考えを持っているようだな。誰も君を笑ったりしないよ。それに、君の義理の妹以外は二人しか知らない。今の時代、この手のことを笑う人間などいない。笑うのは、ヴィクトリア朝時代の小説の中の人間くらいだ」ブレアが顔を上げた。「さあ――元気を出せ！」

青年は部屋を半分ほど横切り、口を開いた。「何か飲みますか？」申し訳なさそうに、ぼそりと訊いた。警部が首を振ると、小さな食器棚まで行き、ウイスキーのデキャンタとグラスを取り出した。そしてたっぷり注ぎ、半分を一気に飲んだ。

酒の効果はすぐに現れた。口元は引きしまり、手の震えが止まった。残りを飲み干すと、彼はグラスを持ったまま戻り、机にもたれかかった。どこか強がるような態度で相手に告げた。

「最初からみんなに話すべきでした。人に――とくに警察に――自慢できるようなことではありません。でも、こうなったら何もかも話したほうがいいでしょう」彼はつっかえつっかえペネフェザーから聞いたことを語りはじめ、しだいにしっかりした口調になった。警部は黙って聞いた。酒のおかげなのか頑固さが影を潜め、ブレアはありのままに打ち明けた。「僕の親は腐ったおぞましい人間です」彼は苦々しげに続けた。「恥ずかしくて真実を明かせなかったのも不思議ではないでしょう？」

リードは答えなかった。一インチほどの葉巻の灰をそばにある灰皿に慎重に落とし、目を上げた。

「出所した父親に会ったか？」

ブレアはぞっとした顔になった。「まさか！　僕から一マイル以内に近づかせるものか！」

「でも、もっとずっと近くにいたぞ。昨夜、父親が庭にいたと言ったら、君はどう思うかな？」

ブレアはリードを見つめた。顔が恐怖に歪んでいる。「父親が――ここにいた？　本当ですか？」

「本当だ」警部は静かに告げた。

ブレアは背を向けて力なく肩を落とし、「僕のところに来るなんて！」とつぶやいた。「今さら！」彼は半ば向き直った。辛辣な口調はナイフのように鋭い。「聖書には、その罪が我が身に及ぶことを知れという言葉がありましたっけ？」

「父親に会いたくないのか？」

青年は吐き捨てるように言った。「会うくらいなら死んだほうがましです！」

リードは身を乗り出した。「それなら、ここから離れたらどうだい？　しばらく休みたまえ——三か月ほどヨーロッパ大陸で過ごすといい。もうここにいる必要はないわけだし。どこでも好きなところに行くだけの余裕もあるだろう」

座りかけていたブレアが動きを止めた。「ブラッドハウンドがいるでしょう？　あいつらのせいで、僕らは屋敷から一歩も出られません！」

警部は肩をすくめた。「君に対しては制限を解く用意がある」

ブレアは警部に妙な視線を向けている。眼鏡の位置を慎重に直した。「警部、僕は真実を話しました。だから、あなたもそうしてください。僕を屋敷から追い出す本当の理由は何ですか？」

「君に危険が迫っているんだ！」

「でも——」

「君が言おうとしていることはわかる」警部は言った。「だが、私の言うことを聞きたまえ。今のうちにここから離れなさい。それが君にとっても我々にとっても一番なんだよ。梟殿に対する包囲網は狭まりつつある。屋敷にいる人間の数が減れば、それだけ捜査もはかどる！」彼は立ち上がり、葉巻をもみ消した。「さあ――どうする?」

ブレアはうなずき、「悪くない考えですね」と答えた。「僕は、ウィーンにいた六年前から休みなしでやってきました。でも、すぐには出発できません。片づけなければならないことがたくさんあるので」

リードは扉のほうに向かった。「明日の朝までにどうするか教えてくれ。油断するなよ」彼はうなずいて見せた。「また夕食のときに会おう」

リードは廊下に出て腕時計を見た。まだ時間があるから、進捗状況についての詳細な報告書を書ける。今夜送れば、明朝ジェフリーの元に届くだろう。部屋に戻ると、腰を下ろして万年筆のキャップを外し、作業に取りかかった。

二時を告げる鐘の音がルークウッド・タワーズの誰もいない廊下に虚ろに響いた。エドワード・ブレアはベッドの上で何度も寝返りを打った。すっかり目が覚めてしまったので起き直り、暗い部屋の中を眺めた。屋敷はふたたび静寂に包まれている。聞こえるのは、ベッド脇のテーブルに置かれた小さな時計が時を刻む音だけだ。

この夜、ブレアはなかなか眠れなかった。食器棚の中にあるウイスキーのデキャンタは空っぽだ。寝るために酒に頼ったからだ。今は喉がからからで口の中が乾いている。彼は水差しが近くにあることを思い出してベッドから出た。水をグラスで二杯飲み、口を手で拭った。静かな部屋の中に立っていたら、さらに目が冴えた。テーブルから眼鏡を取り上げて縦長の窓に近寄り、暗い庭を見下ろした。昨日の満月の夜とは違い、眼下に闇が広がっている。低く垂れた枝に覆われたあたりは一段と暗い。

右側を見ると、建物の一部が庭につき出ており、壁に並ぶ暗い窓に星の光が反射している。彼は、どれが誰の部屋かを把握している。ドクター・ハウトマンの部屋は彼の部屋から一番近く、その隣がドクターの娘の部屋。その隣がエリザベスの部屋で、さらにその隣が主席警部の部屋だ。アサートン＝ウェインの続き部屋は建物の角に隠れている。エドワードは立ったまま想像をめぐらせた。鎧戸の閉じた窓の向こう側で、みんな――屋敷に集う奇妙な取り合わせの面々――は眠っているのだろうか。それとも、僕と同じように眠れず、悶々としているのか？

リード警部の言う危険とは、どんな危険なのだろう？　この疑問が頭から離れず、心がざわついて眠れないので酒の力を借りた。そして――警部のあの言葉。「昨夜、父親が庭にいた！」

僕の父！　ブレアの口が歪んだ。将来を見据えて懸命に働いてきた僕の前途に、父が暗い影を落としている。父は今どこにいるのだろう？　リード警部は、父が僕にとって危険だと思っているのか？もしかしたら、父は今も庭のどこかにいるかもしれないし、屋敷の中にいる可能性もあるのではないか？

エドワードはふと警部の部屋の窓に目をやり、そこで思考が断ち切られた。暗い窓をしばらく光が照らした。ブレアは警部が起き出してマッチを擦ったのだと思ったが、マッチの火にしては輝きが弱かった。それに、丸い光が這うように動いたからマッチの火ではない。分厚い眼鏡の奥にある目をしばたたきながら見ていたら、また光が現れた。エドワードはその正体がわかって息が詰まりそうになった――懐中電灯の弱い光だ。

誰かが、あるいは何かが警部の部屋の中をうろついている！

突然、冷たい手で心臓を摑まれたような感覚に襲われた。眼鏡が曇り、額に汗が浮き出るのを感じた。どうしようか迷っていると、追い立てられる雄牛の咆哮のような叫び声と鋭い銃声が静寂を破った。それを合図として待っていたかのように、にわかに騒々しくなった。窓にほとんどいっせいに明かりが灯り、どこかで女性が悲鳴を上げた。それからリードの声が響いた——彼は悲壮感の漂う声を荒らげて命じた。

「ドンリン！　コノリー！　奴を捕まえろ——第四ガソリンを盗りやがった！」

ブレアは体に電流が走ったようにびくっとし、扉に一足飛びに駆け寄った。外の廊下を走る重い足音が近づいてきた。扉を開くと、黒い影がブレアをかすめるように通り過ぎ、疾風のような勢いでオークの間のほうへ行った。扉がバタンと閉まる音が遠くから聞こえ、廊下を光が照らし、つんと鼻をつく、火薬の燃えた臭いが漂ってきた。次の瞬間、縞模様のパジャマを着たリード警部が廊下の角からどたどたと現れた。片方の手に自動拳銃を握り、二人の刑事をすぐ後ろに引き連れている。

リードは稲妻のような速さで青年に突進し、「奴を見たか？」と喘ぎながら訊いた。ブレアはうなずいた。「どこに行った？」

「オークの間です」ブレアが答えるや、リードは彼を押しのけて駆け出した。ブレアはなりふり構わず後を追った。警部は入口でもたもたしているコノリーを肩で押しのけ、扉を蹴って開けた。

「後ろにいろ！」彼は叫んだ。「あの鼠が発砲しながら飛び出してくるぞ！」

三人の男が警部の広い背中に隠れるように身をかがめた。扉が大きく開き、少し間を置いてから、リードは脇柱のそばに立っておそるおそる顔をつき出した。「誰もいない」彼は唸り、くるりとブレアに向き直った。「奴はここに入ったのか？」

青年は首を振った。「この部屋のほうに行きましたが——」

警部は三人より先に大股で中に入り、目を細めてぐるりと見回した。「逃げられた」彼は不快そうにつぶやいた。「ふざけた野郎だ！　寝室に入り、私の目の前で第四ガソリンを盗むとは！」

コノリーが部屋のあちこちに視線を走らせながら、やにわに言った。「ここは隠し扉のある部屋ですよね？」

「おお、そうだ！」警部はすでに反対側の壁のほうに向かっていた。「隠し扉の向こう側に隠れているんだ。そうに決まっている！」彼は大きな手を鏡板に滑らせた。「確かこのあたりだ……あっ！」

隠し扉の開く音がしんとした部屋に異様に大きく響いた。みんなが注視する中、扉がもどかしいほどゆっくりと開いた。少しずつ、少しずつ……

「見て！」ブレアが女性の悲鳴にも似たヒステリックな声を上げた。

暗がりから腕がぬっと現れ、一瞬、敬礼するように高く上がってからだらりと垂れた。四人は目を飛び出さんばかりにして、扉がさらに開いて男がゆっくり現れると息を飲んだ。男の顔は青白く、目はどんよりと濁っている。男は前方に傾き、絨毯の上にどさりと倒れた。

音が止んだ。隠し扉は大きく開いている。

「レイシー」リードはささやき、夢から覚めた人のように首を振った。「レイシー――死んでいる――背中を刺されて……」

ささやき声はしだいに小さくなって消えた。

塔時計が二時十五分を告げる音が聞こえた。静寂の中、そのくぐもった音は人の死を告げるかのように響いた。

レイシーの死体を発見した後、主席警部にとって思い出したくもない時間が過ぎた。

絨毯の上に横たわる死体を信じられない思いで見ていたら、入口が急に騒がしくなった。振り返ると、小さな一団が見えた。程度は違うが、みんな動揺していた。我先に部屋に入ってくると扇形に並び、悪魔の手にかかって死んだ男を見下ろした。彼らの髪は乱れ、目は憂いを帯び、恐怖に歪んだ顔は地獄の底にいる亡者のそれを思わせた。エルザ・ハウトマンは小さく喘いだ。父親は、今にも倒れそうな彼女の肩に細い腕を回し、しっかり抱いた。エリザベス・ブレアは悪夢を見ている人のようだった。アサートン＝ウェインの瘦せた顔には、強い衝撃を受けて放心状態に陥った人と同じ表情が浮かんでいた。レイノルズとドクター・ニューベリーは並んで立っていた。ブレアは吐き気を催し、部屋の隅で静かに口にハンカチを当てた。

息が詰まりそうなほどの静寂は、稲光と雷鳴の合間に訪れるそれに似ていた。突如、リードが烈火のごとく怒りを露わにした。その激しさといったら、畏敬の念を抱かせるほどだった。今日の夜、ベッドから出た人はいるか？　全員が操り人形のように首を振った。

アサートン＝ウェインは乾いた唇をなめた。「私たちは銃声を聞いて、それから――」リードは彼の言葉を遮った。

銃声が鳴る前に何かの音がしたか？　返事はない。今日の夜、オークの間に入ったのは誰だ？　みんな、羊のように目を丸くして警部を見つめ、羊のように身を寄せ合っている。誰も答えないので警部は憤激し、頭上で拳を振り回した。

「ほんの数分前、誰かが私の寝室にいた！」彼は叫んだ。「屋敷にいる誰かが！　その人物はこの部屋にいた！」顔を真っ赤にして目をぎらりと光らせ、一同の顔を順々に見回した。「誰だ？　誰が第四ガソリンを盗った？」

「ああ……！」アサートン＝ウェインが口を開いた。灰色の顔をこわばらせ、警部に視線を向けられると言葉をひっこめた。警部は口を不気味なほど固く引き結び、一歩前に出た。

「全員——よく聞け！」彼は重々しくゆっくり告げた。底なしの井戸に石をひとつずつ投げこむように、静寂の中で言葉を口にした。「もう遊びは終わりだ。梟と名乗る悪党はこの部屋にいる。私の言葉を聞いている！　梟よ、取引をしよう」警部は目を細め、また一同の顔を見回した。「自首しろ。そうすれば、おまえは法が許す限り寛大に扱われる。さもなければ、おまえが絞首台に上がって縄で吊るされるまで、私は決して手を緩めない！」

大きな男は言葉を切り、荒い息を吐いた。おもむろに広い胸の前で腕を組んだ。「もう一度だけ訊く。人殺しは誰だ？」

長い二十秒が過ぎた。部屋にいる誰もがまわりの壁と同様に静かだった。リードはまるで糸で引かれるように頭をゆっくり動かし、目の前にいる面々を見た。みんな顔面蒼白で不安そうな目をし、手を落ち着きなく動かし、その場に釘付けになっている。警部は肩をぴくりとさせ、一同から目を離さずにコノリーに命じた。「警察の車でティリングに行け！　すぐに警察医を連れてこい！」

コノリーがうなずいて出ていこうとすると、リードが叫んだ。「待て——まだ話は済んでいない。地元の警官の女房も連れてこい。ここでは婦人警官役として最適だ」

刑事は目をぱちくりさせた。「婦人警官ですか？」

「そうだ」リードは閉じた罠のように引き結んだ口をわずかに動かした。「婦人警官が女性陣の身体検査をする。ドンリンが男性陣の身体検査をする！」

「私たちの――身体検査をするのですか?」ドクター・ハウトマンが口を開いた。「こんな無礼なことをいつまで続けるつもりですか?」

警部は彼を無視してみんなを見回し、「もう容赦しない」と言い放った。「私は梟に歩み寄る機会を与えた――だが、梟はそれを拒んだ! 上等だ! 無実が証明されるまで、私はここにいる全員が殺人を犯したという前提で行動する――全員を殺人犯として扱う!」

風の起こすさざ波のように動揺が広がった。リードはみんなに話す隙を与えずに続けた。「私の許可なく、この部屋から出ることを禁じる。今回の捜査で、私はあまりにも甘い態度を取った。その態度を今すぐに改める! 悪党に優しくするのもここまでだ!」彼は言葉を切り、論戦を挑むように顎をつき出した。

ドクター・ニューベリーは赤い顔をいっそう赤くし、哀れな声で訴えた。「いくらなんでも横暴すぎます、警部――」

「それでいいじゃないか!」リードはぴしゃりと言い、彼に向き直った。「告白する機会を得るのだから」リードはコノリーにうなずいて見せた。「さあ行け!」刑事が部屋から飛び出すと、ニューベリーのほうを向いた。「こっちに来てくれ、ドクター」

ニューベリーは近寄った。浮浪者が狂暴な犬を見るような目つきで大きな男を見ている。リードは床に横たわる死体を指し、「背中に刺さっているのは君のメスか?」と語気鋭く訊いた。

太ったドクターは目をしばたたき、ちらりと下を見た。それからもとの場所に戻り、おどおどした様子で唇をつまんだ。

「あれが……凶器ですか?」

「凶器だ」警部は答えた。

ニューベリーはうなずいた。「そうです――私のメスです……」声はしだいに小さくなった。いつもの朗々とした響きはなく、彼はおそろしさのあまり悲鳴のような声を上げた。警部は彼を凝視し続けている。「警部……まさか、あなたは、私が――私が――」ニューベリーは言葉を詰まらせた。

リード警部はやにわに振り返り、怯えきって下を向いていたエリザベスはびくっとした。「ミス・ブレア！」と叫んだ。

「来てくれ」警部はまたニューベリーに訊いた。「メスは今、どこにある？」

「ケースの中です。抽斗に仕舞ってあります」

「どの抽斗？」

ニューベリーは唇をなめた。「私の部屋にある机の抽斗です」

「鍵をかけたか？」

「机には――鍵をかけました。部屋の鍵は開いています」ニューベリーはごくりと唾を飲み、つけ加えた。「鍵は――扉の脇に掛けてあるチョッキのポケットに入っています」

リードはそっけなくうなずいた。「聞いたか、ミス・ブレア？　ドクターの部屋に行き、抽斗の鍵を開け、メスが入ったケースを持ってきてくれ――」ドクター・ハウトマンが何か言いたげだったので、いったん言葉を切った。「文句でもあるのか？」

「誰もこの部屋から出てはいけないとおっしゃったでしょう、警部？」

「言ったとも！」

ハウトマンはエリザベスにちらりと視線を投げた。「では、カエサルの妻と同様にミス・ブレアの疑惑も晴れたと考えていいのですね？（古代ローマの政治家ガイウス・ユリウス・カエサルは妻が不義の疑いをかけられた際、カエサルの妻たるものは世の疑いを招いてはならないと述べた）」

「どう解釈しようと君の自由だ」警部は鋭く答えた。「行ってくれ、ミス・ブレア」

エリザベスはみんなの視線を浴びながら部屋を横切った。彼女が扉を閉めると、リードはふたたびハウトマンに言った。「君が疑惑について質問したから、今度は私が君に質問する番だ！」

ハウトマンは肩をすくめた。「質問？」

「そうだ！　君はここに来た日の夜、ブレア青年の離れのまわりをうろついていた。だから私は、君とお嬢さんの動向をずっと注視していた」

ドクターは硬い口調で言った。「またその話ですか？　道に迷ったと申し上げたはずですが」

「第四ガソリンを盗むために様子をうかがっていたんじゃないのか？」

ハウトマンは背筋をぴんと伸ばした。「失礼にも程がある。警告しておきますが、私はここで交わされた会話をすべて内務大臣に報告します！」

「誰の権限で？」

「ドイツ政府です。私はドイツ政府代表の栄誉を担っています」

リードは沈黙した。ハウトマンに近寄り、胸の前で両手の指を組み合わせ、射すくめるような視線を向けた。それからおもむろに首を振った。「いい加減、正体を現せ！　私の名前はシャーリー・テンプル（アメリカ人女優。一九三〇年代に子役として一世を風靡した）ではない。それと同じで、君の名前はハウトマンではない！　嘘をつくな！　ドイツ大使館に問い合わせたら、君と君の大事な娘のことを誰も知らなかったぞ！」

静かな部屋に緊張が走った。観客で埋め尽くされた劇場で、芝居が手に汗握る山場にさしかかったときのように。動いたのはひとりだけだった。目を異様なほど見開き、真っ青な顔をしたエルザ・ハウトマンが手を伸ばして椅子に寄りかかった。ドクターが口を開いた。

「リード警部」静かで憐れむような口ぶりだった。「あなたは私に――その――嘘をつくなとおっしゃいました。その言葉をそっくりそのままお返しします」

リードは唸った。声は奇妙なほど虚ろだ。「どういう意味だ?」

青白い顔をしたドクターの目は恐ろしいほどの強い光を帯びている。「あなたは打ちのめされているのです、警部! 追い詰められて必死にあがいている――勝てる見込みはないと思いながら。この大勝負において、梟は、それが誰であれ負け知らずです。総動員されたスコットランドヤードの警官をコケにしてきました。一週間前、屋敷に来たときのあなたは、梟の正体を知らなかった。そして今、ここに立っているあなたも正体を知らない――」

警部の顔は真っ赤になっている。「黙れ!」と叫んだ。

「いいえ、黙りません!」とハウトマン。「屋敷にいる人たちは、あなたに怒鳴られっぱなしです――誰かが声を上げねばなりません! あなたは面白くないでしょうが、本当のことを申し上げます。警部、あなたは虚勢を張っている――一生懸命に! 手がかりが転がりこむかもしれないという浅かな望みを抱きながら、みんなをどやしつけている。気弱な人を脅して、虚偽の自白を引き出そうとしている!」ドクターの静かな声には嘲りがこめられている。「そのとおりでしょう? あなたは誰かに手錠をかけることもできるし、捏造だってお手の物! でも、私からは自白を引き出せませんよ、警部! なぜなら、私が知っているからです――あなたが怯えながら虚勢を張る、高慢ちきな官憲であることを――」

「こいつめ!」リードはささやくように言った。赤かった顔が鮮烈な紫色になっている。彼は拳を固めて一歩前に出た。もの凄い剣幕なので、ハウトマンは思わず後ずさりした。怒り心頭に発した警部はハウトマンに一発食らわすつもりだったようだが、邪魔が入った。これはリードの将来にとって良いことだった。

廊下のどこかでエリザベスが叫んだ。「警部――来てください！　誰かがいます――！」彼女の声は争うような音にかき消され、警部が近づくより早く扉が勢いよく開いた。みすぼらしい姿をした髭面の中年男が二人の刑事に摑まれ、もがいている。男は部屋の明るい光に身をすくめ、瞬きをした。刑事はリードの前に男をつき出すと、警戒しながら扉のほうに退いた。エリザベス・ブレアは戸口に立っている。

リードは荒々しく手を伸ばし、髭の生えた顎を摑んで押し上げた。男は怯えたような小さな声を漏らした。

「いったい何者だ？」

見知らぬ男は獣のように歯を剝き出して顔を背けた。引き下がるつもりがない警部は、唇を引き結んで刑事のほうを向いた。「こいつを外に出せ」と冷静に告げた。「外で話す」

二人の刑事が動く前に、エドワード・ブレアが進み出た。縞模様のパジャマ姿で髪はぼさぼさだが、妙に堂々としている。男と警部の間に立ち、静かに言った。「その必要はありません。この男は、もう十分罰を受けています――」

「なに？　どういうことだ？」

ブレアははっきりと告げた。「この男は僕の父です、警部」

極めて不快な一夜が明けた。この日の朝は、タワーズに漂う空気と同じように暗くて陰気だった。オークの間でブレアが真実を告げてからまもなく、コノリーが警察医と地元警官の妻を連れて戻ってきた。警部は後のことを部下に任せ、前科者であるコンウェイを自分の部屋に呼んだ。コンウェイはひどくおどおどしながら、梟が誰かもどこにいるかも知らないと主張した。彼の話によると、有名な息子に会うためにやってきたものの、みっともない格好をしていたので、開いている窓から中に入った。その直後、ニューベリーの部屋に向かっていたエリザベス・ブレアが廊下に潜む彼を発見した。リード警部は困惑し、疲れ、不機嫌だった。コンウェイの身体検査をして朝まで拘束するよう部下に命じた。警部はブレアの父親と十分間話し、この男には恐ろしい犯行を企てるだけの知恵も度胸もないと確信したが、頑固な警部は万全を期した。

一方、捜索は計画どおりに進んだ。

警官の妻であるミセス・ダンが、戸惑いつつも荒れた手で女性たちの身体検査を行い、コノリーとドンリンが男性陣の身体検査を交替で進めた。事件に関係のあるものは何も見つからなかった。その後、コノリーたちはリードの指示に従って、二人の刑事を部屋に残し、憤慨する面々を見張らせた。それから人員を増やして各部屋の捜索に取りかかった。事の重大さを十二分に理解していたから、時間をかけて徹底的に調べた。疲れきった刑事の一団が警部に報告したときには、もう午前三時になっていた。

「空振りです、警部」コノリーはあくびをした。「部屋には何もありません」

「人間のほうはどうだ?」

「念入りに調べましたが」彼は簡単に答えた。「空振りです!」

主席警部はぼんやりした目を指の節でこすった。「こうなる気もしていたよ」彼は唸った。「よし――みんなを眠らせてやれ。おまえたちも少し寝たほうがいい」

こういうわけで、次の日の朝、朝食を知らせる銅鑼が鳴ったとき、部屋から下りてきたのは二人だけだった。エドワード・ブレアが居間に入ると、エリザベスが雨の降る世界を窓から眺めていた。鉛色の雲が、雨に濡れた木々の梢に触れそうなほど低く垂れこめ、世界は急に小さくなった。広い庭には庭師しかいない。脂っぽい肌をした庭師はびちゃびちゃになった芝生の上をうつむき加減に歩いている。エリザベスはもの悲しい風景に見とれていて、振り返らない。ブレアは彼女のそばに立った。

「エリザベス……」と声をかけた。

エリザベスはくるりと振り返った。「あら――！　おはよう」

「僕たちだけか？」エリザベスがうなずくと、ブレアは食器棚へ向かい、目をしばたたきながら銀製のトレイを見た。「何か食べるか？」

エリザベスは首を振った。「いいえ、テッド。お腹がすいていないの」

「コーヒーは？」彼女はためらった。「おい――何かお腹に入れたほうがいいぞ。せめてコーヒーとトーストだけでも」ブレアは返事を待たずにカップにコーヒーを注ぎ、トースト立てから一枚取り、テーブルについているエリザベスの前に置いた。「これが僕と一緒に食べる最後の朝食になるかもしれないよ」と言った。

エリザベスはブレアを見つめた。「なぜ？」

「僕はここから離れる」ブレアは食器棚のほうに戻り、レバーとベーコンを少し皿によそった。「昨日、警部と話をした。警部によると、僕に危険が迫っているらしい。だから三か月ほどウィーンで過ごすつもりだ」

「いつ発つの？」

「できるだけ早く」ブレアは皿をテーブルに置き、エリザベスと向かい合わせに座った。「エリザベス、第四ガソリンを売って得たお金は——いろいろなことを変えた。父が起こした、あの一件……」

エリザベスはコーヒーをすすり、カップの縁越しに憂いを帯びた目を向けた。「つまり——昨夜の一件？」

「そうだ」青年はフォークをもてあそんだ。「僕は父を嫌悪していた——父がどんな人間かを知ってから——こんな人間にはなりたくないと思っていた！　でも、昨日の夜はなんだか不憫でならなかった。父はみすぼらしく、汚く、卑屈だけれど——おぞましい男だけれど——それでも父親なんだよ！　僕は初めてこう思った。父はそこまで責められなければならないのかって。もしも状況が違っていたら——父が生活するのに十分なお金を持っていたら……」言葉を切って皿を脇に押しやり、「父が新しい人生をはじめる手助けをするつもりなんだ」と穏やかに告げた。

「テッド！　すばらしいわ！」エリザベスは手を伸ばし、彼の手を優しく握った。「やっぱりあなたは、いざというときに頼りになるわね！」

ブレアは微笑んだ。その笑みは、顔に不思議な魅力を添えた。「災難に遭うと、人は本当の自分と向き合う。こう小説家たちが言うたびに僕は鼻で笑っていた——でも、ベス、確かにそうだよ！」エリザベスの手を握り、いつになく明るく元気な声で続けた。「騒動が起こるまで、僕は嫌な奴だった——身勝手で傲慢で無礼だった！　自分のことしか考えず、他人のことなんてどうでもよかった」彼はまた微笑んだ。「そんな僕を、おまえはひどく恥じていたんだろう」

「あなたは、かなりの困り者だったわ」エリザベスは認めた。

「貧しさがそうさせたのさ、ベス！　お金は幸福をもたらさないというのは嘘だ。お金があれば自立してまともな生活ができるし、良い人生を送れる！」ブレアは肩をすくめた。「僕は偽善者じゃない！　僕を変えたのは一連の出来事と――サー・アンソニーのお金だ。僕は、ただ穴に閉じこもって自分の過ちを反省するつもりはないよ。少なくとも自分のやり方で償っていくつもりだ」

ブレアは椅子を後ろに押し、煙草に火をつけた。「まず、父が良い余生を送れるよう手配する。どこかの小さな農場に住まわせようと考えているけれど、この案を父が気に入らないなら、ペネフェザーに頼んで、父がお金を毎年受け取れるようにしてもらう。それから、大学の奨学基金に寄付しようと思っているんだ――これについては、サー・アンソニーに相談してみよう」

エリザベスは微笑を浮かべた。「昔のテッド・ブレアに戻ったようね！」

青年はつけたばかりの煙草の火を皿の縁でもみ消した。それから身を乗り出し、またエリザベスの手を握った。静かな声で優しく言った。「エリザベス」

「何？」

「今も僕のことを兄だと思っているか？」

エリザベスはうなずいた。「もちろんよ。これからもずっとそう思うわ」

どういうわけか、ブレアはやにわに手を離して立ち上がり、窓に歩み寄って短く言った。「そうか！」

エリザベスは彼を見つめた。「テッド――いったいどうしたの？」

青年は振り返らず、言葉に詰まりながら答えた。「もしかしたら――もしかしたら、兄とは違う存在として見ているかもしれないと思っていた」

「兄とは違う存在？」

エドワード・ブレアはゆっくり告げた。「夫だ」

エリザベスは椅子を揺らしながらぱっと立ち上がり、三秒ほどぽかんと口を開けていた。それから口元に微笑を浮かべ、笑いを含んだ声で言った。

「テッドったら！　そんな冗談を言うなんて」

ブレアが振り返った。動揺するエリザベスの目の前で、細い顔がみるみるうちに青くなった。分厚い眼鏡の奥にある目は暗い光を帯びている。彼はかすれた声を出した。「なあ、エリザベス、冗談を言っているように見えるか？」少しふらついた足取りで前に出た。「笑わないでくれ――お願いだ！僕は気持ちを伝えなきゃならない。ずっと前から自分の気持ちに気づいていたんだ。エリザベス、おまえを愛している――心から」

「まあ、テッド……！」エリザベスは深く息を吸った。ブレアに近寄り、彼の細い手を両手で包みこんだ。「テッド――そんな風に思ってくれていたなんて！　本当に――言葉が見つからない――」

「笑わないでくれ」ブレアは繰り返した。

「笑うわけないじゃない。なんだか――そう――胸にじんときたわ」エリザベスはそっと手を離し、彼から離れた。「それにテッド、どきっとしちゃった」

ブレアはエリザベスの後を追わず、テーブルの傍らに立ったまま見つめながら言った。「エリザベス、おまえは僕の気持ちを知った……」

「ええ」

「それで――おまえの気持ちはどうなんだ?」

エリザベスは首を振った。声はとても穏やかだった。「ああ、テッド、あなたを夫として見るなんて無理だわ！　あなただってわかっているはずよ！　私たちは兄妹として育ったのですもの！」

ブレアは荒々しく言葉を返した。「本当の兄妹じゃないだろう！」

「兄としてしか見ることができないわ」ブレアが顔を背けたが、エリザベスは続けた。「あなたが好きよ、テッド。それに、あなたをすごく誇りに思っているのよ――将来の計画を聞いたら、その思いが強くなったわ。さっきあなたが言ったように、あなたは偽善者じゃない。私もそうじゃない。だから、今、ここではっきりさせましょう」

「おまえの気持ちは……変わらないのか?」

エリザベスは静かに答えた。「決して変わらない」

ブレアは肩をすくめた。椅子に腰を下ろし、手つかずのまま残っている食べ物をフォークでつつき回した。「他に好きな人がいるんだろう?」

「どうしてそう思うの?」

ブレアは顔を上げた。「真実を話してくれ、エリザベス。好きな人がいるのか?」

エリザベスはうなずいた。「いるわ」

「ブラックバーンか?」エリザベスの顔が真っ赤になったので、ブレアはいつもの歪んだ微笑を浮かべた。「忘れたのか、僕たちは兄妹だぞ。何でも話してくれ」

「一方通行なのよ」

「えっ?」

エリザベス・ブレアの声はかすかに震えている。「私もあなたと同じよ。叶わない恋をしているの！」彼女は深く息を吸った。「恥ずかしがることなんてないわよね？　そうよ、テッド……私はジェフリーに夢中よ。でも、彼にはその気がないから、さよならも言わずに街へ行ってしまったわ！」

第十一章　狭まる捜査網

捜査開始から五日目の午後はだらだらと過ぎていった。第四ガソリンを盗まれて意気消沈したリード警部は、昼食を終えると自室にひっこんだ。彼は部屋の中を行きつ戻りつし、そうかと思えば、背中を丸めて机に向かい、事件に関する大量のメモを漁った。そうすれば、まわりに渦巻く混沌の中に秩序を見出せるとでも思ったのかもしれない。

ルークウッド・タワーズに夕闇が迫りはじめたとき、手元の電話がけたたましく鳴った。電話口からジェフリーの声が聞こえるとリードの声が明るくなったが、それも長くは続かなかった。第四ガソリンを盗まれたことやレイシーの死体を発見したことなど、彼を意気阻喪させた出来事やブレアの出生の秘密について、姿は見えないが同情を示してくれるブラックバーンに詳しく話した。それから、一刻も早くタワーズから離れるようブレアに勧めたことをつけ加えた。

「事は順調に運んでいると思います」ジェフリーは言った。「もう、いろいろわかっていますから、捜査の的を絞ったほうがいいでしょう！」

リードは電話の送話口に向かって嚙みつかんばかりに言った。「まだわからないことだらけだぞ！君は——そっちで何か摑んだのか？」

「はい」相方は答えた。リードが口を開きかけたが、それを遮った。「警部、電話では話せません。

長い話だし――危険ですから！　屋敷の電話が一度ならず盗聴されたことを示す証拠があります！」

「うーん……」警部はしばらく考えた。「ハウトマン親子についてはどうだ？」

「彼らは本物です」ジェフリーは答えた。「二人がタワーズに現れた真の目的は不明ですが、官命を受けてこの国に渡ったのは確かです」彼はゆっくり続けた。「警部、僕はあの二人には慎重に対応するつもりです。国際問題に発展することは避けたいですから」一瞬沈黙し、いかにもさりげなく訊いた。「ところで、エリザベスの様子はどうですか？」

「ここに戻って、自分で確かめろ」リードは唸った。

「あと二十四時間は戻りません」ジェフリーは告げた。「まだ、やることがあるんです。でも、やきもきしないでください、警部。もう一息で決着しますよ！」

二人は数分間雑談を交わした。ジェフリーがカチャリと電話を切ると、リードは何かをぼそっとつぶやいて葉巻に手を伸ばした。そのとき、扉を叩く音がした。

扉が開き、ドクター・ハウトマンが現れた。

「おや？」リードは鋭く訊いた。「何か用か？」

ハウトマンは扉を閉め、前に進んだ。片方の手に電報を持っている。彼は無言のまま薄い紙片を机の上に置いた。警部は目の前にいる男に向けていた怪訝そうな視線を電報に移した。電報の文面は簡潔明瞭だった。

至急帰国されたし　風雲急を告げる　日曜に会議を開催　出席は必須　ケスリング

警部は口を引き結んで顔を上げ、「それで君の用件は?」と訊いた。

ハウトマンは肩をすくめた。「それは電報を読めば明白でしょう?」と低い声で言った。「警部、このまま――頑なな態度を取り続けるつもりですか?」

リードは机越しに電報を渡した。「屋敷から出ることを私が許可するかどうか尋ねているのなら――答えは否だ!」

「言うことを聞かないとしたらどうなりますか?」

「留置場送りになる」警部はぴしゃりと答えた。

ハウトマンは口を閉ざした。窓に近寄り、夕闇に包まれた庭を見つめた。話が中断したので、リードは立ち上がって明かりをつけた。机に戻ると、ハウトマンは彼のほうを向いていた。薄い唇に微笑が浮かんでいる。

「外に何か面白いものでもあったのか?」リードは唸るように訊いた。

「あいにく」ドクターは答えた。「庭は私の前途と同じように暗い。警部、私は追い詰められています。あなたの許可なしに屋敷から出れば、留置場に放りこまれる。屋敷から出ないなら、後に帰国したとき、命令に背いたという理由で強制収容所に入れられる――」

「なあ――」

ハウトマンは手を上げた。「どうか最後まで聞いてください、警部! ドイツの強制収容所に入った者がどんな運命をたどるかご存じですか? 私は知っています――あなたのような人たちによって暗黒時代の恐怖とともに葬り去られた、恐ろしい事実を目の当たりにしたのです。この一週間、あなたもちょっとした恐怖を味わいました。そして、屋敷で何が起こっても私が動じないのを不思議に思ったのではありませんか。警部、ここで起こったことなんて、私が母国ドイツで目撃した出来事に比べれば取るに足らないことなのです！」ハウトマンは前に進み出た。額に小さな汗の粒が浮き出ており、警部は驚きを覚えた。「警部殿、あなたは私を生き地獄に追いこもうとしていますが、それをみすみす許すつもりはありません！」

リードは思わず圧倒されて黙っていた。外交術に長けたドクターはこの機を逃さなかった。腕を組み、今までどおりの重々しい態度で続けた。

「警部、私は国からの命令に従います。娘も私も梟とは無関係だと繰り返し訴えても無駄なのはわかっています。ですから、こうしたらどうでしょう――」

リードはぶっきらぼうに告げた。「続けたまえ」

「私たちがこの国にいる間、あなたの部下二人を私たちと一緒に行動させるのです。私たちの持ち物と素性を調べさせ、私たちの後をついて回らせるのです」ハウトマンは両手を広げた。「身の潔白が証明されるなら、どんな不便も我慢します。愉快なことではありませんが、命令を無視した後に起こることを思えば、それくらいは何でもありません」

警部は提案について考えながら、「あの二人には慎重に対応する」というブラックバーンの言葉を思い出した。彼を決断に至らせたのは、この言葉とハウトマンの真摯な態度だった。拘束できるほどの確たる証拠がひとつもないことは警部自身が一番よくわかっていた。それに、もしもドクターが警視総監の機嫌を損ねる行動を取ったら……

リードは椅子の背にもたれかかった。「いいだろう」と唸るように告げ、「帰ってもらって結構だが――」と言いかけたら、ハウトマンが「ありがとうございます」と頭を下げた。「――ひとつだけ条件がある」リードは続けた。「部下を一緒に行動させる云々は忘れて、出国前に本部に報告書を提出してくれ」

「喜んで！」

警部は机の上にある資料を手に取り、顔を上げずに告げた。「以上だ。私の気が変わらないうちに出ていったほうがいい」

ドクターは足音を立てずに扉に近づき、手をかけた。「警部！」

「何だ？」

「梟が何者なのか――見当はついていますか？」

リードはすげなく言葉を返した。「君には関係ないだろう？」

「長い間容疑者扱いされた身としては、真実を知りたいのです」ドクターのか細い声には嘲笑の響きがあった。「推理小説を読み進め、どんどん引きこまれていったはいいけれど――最終章が存在しなかった！」

ドクターが部屋から出て、扉が閉まった。警部はむっつりした顔をして前方を見据えている。夕食を知らせる銅鑼のくぐもった音が階下から聞こえた。エリザベス・ブレアは一階にある居間のひとつにいた。開いた窓のそばに座っている。

午後早くに雨が上がり、一時間ほど太陽がぎらぎらと照りつけた。それからふたたび雲が空を覆った。鉛色だった雲は黒色に変わり、どこか不気味で、恐ろしいほど鮮やかな夕暮れの緋色の光が雲を貫いた。暖かい空気は重くどんよりしており、エリザベスが窓を大きく開けたとき、暗い庭には微風すら吹いていなかった。地平線の上方で青白い稲妻が光り、苛々と寝返りを打つ人が上げる不機嫌な声とでもいうような雷鳴がかすかに聞こえた。突然、雨が庭にぱらぱらと降り、すぐに止んだ——軍の密偵たちはどこか見えないところに隠れてしまった。エリザベスは小さく体を震わせ、西の方角に不安げに目をやった。そこに渦巻く雲は、猛火によって生まれる黒くおどろおどろしい煙の渦のようだ。

「ワルプルギスの夜」（ヨーロッパの五月祭の前夜。魔女たちが集まって宴を開くと言われている）エリザベスはつぶやいた。

空気が異様に張り詰めている。そのせいか神経が刺激され、ハープの弦のように震えている。エリザベスの心はかつてないほど乱れていた。立ち上がってテーブルまで行き、箱から煙草を取り出して火をつけた。煙草は不味く、煙が喉に詰まるような感じがするので、細い煙草をすぐにもみ消した。その場にじっと佇んでいたら、壁が迫ってくるような奇妙な感覚に襲われ、それをなんとか振り払った。すると天井の梁が鋭い音を立てた。彼女は振り返り、胸の前で両手を握りしめた。心臓が激しく鼓動している。

「もう嫌」ミス・ブレアは叫んだ。

窓辺に戻り、あたたかく湿った土の匂いを嗅いだ。それから肩越しに後ろをちらりと見るや、衝動的に窓を大きく開けて庭に出た。密生した芝生の上を音もなく歩いてゆき、屋敷から少し離れたところで足を止めた。

木々の下にいると自由を感じた。エリザベスは黒く聳える屋敷のほうを振り返った。窓にぽつぽつと灯る明かりは、重く静かな空気の中でいつもより煌々としているように思える。ほとんどの窓が広く開いていて、時折、部屋の中にいる人の姿が見える。彼女は安心感を覚え、屋敷から離れないなら、しばらく外にいても大丈夫だと自分に言い聞かせた。

木の下から出ると、窓に声が届く距離を保ちながら屋敷の角を回った。ひときわ明るい稲妻が閃き、一瞬、睡蓮の池が浮かび上がった。低い石壁の笠石に腰を下ろし、漫然と水面に手を滑らせた。屋敷のこちら側から見ると、二階の窓のひとつにだけ明かりが灯っていた。

それがハウトマン親子のいるバルコニーつきの部屋の窓だということをエリザベスは知っていた。まわりを取り囲む黒い蔦とは対照的に窓は金色に輝き、磁石のように目を引きつけた。高い位置にあるので中は見えないが、揺れる影が行ったり来たりしており、人が動いていることがわかった。エリザベスの心は周囲の庭と同じように陰鬱だった。

黒い石造りの建物のどこかに殺人犯が潜んでいる。いいえ、潜んでいると表現するのはあまり適切ではない。友達の仮面をかぶった人間とみんなが一緒に過ごし、言葉を交わしているのだから。殺人犯は何を思っているのかしら？　いったいいつまでおぞましい偽装が続くのかしら？

エリザベスは不意に小さく喘ぎ、視線が上方の明るい窓に釘付けになった。

ドクター・ハウトマンがバルコニーに現れ、左右に素早く視線を走らせた。反射する光のおかげで彼だとはっきりわかった。何かためらっている様子だったが、やがてポケットからハンカチを取り出し、庭に向かって振った。それからすぐに部屋の中にひっこみ、窓が閉まる音がした。それとほとんど同時に窓に重いカーテンが引かれ、光が遮断された。

エリザベスは立ち上がった。全身の筋肉が緊張し、新たな疑念が浮かんできた。部屋の中で何をしているのかしら？　やましいところがないなら、どうしてこんな暑苦しい夜に窓とカーテンを閉めるのだろう？　屋敷に戻って、目撃したことを警部に話すべきかしら？　エリザベスの顎がこわばった。リードがエリザベスのことを厄介者だと思っているのは明らかだし、昨日、ジェフリーが急に出ていったのはリードのさしがねだと彼女は確信している。ハウトマン親子のやっていることが何でもないことなら、警部に無駄足を踏ませて事態を悪化させるだけだ。「こうなったら」エリザベスはすぐさま決心した。「自分でやるしかないわ」

芝生を横切って窓の真下まで行き、見上げた。錬鉄の手すりがあるバルコニーまでの高さは十二フィートほどだ。エリザベスは少し逡巡してから手を伸ばして蔦を探った。太い茎が手に触れた。あえて危険を冒すつもりなの？　こんなことをするのは生まれて初めて。途中まで登って怖くなったらどうしよう？

エリザベス・ブレアは首を振って靴を脱ぎ捨て、枝が分かれる部分に艶やかな爪先をかけた。そして、蔦に必死にしがみつきながら壁をよじ登りはじめた。

歯を食いしばり、手がかりを摑みながら慎重に進んだ。剃刀のように鋭い葉の縁が顔をひっかいた。乾いた枝がストッキングを裂き、足を容赦なく傷つけた。半分も登らないうちに腕の筋肉に激痛が走った。エリザベスは二度落下しそうになった――一度目は、摑んだ枝が思いのほか弱く、手の中で折れたとき。二度目は、蔦の中から出てきた何か冷たい生き物が顔をにょろにょろと這っていったときで、いっそうぞっとした。なんとか気力だけで登り、長い時間が経ったように思えたそのとき、震える手が錬鉄の手すりを摑んだ。体が震えて気持ち悪くなったエリザベスは、手すりにすがりついた。

あえて下を見なかった。体が痺れていたが、力を振り絞ってバルコニーに登った。力を使いきったので、硬い床に足を下ろしたとたんよろめき、めまいを覚えた。冷たい手すりを握りしめ、目に流れこむ汗を拭いもせず、激しく喘いだ。眼下に広がる庭はしんとしている。

やがて気分が良くなった。ものがはっきり見えるようになり、動悸が鎮まり、周囲に目を配る余裕も生まれた。振り返り、そろりそろりと窓に近寄った。幸運にもカーテンが数インチ開いており、膝をついて目をその隙間に近づけた。

そこはハウトマン親子の居間だった。中廊下に続く扉が正面に見えた。目を引いたのは、床の真ん中に置いてある三つのスーツケースだ——ひとつはすでに紐で縛ってあり、他は開いていて、半分が服で埋まっている。それを眺めていたら、エルザ・ハウトマンが視界に入ってきて、いくつかのたたんだ服を一番近くにあるスーツケースに入れた。エリザベスは女性として、自分の破れた服とミス・ハウトマンのとびきり上品で美しい服を比べずにはいられなかった。ミス・ブレアは、愛らしい娘が淑やかな物腰で荷造りする姿を眺めていたら、腹立たしくなった。

この気取った親子は逃げるつもりかしら？　そうはさせないわ！　警部に知らせよう。でも、どうやって？　来たときと同じ方法で戻るなんて、大金を積まれても嫌！　残る道はひとつだけ。機会を待って——こう思った次の瞬間、エリザベスは目を飛び出さんばかりに見開いた。

ドクター・ハウトマンが娘に近づき、何やら熱心に話している。ドクターは人差し指と親指で無色の液体が入った試験管を持ち、時々試験管のほうにうなずいて見せた。窓が閉まっているので会話は聞こえないものの、エリザベスは一見してそれとわかった。

ドクター・ハウトマンが持っているのは盗まれた試験管だわ！

これでカーテンを閉めたことの説明がつく。ハウトマン親子は見事計画を成し遂げ、戦利品を携えて帰国しようとしている！　こう考えた直後、恐ろしい疑問が湧き起こった。梟の仮面に隠されていた顔を、ついにこの目で見たということかしら？　ルークウッド・タワーズを恐怖に陥れたのは、六フィートも離れていないところに立っているあの人なの？

やがて部屋が不穏な雰囲気に包まれた。ドクターが何かを言うと、娘が怒った様子で身振り手振りを交えながら言い返したり、肩をすくめたりする。二人の会話が聞けたらいいのに！　エリザベスは立ち上がり、閉まった窓をそっと引いてみた。そして、しめた、と思った。窓が動いたのだ。鍵がかかっていない！

ドクター・ハウトマンが娘の意見をつっぱねた。それから腰をかがめ、開いたままのスーツケースのひとつに入っている折りたたまれた服の下に試験管を隠した。エルザはまだ抗議しているようだったが、ドクターはその場を離れた。エルザは彼の後に続き、二人の姿がカーテンに隠れた。エリザベスは外から窓を静かに引いた。窓が開き、二人のかすれた声が聞こえてきた。隣の部屋で二人が言い争っているのは明らかだった。エリザベスは窓の隙間からほっそりした体を滑りこませ、ありがたいことにカーテンが閉まっているので、その裏に隠れた。しばらく隠れたまま、人のいない居間の様子をうかがった。ハウトマン親子は隣の寝室にいる。扉は半開きになっており、激しいやりとりがはっきり聞こえる。エリザベスはぎゅっと拳を握った。窓が動いたときから、どうするか決めていた。彼女は人生において最も無謀なことをしようとしていた。

寝室の扉に視線を向けたまま、そろそろとカーテンの裏から出ると、開いたままのスーツケースに近づいていった。ゆっくりと……ゆっくりと……不安定な床が軋むたびに汗が吹き出す。寝室の扉の向こう側から聞こえる声が穏やかな声に変わり、抽斗を開ける音がした。そのとき……エリザベスはたどり着いた！

折りたたまれた服の間にさっと手を入れて探り、貴重な試験管を摑んだ！

エリザベス・ブレアは興奮し、廊下に続く扉のほうを振り向いた。そして歓喜の声を上げそうになった。扉は閉まっている。けれど、鍵が鍵穴に差しこまれたままになっている！　注意深さをかなぐり捨てて、大股で飛ぶように進み、六歩で扉に到達した。

それと同時に寝室の扉が開き、エルザ・ハウトマンが現れた。彼女は侵入者を見て驚き、悲鳴を上げた。「パパ！　パパ！」

エリザベスは恐怖のためこわばった手で鍵を回した。一方、ドクター・ハウトマンは娘の肩越しにエリザベスの姿を目にすると、かすれた声で叫びながらバネのように前に飛び出した。エリザベスは彼が近づくより早く扉を大きく開き、もの凄い目つきで、髪をなびかせながら長い廊下を必死に走った。

大胆な行動に出たエリザベスは走りながら、もう限界だと思った。ハウトマン親子の部屋から悪夢の中に入りこんだような気分だった。廊下は果てしなく続き、周囲の壁は波打ちながら遠ざかっていく。足が地につかず、まるで空中を駆けているようだ。恐ろしい体験をして心も体も麻痺している。朦朧とする意識の中、廊下の角を曲がった。義理の兄の部屋の扉は開いている。小さく唸りながら扉を肩で大きく開けて中に転がりこみ、扉をバタンと閉めた。

エリザベス・ブレアは、人のいない馴染み深い部屋の様子がぼんやり見えたのを覚えている。〝テッド――ああ、テッド――どこにいるの……？〟と激しく叫んだのを覚えている。たんすに手を伸ばそうとしたのを覚えている。それから、意識が無意識という黒い波に飲みこまれ、うつ伏せに倒れた。

顔がとても冷たい。強烈な冷たさ――エリザベス・ブレアが感じるのはそれだけだ。冷たさのせいで全身の感覚がなくなっているようだから、体を動かして体温を上げなければならないと思った。しかし、体は動かない。それがなぜなのかはわからない。

幾重にも重なる厚くて黒い布が見える——黒い布に鮮やかな金色の光と滑稽な顔がくっついている。光は大きくなりながら近づいてくるとエリザベスの頭の中に入って爆発し、彼女を苦しめる。光が爆発するたびに、頭の一部が黒い布から逃げようと必死にもがくのだが、どうにもならず疲れ果てる。

私は死んだ。きっとそうだわ。こう思ったとき、誰かの唸り声がはっきり聞こえた。死んだのに、なぜ聞こえるの？　小さな丸い光が頭の中で爆発した——エリザベスはまた悶え、目を開いた。真っ暗だ。

しばらくじっとしていた。そのうち記憶がだんだんよみがえってきた。蔦を伝って壁をよじ登り——ハウトマン親子の部屋に入って怖い思いをした——第四ガソリンを見つけた。第四ガソリン！　エリザベスはとたんに力が湧き、上半身を少し起こして服に手を滑らせた。義理の兄の部屋に飛びこんだとき、試験管は手の中にあった。今はどこにあるの？　部屋に入った後、私に何が起こったの？　あたりは闇に包まれている。手を伸ばすと、指先が冷たくざらざらした壁に触れた。エリザベスは小さく息を飲んだ。前に一度、同じようにざらざらした壁に囲まれた暗い場所に入りこんだことがある。自分がどこにいるか気づき、足が震えた。

ここはタワーズの地下通路だわ！

エリザベスはよろよろと立ち上がった。気を失ったのが悔やまれた。ハウトマン親子はエリザベスがブレアの部屋で気絶しているのを見つけ、第四ガソリンを盗り、エリザベスがみんなに危険を知らせないよう、逃げる前に彼女を通路に運んだ——そうとしか考えられなかった。

もう手遅れかしら？　どうだろう。どのくらい時間が過ぎたのかわからない。ここが地下通路のどこなのかもわからない。オークの間はどっちの方向にあるの？　闇の中でどうするか迷っていると、どこか近くからくすくす笑う声が聞こえてきた。

エリザベスは闇の中で凍りついた。誰かがまた笑い、耳を澄ますと別の音が聞こえた――シュッシュッという奇妙な乾いた音が壁に当たって反響した。地下の迷路に響く音は後ろから聞こえてくるような気がした。ふたたび手探りで進みだすと、細い手に触れていた壁が突然に消えた。エリザベスはしばらく手を振り回し、通路が直角に分岐する場所にいることに気づいた。

角を曲がりながら前方に目をやった……

十二ヤード先に黄色い光の筋が見えた。壁に設けられた石の扉がわずかに開いており、隙間から漏れた光がでこぼこした床を照らしている。一瞬、忙しなく動く影に光が隠れた。エリザベスは、義理の兄が閉じこめられていた部屋についてジェフリーから聞いたことを思い出し、さらに首を伸ばして見た。扉に取りつけられた重い鉄の輪を光が浮かび上がらせている。

急に目の前が明るくなり、頭がはっきりした。長い間ルークウッド・タワーズを覆っていた恐怖が、人の形をとって現れたのだ。それは疑いようのないことだった。不思議なことに怖くなかった――ただ、興奮を抑えられなかった。体の奥に眠っていた勇気が全身を駆けめぐり、あらゆる感覚が次々と呼び覚まされていくのを感じた。

エリザベスは一歩ずつ進んだ。扉に近づくと、ごつごつした壁にぴたりと体をつけた。隙間に顔を寄せ、小さな部屋の中を覗いた。木の箱がぽつんと置いてあり、その上に火のついた蠟燭とドクターの長くて薄いメスが乗っている。メスの刃は光を反射して黄色く光っている。

蠟燭の炎が微風に吹かれたかのように揺らぎ、またシュッシュッという音が聞こえた。その乾いた音の正体は――重い布の襞が擦れ合う音だった。視界に入ってきた人物は、長い黒色のローブで全身を包んでいた。

梟！

エリザベスは壁に体をつけたまま、しんとした部屋の中にいる梟の動きを目で追った。梟は前に進み、箱に乗っている三つ目のもの――試験管の上に黒い手袋をはめた手を置き、疑い深そうな目で左右をさっと見た。目は蠟燭の炎のように黄色く光り、その下にある嘴は異様につき出ている。梟は満足げに試験管を取り上げ、小さなコルク栓を抜くと、鼻のような奇怪な嘴に近づけた。鼻を鳴らして中身の臭いを嗅ぎ、間を置いてからまた嗅いだ。突如、ローブに包まれた体を硬直させ、怒りに満ちたかすかな唸り声を上げながら、手袋をはめた手に持った試験管を部屋の隅に向かって投げつけた。試験管は壁に当たって粉々に砕けた。

梟は手袋をはめた手を伸ばしてメスを摑んだ。そして扉に向き直り、メスを振り上げた。ささやくような不明瞭な声が部屋に響いた。「入りたまえ、ミス・ブレア。待っていたぞ」

思わぬ急展開にエリザベスはすくみ上がった。叫ぼうとしたが、口が動かなかった。そのとき、聞き慣れた声が彼女の肩越しに言った。「メスを下ろせ、鼠野郎！」

エリザベスは振り返った。「ジェフリー――」

「危ない！」

エリザベスは、その後起こったことをぼんやりとしか覚えていない。梟が叫び、メスを振りかざしたまま床から跳ね上がった。梟が二人に襲いかかろうとした瞬間、ジェフリーの拳銃が二度火を噴いた。これは確かだ。梟は倒れ、のたうち回った。黒いローブはすでに真っ赤な血にまみれ、苦しみは死後にいっそう増すのではないかと思わせた。

やがて梟は動かなくなった。黒いローブに包まれた体の下から流れ出た血が、石の床を反対側の壁に向かってゆっくり流れていった。エリザベスはジェフリーの腕の中で彼にすがりついた。「おお、ジェフリー……ジェフリー……」

「愛しいエリザベス……」ジェフリーは優しく告げた。

「いったい——どこにいたの？」エリザベスは口を開き、なりふり構わず泣いた。

「あなたに——見捨てられたと思ったわ……」

ジェフリーはエリザベスの震える体をぎゅっと抱きしめた。「お馬鹿さんだな。僕は村から離れていない。君のそばにいたよ、ベス——ずっと」

「まあ……」

エリザベスが泣きたいだけ泣くと、ジェフリーは彼女の肩に手を置き、微笑みながら見下ろした。

「気分は良くなったかい？」エリザベスは大きく鼻をすすりながらうなずいた。ジェフリーは重々しい声で告げた。「もう大丈夫だよ。危険は去った。すべて終わったんだ」

「あなたのおかげね」

ジェフリーはポケットからハンカチを取り出し、エリザベスの濡れた頬をそっと拭った。「可哀そうに」とつぶやいた。「こんなにやつれて！」蠟燭の揺れる光に照らされた彼の顔は白く、こわばっている。「君は、一連の事件の犯人が誰か知っているんだろう？」

エリザベスはゆっくり首を振った。

ジェフリーはハンカチをポケットに戻した。「第四ガソリンをめぐる騒動が起こった後——だいたい見当がついたんじゃないか?」

エリザベスは落ち着いた口調で答えた。「男か女かもわからないわ」

ジェフリーはしばしその場に佇み、振り返って大股で死体に近づいた。犯人の顔を隠している、紙でできたおぞましい仮面を見下ろし、静かに言った。

「非凡な犯罪者のなんたる最期——地下室で犬のように撃ち殺されるとは!」ジェフリーは片膝をつき、襞のあるローブを摑んだ。「こっちにおいで、ベス。梟の正体を二番目に知る君が——生き証人として語り継ぐんだ!」

第十二章　殺人者の顔

　ウィリアム・リード主席警部は学校にいる。どうしてそこにいるのかはわからない。古い中庭に見覚えがある。その一角にニレの木が大きく枝を広げて立ち、塀には上に乗れないようガラス片が置いてある。ウィリアム・リードはニレの木を見上げ、葉叢（はむら）に隠れている何かを探している。彼は立派な大人だが、少年の心を持っている。

　やがて見つけた。鳥の巣だ。リードはほくそ笑み、木に登りはじめた。こぶのある幹を伝い、低い枝にたどり着いた。息が切れたので一休みしていたら、あたりがにわかに暗くなった。雲が太陽を覆ったからだろうか。緑色の葉叢が光を遮ったからかもしれない。彼は目を上げ、はっとして縮み上がった。頭上の枝に梟がとまっている。

　どういうわけか、リードは梟に恐怖を覚えた。座ったまま、梟のもの憂げな丸い目を見つめていたら――はたと気づいた。あれは梟ではない。ドクター・ハウトマンだ。槍のように大きなメスを鉤爪のある手に持っている。黄色い眼光でリードを射すくめ、近づいてくる……じわり……じわりと……

　リード警部は叫びながら飛び起きた。彼はベッドの中にいた。ここはルークウッド・タワーズだ。うんざりしたように小さく鼻を鳴らし、ベッド脇のテーブルのほうに手を伸ばし、小さなスタンドのスイッチを入れた。時計に目をやると、針は十一時五分を指していた。時計と一緒にあるものが目に入り、驚いて指の節で目をこすった。「まさか！」とつぶやいた。「まだ夢を見ているのか？」

もう一度見た。無色の液体が入った試験管が時計に立てかけるようにして置いてある！「第四ガソリン！」リードは喘いだ。手を伸ばし、試験管を取り上げて撫でた。「一体全体、どうしてここにあるんだ？」

部屋の暗がりから軽やかな声が聞こえた。「警部、僕が五分前にそこに置きました」

「ジェフリー！」警部は叫んだ。それと同時にスイッチを入れる音がして、部屋が明るくなった。ミスター・ブラックバーンが扉にもたれかかっていた。少し髪が乱れ、魅力的な顔に清らかな笑みが浮かんでいる。リードはベッドから飛び出した。「おい！　ここで何をしている？　てっきりロンドンにいるとばかり思っていたぞ！」

「それは良かった！」ジェフリーは煙草に火をつけた。「みんなにそう思わせるのが狙いだったから」

前に進み、髪を手櫛で整えた。「白状すると、警部、僕はグリーンマンにいました」

「それじゃあ、あの宿から電話をよこしたのか？」

ジェフリーはうなずいた。「そうする必要があったのです。僕がここにいたら、梟は行動を起こさなかったでしょう。梟はしばらく前から、僕に正体がばれたのではないかと思うようになりました。そう確信したのは、僕があなたの部屋から第四ガソリンを盗み出したときです」

警部の顔が紫色になった。「君が——君が盗んだのか？」

「そうですよ」ジェフリーは穏やかにうなずいた。「絶対に、第四ガソリンを梟に渡すわけにはいかなかったのです。梟が第四ガソリンを葬り去ったら最後、奴が罪を犯したことを示す証拠がなくなってしまいます」

警部はベッドに腰を下ろした。「まだ夢を見ているのだ」とつぶやいた。「そうに決まっている！」ふと、試験管を持っていることを思い出した。「梟に盗られる前に、アサートン＝ウェインに返したほうがいいな」

「梟はもう手を出しませんよ、警部。奴は死にました」

「死んだ？」

ジェフリーはうなずいた。「僕が撃ちました――地下室で――まだ三十分も経っていません」

長い沈黙が続いた。リードは息を深く吸いこんで吐き出すと、手を伸ばし、「煙草をくれ」と言った。思いもよらぬ一言だったので、ジェフリーは目をぱちくりさせた。彼が眺めていると、リードはかすかに震える手で煙草に火をつけた。それから煙草を覚えたばかりの人のようにすぱすぱ吹かし、ベッドの手すりにかけていたガウンをはおった。腰に回した紐を結びながら訊いた。「奴は今、どこにいる？」

「コノリーとアームストロングを叩き起こして部屋に運んでもらいました」ジェフリーは答えた。「レイシーを閉じこめていた部屋です」

リードはぶっきらぼうに言った。「一緒に来い」扉を開け、先に立って暗い廊下を進んだ。二人は無言のまま、廊下のつき当たりにある部屋の前で足を止めた。リードはノブに手をかけた。

「ここにいるのか？」

「はい」

「本当に奴なのか？」

「間違いありません」ミスター・ブラックバーンは答えた。「さあ中に入って、警部。自分の目で確かめてください」

扉が軋みながら開いた。部屋の中は廊下より暗い。リードは脇柱のあたりを手探りし、明かりのスイッチを入れた。

黒いローブに包まれた梟が部屋の真ん中に横たわっている。リードは口にくわえていた煙草を床に落として踏み消し、三歩でそばまで行った。なぜか、佇んだまままためらっている。

ジェフリーはリードの傍らに立った。「どうしたのですか、警部？　顔を見るのが怖いのですか？」

リードは気まずそうに答えた。「じつは、そうなんだ」

「それでは手を貸しましょう！」ジェフリーは片膝をつき、死体の肩を掴んで仰向けにした。白い顔が明かりに容赦なく照らし出された。死に顔にも邪悪さが表れている。

リードは五秒ほど顔を見下ろし、乾いた弱々しい声で言った。「なんてことだ。君は――とんでもない間違いをしでかしたな――」

「これは……」警部は言葉に詰まった。「この男は――エドワード・ブレアじゃないか！」

ジェフリーはうなずいた。「そうです！　エドワード・ブレアが――いや、エドワード・コンウェイが――梟なのです、警部。僕は二日前に正体を見破りました」

「しかし――」リードはガウンのポケットから試験管を取り出した。「人を殺してまで貴重な第四ガソリンを取り戻そうとしたのはなぜだ？」

「理由は単純ですよ、警部。試験管の中身は貴重でもなんでもありません」ジェフリーは腰をかがめ、歪んだ顔をローブで覆った。「試験管に入っているのは普通のガソリンです。だからブレアは、アサートン＝ウェインに仕える化学者が真実を見抜く前に、なんとしてもそれを葬り去る必要があったの万ポンドを奪うために巧妙に仕組まれた策略だったのです！」

「罪のない被害者です」ジェフリーは静かに答えた。「警部、すべてはアサートン＝ウェインから五

「そうだったのか」リードはささやくように言った。「それでは、アサートン＝ウェインは――」

です！」

梟の死と正体の露見は報道機関にとって格好のネタだった。翌日の午後、各紙の一面に、旧姓をコンウェイというエドワード・ブレアが死亡したことを伝える大きな文字が躍った。

タワーズには、取材陣が鉛筆と優れたレンズを搭載したカメラを携えて押し寄せた。関係者から話を聞こうとやってきたのだが、肩透かしを食らうことになった。ドクター・ハウトマン、彼の娘、それにレイノルズは、数時間前、まるで囚人が暗い牢屋から脱走するようにタワーズから逃げ出した。ドクター・ニューベリーは自室に閉じこもり、アサートン＝ウェインは部屋の前にコノリーとドンリンを立たせ、好奇心旺盛な取材陣を追い払った。エリザベスも部屋の中にいた。彼女は刑事に守られていたわけではない。押しの強い若者が彼女の部屋に入ろうとしたので、ジェフリーが怒って若者を廊下の半ばまで投げ飛ばした。だから警戒する必要がなくなった。

リード警部は当然ながら中心となって事に当たり、午後遅くにようやく一息ついた。五時になると、最後まで残っていた取材陣を帰らせ、ジェフリーを部屋に呼んだ。警部は回転椅子の背にもたれて足を机の上に乗せ、葉巻をくわえていた。「やあ」警部は声をかけた。「やっと会えたな！」

ジェフリーは勧められた椅子に座った。「何を考えているのですか、警部？」

「いろいろだ」警部は唸った。「第四ガソリンの件で君は私を騙した。どういうことか、ちゃんと説

明したまえ！」

「わかりました」ジェフリーは椅子の背にもたれた。「ずばり言いましょう、警部。あえて元の名前で呼びますが、エドワード・コンウェイは悪人です。確かに彼はすばらしい研究者です。それは認めますが、父親譲りの根っからの悪人なのです。彼は、アサートン＝ウェインの下で研究を続けても一攫千金は望めないと早い段階で気づいた。それで策略をめぐらし、准男爵から五万ポンドを奪った。悪いことをするときは、えてして、あれこれ厄介事が起こるものです。それがやがて手に負えなくなり、コンウェイはやぶれかぶれになった。だいたいそんなところでしょう」

「二人の主人公――コンウェイとレイシーが死に、真相はわからずじまいです。でも、十分な証拠がありますから、不明な点もある程度明らかになるでしょう。おそらくコンウェイは、計画を実行するには悪事を厭わない者の助けが必要だと思った。最初に頭に浮かんだのが父親だが、父親は獄中にいた。ウォームウッドスクラブズ刑務所によると、コンウェイは父親を頻繁に訪ねています。二人は計画について話し合ったに違いありません。コンウェイの父親が息子をレイシーに引き合わせたのでしょう」

「なるほど、あり得る話だ」リードはうなずいた。

「計画は」ジェフリーは続けた。「単純かつ完璧でした。コンウェイは驚くべきガソリンを発明したように見せかけた。普通のガソリンを使って、アサートン＝ウェインに世紀の大発明だと信じこませた。そして、さらなる買い手が餌に食いつくだろうと踏んで、大発見をしたと吹聴した。ところが、食いついてきたのはハウトマンだけ。コンウェイは高値がつくよう買い手を増やさなければならなくなった。で、レイシーがトッドハンターという人物になりすまして現れた。警部、あとはご存じのとおり！　卑怯な男のせいで、准男爵は価値のない代物に五万ポンドをつぎこむ羽目になったのです。コンウェイは金持ちになり、詐欺であることを誰にも気づかれない限り安泰だった」

「梟については？」

「これから話します」ジェフリーは答えた。「コンウェイは、専門家が第四ガソリンを分析しない限り安泰だった。言い換えれば、アサートン＝ウェインに仕える化学者たちが試験管を手中にしたら、計画は台無しになる。だから、第四ガソリンが化学者の手に渡るのを阻止しなければならない。でも、どうやって？　ここで、ふたたびコンウェイは見事な狡猾さを発揮します！　文字どおり架空の犯罪者――梟を作り出したのです。コンウェイ演じる梟が第四ガソリンを盗んで葬り去れば、すべてがまやかしだということがばれません！」

リードはやにわに立ち上がった。「ちょっと待て！　梟窃盗事件が起こったのは、コンウェイが第四ガソリンを発明する何週間も前だ――その頃、コンウェイが屋敷の実験室に籠っていたことが証明されている――」

「いかにも！」

「同時に二つの場所に存在するのは不可能だろう？」

「梟窃盗事件を起こしたのはコンウェイではありません」ジェフリーは答えた。「レイシーです」

「レイシー！」

ジェフリーは立ち上がり、行きつ戻りつした。「この事件の闇は深いですよ、警部。コンウェイの狡猾さには恐れ入るばかりです！　梟なる者がいきなり現れて第四ガソリンを盗むと予告しても、誰も信じないかもしれない。コンウェイはそう考え、梟という存在を世間に印象づけるために、何週間も前からレイシーと作戦を練り、一連の窃盗事件を起こしたのです！　梟がどこにでも予告状を残し、事前に犯行を知らせたことを覚えていますか？　当初は不思議でしたが、それも作戦の一環だったのです。コンウェイは、梟は実在する危険な犯罪者だと僕たちが思うよう仕向け、自分の犯行を隠すために架空の犯罪者を利用した」ジェフリーは少し間を置いてから声高に続けた。「コンウェイが梟に連れ去られて地下室に閉じこめられたふりをした後、僕たちはコンウェイから話を聞きました。そのときあなたは、透明人間を探しているようだと言いましたが、覚えていますか？　実際にそうだったのですよ、警部！　梟など存在しないのですから！」

リードは葉巻を吸い、「覚えている」と言ってジェフリーをちらりと見た。「君は妙な顔をしていたな。あの頃からコンウェイを疑っていたのか？」ジェフリーはうなずいた。「梟窃盗事件はレイシーの仕業なんだな？」

「疑いの余地はありません」ブラックバーンは答えた。「グリーンマンで過ごした夜、それまでに起こった窃盗事件を再検討したとき、玄人の犯罪者——人生の大半を犯罪稼業に捧げた者の仕業だと結論づけましたよね？　レイシーはまさにそういう人間です！　ただし、誰も殺さなかった。さしものレイシーも殺人は犯さなかった。コンウェイとレイシーは結託し、五万ポンドを山分けするつもりだったのでしょう」

リードはうなずいた。

ジェフリーはまだ行きつ戻りつしている。「架空の梟がコンウェイに予告状を送った頃から、思惑どおりにいかなくなりました。まず、エリザベスが僕たちを屋敷に呼んだ。コンウェイは警察に対して冷ややかな態度をとり、僕たちは、たんに虫の居所が悪いのだろうと思いました。覚えていますか？　当然ながら、彼にとって警察は最も邪魔な存在だったのです！　それから彼は、みんなが仰天して逃げ出すように離れで一芝居打ちました！　花の間に拳銃を仕掛けたのは彼です。だから抽斗を開けようとしなかったのです」

「アシュトンを殺したのはなぜだ？」

「他に選択肢がなかったのでしょう。アシュトンは、計画の成功を脅かす事実を知ったに違いありません。どんな事実なのかは、今や知る由もないですが。コンウェイは秘書を殺し、泥沼にはまり、梟がタワーズにいるように見せかけることがいっそう重要になった。そこでコンウェイはどうしたか？　レイシーに頼んで拘束衣で体を縛ってもらい、地下室で誰かが見つけてくれるのを待った」

「まさか」リードは訊いた。「コンウェイには、君が地下室に行くことがわかっていたのか？」

「わかりっこありません」ブラックバーンは答えた。「僕が都合よく地下室に行かなかったら、トッドハンターを演じるレイシーが僕を地下室に連れていったか、あるいは、偶然コンウェイを発見したふりをしたでしょう。レイシーは地下通路にいました。その証拠に、僕はまだ燻っている吸殻を見つけました」

ジェフリーは煙草に火をつけようと言葉を切った。するとリードが口を開いた。「次の殺人の真相はこうだ。コンウェイが第四ガソリンを奪うためにアサートン＝ウェインの兄弟を刺した。准男爵だと勘違いして」

「そうです」ブラックバーンは開いた窓からマッチの燃えかすを投げ捨てた。「コンウェイは准男爵の兄弟のことを知らず、ミセス・タムワースが准男爵の服を彼の部屋に持っていくのを見た。レイシーを殺したのは当然のなりゆきです。あの悪党があまりにも知りすぎていたのでコンウェイは不安になった。それに、レイシーを殺せば五万ポンドを独り占めできます。こうも考えられます。レイシーはだんだん怖くなった。作戦を立てたときは、よもや殺人に発展するとは思わなかったけれど、コンウェイが次々に人を殺した。レイシーは殺人鬼と手を組んでしまったのです！　レイシーは自分の身を守るために白状するつもりだったのかもしれません――コンウェイはそれを是が非でも阻止しようとした」

「いつからコンウェイを疑っていた？」

「アシュトンが殺されて、その後、かすかな疑念が湧きました」ジェフリーは答えた。「翌日、それが確信に変わりました。今から、その理由を説明します。ロンドンへ戻るようあなたに言われた後、僕はタワーズに第四ガソリンを置いていたら危険だと判断しました。だから宿で待機し、その日の夜、あなたの部屋から試験管を盗み出した。訳あって、僕が盗んだことをあなたに黙ったまま、地元の化学者を訪ね、第四ガソリンの正体を調べてもらいました。見当はついていたけれど、確証が欲しかったのです。化学者から普通のガソリンだという報告を受け、確信するに至りました！」

リードは椅子の中で体を動かした。「もうひとつの試験管――昨夜、エリザベスがハウトマン親子の部屋から持ち出した試験管についてはどうだ？」

「ああ、あれ？」ジェフリーはにやりとした。「警部、ハウトマン親子は必死です。彼らは第四ガソリンを獲得すべく送りこまれたのですから、手ぶらで帰るわけにはいきません。だから、大きさも形も同じ試験管を手に入れ、それを水で満たし、彼らが本物だと信じるものとすり替える機会をうかがった――」

「けしからん！」警部は鼻を鳴らした。「そういう魂胆だったのか！　逮捕してやる」ジェフリーが言葉を遮った。

「それはやめたほうがいい、警部。彼らは十分に罰を受けました。それに、国際問題を引き起こしたくないでしょう。すでにドイツとは緊張関係にあるのですよ」

「エリザベスを地下通路に運んだのは、あの二人だろう?」

ブラックバーンは首を振った。「いいえ。コンウェイの仕業でしょう。おそらく、エリザベスが試験管を握ったまま彼の部屋の床に倒れているのを見つけた。彼女を地下通路に運び、試験管を取り、最後に梟として登場すべくローブをまとった。ところが、試験管の中身を調べたら、ただの水だった」ジェフリーは顔をしかめた。「だから、エリザベスを襲おうとしたんだ――たぶん、彼女に秘密を知られたと思ったのでしょう。幸い、僕が間一髪で駆けつけました」

警部は身を乗り出し、葉巻の灰を灰皿に落とした。「レイシーとコンウェイが結託して梟を出没させ、それがコンウェイのアリバイ作りにも役立ったということか?」相方がうなずいた。「よくそうだとわかったな!」

ジェフリーは椅子に戻って座り、椅子の背にもたれ、頭の後ろで手を組んだ。天井のほうを向いて考え深げに言った。「犯罪者というのは、どうして余計なことをするのでしょう? 策を弄し、完璧を求めるあまり、慎重に築いてきたものを台無しにするという話を耳にします。狡知に長けたコンウェイはほとんど隙のない計画を立てました。その計画に従っていたら、彼は今も自由に歩き回っていたでしょう。しかし、従わず――余計なことをした。果たして、彼が築いたものはガラガラと崩れ去った」

リードは唸った。「いったい何を言いたいんだ?」

ジェフリーは姿勢を正し、机越しに年嵩の男を見つめた。「梟に連れ去られたことについてのコンウェイの話を覚えていますか、警部？　あの話はとても印象に残りました――とくに、窓を叩く音がしたのでカーテンを開けると、そこに梟がいたというくだりは。ほどほどのところで止めればよかったのに。彼にはそうするだけの分別がなかった！　その場を劇的に演出し、自らを英雄に仕立て上げました」

「奴は梟と格闘し、血が出るほど梟の鼻を殴ったと言ったよな？」

「そうです！」ジェフリーは鋭く答えた。「その言葉が発せられた瞬間、疑念が芽生えました！　あの時点で僕たちの知り得る限りでは、コンウェイは人を殴るような人間ではなかった。それに、僕たちはタワーズにいる誰かが梟だという前提で動いていましたが、顔に傷を負った人はひとりもいなかった。だから二つの可能性が考えられた。僕たちの知らない誰かが梟であるという可能性とコンウェイが故意に嘘をついたという可能性」

リードはうなずいた。「それは私も考えた。腰抜けと思われないよう話をでっちあげたのかもしれないと」

「ああ、警部――でも、梟が血を流したことを示す証拠が部屋に残っていました！　絨毯とカーテンに血痕がついていたでしょう？」ジェフリーは眉根を寄せた。「血痕が僕を当惑させました。血痕は明白な証拠です！　だから、僕たちの知らない誰かが梟なのだと思いました。ところが、なんという偶然か、あなたがメイドの兎のことを話題にした」

警部はぽかんと口を開けた。「兎？」

ブラックバーンはくすくす笑った。「もう忘れたんですか？　コンウェイが連れ去られた日の翌日、メイドのひとりが廊下であなたを待ち伏せし、飼っている二匹の兎がいなくなったので探してほしいとあなたに頼んだ――そうでしょう？　兎が消えた件は梟の事件とつながりがあると僕は言いましたが――あなたはただの冗談だと思って一笑に付しました！」彼は真面目な口調になった。「ああ、冗談ではないのですよ、警部。二匹の無垢な小兎はコンウェイが梟であること、あるいは少なくとも梟とグルだということを証明するのに一役買ってくれました」

「君は、梟は兎を捕食するとかなんとかつぶやいた。つながりがあると思ったからだな？」

「いかにも！」ジェフリーは興奮して立ち上がった。「警部――コンウェイの部屋に残された血痕の正体は何でしょう。人間の血なら、コンウェイの話は真実ということになる。だが、動物の血なら、コンウェイが故意に嘘をついたということだし、兎が消えたのはそれで説明がつきます」

「それで、君はどうした？」

「時機を待ちました――その日の夜、コンウェイの部屋からカーテンを持ち出し、血のついた部分を切り取り、分析員に送りました」ジェフリーは思い返しながら声を震わせた。「警部、次の日、思ったとおりの答えが返ってきました。血は間違いなく兎のものだったのです！」

「ほほう！」警部は言った。

ジェフリーは机の上に身を乗り出し、指先でトントンと机を叩いた。「警部、僕はこう考えました。コンウェイは血痕について故意に嘘をついた。彼は梟を殴っていない。では、殴ったように見せかけるためだけに、わざわざ兎を盗んで殺したのか？　いや、違う！　梟が存在するという事実――梟に脅かされているという事実を示そうとしたのではないか？　でも、それは周知の事実だ。なぜ手のこんだ方法で強調するのだろう？」

「警部、ここで僕は見方を変えました。梟は存在せず、梟がコンウェイを連れ去ったことも、予告状を送って殺すと脅したことも、すべてコンウェイの作り話だという仮説を立てました」

ジェフリーはいったん言葉を切ってから続けた。「部屋に戻り、煙草をひと箱吸いながら、事件を最初から見直しました。考えた結果、梟は存在しないという仮説を捨てました。梟は窃盗事件を起こしていますから。その頃、コンウェイは屋敷にいた。では、彼は梟に脅かされているという話をでっち上げたのか――どうしてそんな愚かな真似をするのか？　彼は梟が第四ガソリンを狙っていると言った。第四ガソリン！　これをめぐって騒動が起きた。こう考えた瞬間、ひとつの事実に気づき、僕は総毛立ちました！」

「ようやく気づいたのです――コンウェイが第四ガソリンを発明したことを示す証拠は彼の言葉以外何もないという事実に！」

「しかし――」リードがこう言いかけると、ジェフリーが興奮した様子で遮った。

「ええ、そうですよ、警部――僕たちは周到に計画された実演を見ました。でも、あの見事な実演に使われたのは普通のガソリンだったのです！　自動車エンジンを動かした物質はガソリンと見た目が変わらなかった。それもそのはず！　あの日、コンウェイが僕たちに見せた奇跡の第四ガソリンは何のことはない、ただのガソリン。それに無害な化学物質を混ぜて緑色の煙を発生させ、実演に劇的な演出を施したのです！」

ジェフリーは目と顔を輝かせながら、年嵩の男の意見を待った。警部はただうなずき、「鋭い分析だ」と言った。「続けろ」

「コンウェイが第四ガソリンを発明しておらず、梟に狙われている云々もまったくのでたらめなのか。そう思ったら、また疑問が湧きました。コンウェイはこんな馬鹿げたいんちきが通用すると思っているのか？　アサートン＝ウェインに仕える化学者にたちまち見抜かれるだろう！　けれど、もしも――コンウェイが准男爵に第四ガソリンを売り、金を手に入れ、化学者が調べる前に第四ガソリンを盗み出せたら？　コンウェイに盗み出せるだろうか？　それに、やはり梟が第四ガソリンを狙っているのではないか？」ジェフリーは煙草を投げ捨て、リードを見つめた。「警部、ここまで考えを進めた僕は驚くべき策略に気づきました。コンウェイが梟を作り出したことに！　梟を作り出し、アサートン＝ウェインに仕える化学者が嘘を暴く前に、梟の仕業に見せかけて第四ガソリンを盗もうとしたのです！」

警部は灰色の眉を寄せて目を細め、しばらく考えた。

「しかし、コンウェイにはアリバイがあっただろう？　例えば、梟が睡蓮の池に拘束衣を捨てるのをエルザ・ハウトマンが目撃した夜。君は一晩中、コンウェイと一緒に起きていた！」

「確かに」ジェフリーは答えた。「解決すべき謎がいくつか残りました。あの夜、コンウェイは僕に頼んできました。彼の部屋にいてほしいと。廊下で僕を呼び止め、ひとりで寝るのが怖い、一晩中手を握っていてほしいくらいだと言いました。あの夜の出来事によって、事件の全貌が見えてきました！　僕はコンウェイには仲間がいると考えました――共犯者がコンウェイに代わって梟として闊歩するのだと。こう考えたら、いろいろな謎――例えば、梟窃盗事件が起こったとき、コンウェイがロンドンから何マイルも離れた屋敷で研究に勤しんでいたこと――が氷解しました」ジェフリーは言葉を切ったが、すぐに続けた。「コンウェイを連れ去ったのは共犯者だと思いました。地下で見つけた燻る煙草は、ミスター・トッドハンターが共犯者であることを示していた」

す」

「トッドハンターがアメリカの悪党レイシーだと判明し、すべてに合点がいきました。レイシーの死は、彼が共犯者であることを決定づけました。明らかに、コンウェイが口封じのために殺したのです」

リードはうなずいた。「事件の全貌を摑んだのはいつだ?」

それまで滔々と語っていたジェフリーが少しためらいを見せた。「あなたが僕をロンドンに送り出す数時間前です」

リードは立ち上がり、ジェフリーを睨んだ。「それなら、なぜ私に話さなかった?」と訊いた。「話したら」ジェフリーは答えた。「あなたはコンウェイを即刻逮捕したでしょう――」

「奴の逮捕を望まなかったのか?」

「はい」

リードは鋭く訊いた。「なぜ?」

ジェフリーははっきり答えた。「あのときはまだ、コンウェイをエリザベスの実の兄だと思っていたからです」

「ああ……!」唇を引き結んでいたリードは長い吐息を漏らした。顔から怒りの色が消え、目が放つぎらついた光はきらきらした光に変わった。「そういうことか」

ジェフリーはうなずき、「はい、警部」と静かに告げた。「そういうことです」彼は沈黙し、椅子に戻った。警部はジェフリーが話し出すのを待った。

「警部、ひどく辛い状況でした」ジェフリーがようやく口を開いた。「愛する人の兄が冷酷で狡猾な人殺しだと明かすなんて。とてもできなかった! 僕は警察官ではないし――犯人を逮捕するという誓いを立てたわけでもありません」彼は軽く肩をすくめた。「これからの数時間は、僕にとって人生最悪の時間になるでしょう！」

リードは腰を下ろし、「おい」としばらくしてから声をかけた。「昨日、エドワード・ブレアの旧名がエドワード・コンウェイだということを電話で私から聞いたときには、心底ほっとしただろう」

ジェフリーの顔が明るくなった。「警部！」彼は叫んだ。「僕はあなたを抱きしめたかった！　行く手を阻む最後の障害を取り除いてくれたのですから！　昨夜、屋敷に戻り、地下に隠れました。第四ガソリンを盗んだ僕は、コンウェイが何らかの行動に出ると確信し、ひたすら待ちました……その後の顛末はご存じのとおりです」

部屋が静寂に包まれた。日は暮れかかり、西の空が赤褐色と黄金色に染まっている。開いた窓のそばに立つ大きなニレの木がさやさやと鳴り、ミヤマガラスが一夜を過ごすために木にとまった。警部は立ち上がって部屋を横切り、明かりのスイッチを入れた。彼は振り返り、「なあ」と唸るように言った。「捜査が長引いて、はらはらしどおしだったんだからな。三日前にこの部屋で君に言ったことをあえて繰り返すぞ。君が女性にうつつを抜かさなかったら、事件は半分の時間で片づいていただろう！」

「僕は――コンウェイがエリザベスの実の兄だと思っていたから情報を隠しました」

リードはうなずいた。「そうだ！」咎めるような目でジェフリーの顔を見た。「ジェフ、君は年長者をもっと尊重すべきだ」

ジェフリーは肩をすくめた。「申し訳なく思っています、警部」と低い声で告げた。「自分ではどうしようもないことがあります。僕はあなたよりも、仕事よりも、法と秩序を重んじることよりもエリザベスを優先させました。でも――そうする以外、考えられなかった。それほどまでに彼女のことを思っているのです」リードに近づき、彼の広い肩に手を置いた。「わかるでしょう、警部?」声には訴えるような響きがあった。

ブラックバーンの顔に悲痛の色がありありと浮かび、リードの厳しい表情が和らいだ。「わかるとも」リードは唸った。「あの娘は果報者だな! 彼女のためにここまでするのは君だけだろう」

ジェフリーは首を振った。「いいえ、警部。アシュトンもまったく同じことをしました」

警部はジェフリーをじっと見た。「あの秘書が?」

「はい。アシュトンがエリザベスに送った手紙――梟の正体が記された手紙のことを覚えていますか?」

リードはうなずいた。「ドクター・ニューベリーが盗んだ手紙だな?」

「ドクター・ニューベリーは盗んでいません」相方は静かに言った。「封筒にははじめから何も入っていなかったのです。その理由は明白です――」

「えっ?」

「断言はできませんが」ジェフリーは続けた。「アシュトンはコンウェイが梟だと知った、と考えてまず間違いないでしょう。アシュトンはエドワード・ブレアの出自を知らず、エリザベスに宛てた手紙に彼の正体を記した。でも、手紙を封筒に入れようとしたとき、こう思ったのでしょう。封筒を開封し、兄が人殺しだという事実を知ったら、エリザベスは計り知れない衝撃を受けるだろうと。だから封筒に手紙を入れなかった。コンウェイが連れ去られて一騒動起こったので、アシュトンは封筒を処分するのを忘れた。で、使用人がいつものように、アシュトンの仕事関係の手紙と一緒に投函したに違いありません」彼は言葉を切って微笑んだ。「警部、あの哀れな男もエリザベスを深く愛していたのです」

「ジェフリー」エリザベスはそっと呼んだ。一時間後のことだ。ブラックバーンは庭の東屋で彼女を待っていた。日はすでに沈んでいる。濃い紫色の空が広がり、明るい星がちらほら瞬いている。エリザベスは彼に近寄り、手を握った。目が星よりも輝いている。「ありがとう」と告げた。

「えっ?」

「警部と話をしたわ」エリザベスは静かに言った。「あなた、情報を隠していたそうね——私のために……」彼女は声のかすかな震えを抑えた。「ジェフリー、どうしてそこまでしてくれるの?」

「君を」ミスター・ブラックバーンは答えた。「君を心から愛しているから」

「まあ……」

ジェフリーはエリザベスを抱き寄せてキスをした。二人とも黙っていた。言葉はいらなかった。しばらくして、エリザベスが目を上げた。

「あの恐ろしい男は私との結婚を望んでいた」

「そう望んでも不思議ではないよ」

「昨日、居間で結婚を申しこまれたの。断ると、あの男の顔に今まで見たこともないような表情が浮かんだわ」エリザベスは言葉を切り、声をひそめてつけ加えた。「そのとき……私、真相に気づいたの」

ジェフリーは抱きしめる腕に力をこめた。エリザベスは震えている。

「だから私を殺そうとしたのよ。もしも、あなたがそばにいなかったら……」エリザベスは身震いし、言葉を詰まらせた。

ジェフリーはそっと告げた。「これからは、ずっとそばにいるよ」

彼はふたたびキスをした。少し間を置いてエリザベスが言った。「私は警部の怒りを買うわね」

「まさか！」

「警部は、私があなたの仕事の邪魔をすると思うわ」エリザベスは真剣そのものだ。「私もそう思うの。あなたが危険に身をさらすと考えただけでも心臓が止まりそうになる」

ジェフリーは微笑み、「それならこうしよう」と言った。「僕が犯罪者を追いかけている間は、君を君の両親に託す」

「ねえ、私の両親はもういないのよ――」

「ああ、そうだったね」

「この世界で私にはあなたしかいない。だからお願い、決して無茶はしないで」

ジェフリーは暗闇の中でエリザベスを抱きしめた。「約束するよ」

訳者あとがき

本作は、オーストラリア人作家マックス・アフォードの長編第四作（一九四二年）です。物語の舞台はイギリスの緑豊かな田園地帯に佇む古い屋敷。この屋敷で化学者エドワード・ブレアが大発明をします。戦争の影が濃くなる中、彼は防毒ガス研究に取り組んでいました。その過程で、ガソリンの何倍もの威力を持つ化学物質を作り出したのです。彼は発明した化学物質を第四ガソリンと名付けます。ところが喜びも束の間、ロンドンで人々を恐怖に陥れていた怪盗から予告状が届き、それには第四ガソリンを渡さなければ殺すと記されていました。そして怪盗が屋敷に現れ、とうとう殺人が起きてしまいます。

怪盗は正体不明。自らを梟と称し、梟の仮面をつけ、梟の鳴き声のような声を闇夜に響かせます。梟は独特な風貌をした夜行性の猛禽で、野ネズミやモグラ、ウサギといった小動物、カエル、ヘビなどを食べます。梟がウサギを捕食する習性は、物語の謎を解く手がかりのひとつです。古来より人々の想像をかき立ててやまない存在だったのか、世界各地に梟にまつわる言い伝えや神話が数多く残っています。夜陰に紛れて飛ぶ梟は神秘的でもあり、薄気味悪くもあり、梟に対する捉え方はさまざま。例えばギリシア神話において、梟は知恵や戦いを司る女神アテナの聖鳥です。守り神として梟を崇める民族もいます。その一方、旧約聖書のモーセ五書のひとつであるレビ記には、梟は穢れたものだから、神の民であるイスラエルの民はそれを食べてはならないと記されています。死者の化身として忌み嫌う文化もあり、古代中国では悪鳥、親を食べる不孝の鳥と見なされていました。日本でも、昔は災いを呼ぶ不吉な鳥と思われていたようです。本作に登場する梟は、得体の知れない不気味さを醸し出しています。

Fly by Night（1942,JOHN LONG,LTD）

〈*a Jeffrey Blackburn Thriller*〉*Owl of Darkness*（1949,COLLINS, AUSTRALIA）

本作が発表された二十世紀前半のヨーロッパの情勢、そしてエドワード・ブレアが第四ガソリンを発明するきっかけとなった毒ガス開発についても触れておきます。

一九一八年に第一次世界大戦が終結すると、講和条約に基づいてヴェルサイユ体制が形成されます。これは敗戦国ドイツにとって、軍備が制限されるなど過酷なものでした。ドイツでは国民の間に不満が募っていき、やがてヴェルサイユ体制からの脱却を目指すナチスが台頭、一九三三年に政権を掌握します。ナチス政権下、ドイツは徴兵制を復活させて再軍備を宣言し、一九三九年にポーランドに侵攻。同年、イギリスとフランスがドイツに宣戦布告し、第二次世界大戦が始まりました。マックス・アフォードの母国オーストラリアはイギリス連邦の一員として、ニュージーランドやカナダなどと共に参戦します。オーストラリアの兵士たちははるばる海を渡り、ヨーロッパ戦線やアフリカ戦線で戦いました。

第一次世界大戦のとき、列強各国が毒ガスの開発を競いました。毒ガスはむごたらしい被害をもたらし、あまたの兵士を死に至らしめます。そのため、ジュネーヴ議定書によって、戦時の毒ガスの使用が禁じられました。けれども、毒ガスの開発は続けられ、第二次世界大戦でも使用されるおそれがありました。エドワード・ブレアが防毒ガスを研究したのは、毒ガスに備えなければならないと考えたからです。

梟の姿をした怪盗に挑むのは、若き数学者ジェフリー・ブラックバーンとスコットランドヤードのリード主席警部です。二人は神出鬼没の怪盗に翻弄されながらも奮闘し、その正体を暴きます。また、怪盗と同じく第四ガソリンを狙う武器商人のアサートン＝ウェインやドイツ政府の命を受けたハウトマン、アメリカの石油会社の代表トッドハンターなどの思惑が絡み合いながら深まっていく謎を、ジェフリーとリード主席警部は見事に解き明かします。冷静沈着なジェフリーと怒りっぽいけれど根は優しく、ジェフリーを心底頼りにしているリード主席警部。そんな二人の掛け合いは本作の面白さのひとつです。

古色蒼然とした屋敷で繰り広げられる物語にはいろいろな魅力が詰まっています。たくさんの方にご堪能いただければ幸いです。

二〇二二年十月二十日

怪盗対名探偵

二階堂黎人（作家）

1　怪盗対名探偵

怪盗対名探偵——という文字が目に入っただけで、私は興奮してしまう。だって、ルパン対ホームズとか、怪人二十面相対明智小五郎のように、頭脳と頭脳の戦いや、変装による化かし合いや、トリックによる攻防が繰り広げられるに決まっているのだから！

そして、この『暗闇の梟』では、怪盗〈梟〉と名探偵ジェフリー・ブラックバーンが、世紀の大発明をめぐって激突するのである。面白いに決まっているではないか！

——さあ、これで、私の言いたいことは終わり。解説から先に読む人でも、ここからは本編のページをめくってほしい。この本にとって、残りの解説はまったくの蛇足に過ぎないのだ。

（※以下は、本編読了後に目を通してほしい）

2　シリーズについて

オーストラリアの作家マックス・アフォードが記した推理小説は八作あり、その内、〈名探偵ジェフリー・ブラックバーン・シリーズ〉は次の五作が発表された。これらが、彼の代表作でもある。

『百年祭の殺人（Blood on His Hands !）』（1936）論創社
『魔法人形（Death's Mannikins）』（1937）国書刊行会
『闇と静謐（The Dead Are Blind）』（1937）論創社
『暗闇の梟（Fly by Night）』（1942）論創社
『The Sheep and the Wolves』（1947）

今回の『暗闇の梟』の翻訳によって、一作目から四作目までが翻訳され、作者マックス・アフォード並びに、〈ブラックバーン・シリーズ〉の特質が良く解るようになった。また、この四冊の質の高さを考えたら、残りの一冊もぜひ翻訳してほしいと思うのは当然のことだろう。

そこで、明らかになった特質を踏まえながら、作者マックス・アフォードに関して、重要な点を列挙する。

●　オーストラリア出身の彼は、推理小説家であると共に、ラジオ・ドラマの脚本家や劇作家でもある。

●オーストラリアはイギリス圏に属し、〈ブラックバーン・シリーズ〉も、最初にイギリスの出版社から出された。当時（一九二〇年代から三〇年代）のイギリスは、推理小説の本場であり、腕の良い作家がたくさんいて、読者の目も肥えていた。そこで認められたということは、彼の作品の優秀性を証明している。

●彼が活躍していた時代には、まだテレビは全世界的に普及しておらず、映画やラジオが視聴覚的娯楽の中心だった。ジョン・ディクスン・カーもエラリー・クイーンも、多数のラジオ・ドラマの脚本を書いている。

アフォードは、六百作（もしくは八百作）以上のラジオ・ドラマ（ミステリーが多い）の脚本を書いたということなので、相当な売れっ子だった。その中には、名探偵ジェフリー・ブラックバーンを主人公にしたものもある。

●ジェフリー・ブラックバーンは、高等数学を専門とする若い学者で、その論理的思考を、事件の謎解きや解決に用いる。

●〈ブラックバーン・シリーズ〉では、密室殺人に代表される不可能犯罪がよく出てくるが、トリックとその解法はわりとあっさりしている。むしろ、クイーン的な犯人捜しのための論理〈ロジック〉を重視している。（年代的にはクイーンの活躍と重なるので、技法的に真似をしたかどうかは解らない）。

●そのため、カーほどの、不可能犯罪の堅牢性や新規性、そして、謎解きの醍醐味を期待すると、ややがっかりすることになる。

故に、このシリーズでは（特に『暗闇の梟』は）、次々に展開する事件の面白みや、幾多の手掛かりを元にした演繹的推理の鮮やかさを、気軽に楽しむべきだろう。

●いずれの作品でも、犯人側の巧妙な計画が顕著だ（多重解決に挑んだものもある）。登場人物たちの対話は機知に富んでおり、雰囲気作りがうまく、場面展開が早い。こうした特徴は――読者を飽きさせないためのサービス精神は――ラジオの脚本を書くことで身に付いたものだろう。

●しかし、主人公の名探偵ブラックバーンや相棒のリード主席警部は、性格が紋切り型で、やや没個性だ。これは、効果音や話し方で刺激を与えるラジオ・ドラマの手法に馴染みすぎ、小説を書く上での弱点として滲み出てしまったものだろう。

3 『暗闇の梟』について

次に、この『暗闇の梟』に関する要点を列挙してみよう。

●科学者エドワード・ブレアが、安価で性能が優れた第四ガソリンという夢のような発明をする。その製造方法や権利などを売れば、大金が得られる。

●大勢の人間が（他国の者も）、この第四ガソリン権利や秘密を得ようと蠢いている。

●怪盗〈梟〉もこれを狙って、脅迫状を送ってくる。

●〈梟〉は神出鬼没で、正体不明。目的のためなら、殺人も厭わない。梟のような奇怪な鳴き声を発し、空が飛べるのではないかと思われる。

余談だが、こうした設定が、日本の太平洋戦争時に書かれた少年探偵冒険ものによく似ていて、私はウフフっと笑ってしまった（嬉しくて）。

たとえば、少年探偵ケン一君は、有名な科学者花丸博士の一人息子慎二君の親友で、花丸博士が黒服の男たちに襲われたところに遭遇し、そいつらと闘う。実は、花丸博士は、戦争を一気に終結させるような大発明をしたばかりで、それを敵国のスパイたちが奪いに来たのだった――みたいな。

● 舞台となるのは、ルークウッド・タワーズという古い館。時計塔があり、古色蒼然としている。

● ジェフリーや警察が見張り、科学者が一人で自室にいる時に、ほぼ密室状態の寝室から、彼が〈梟〉によって連れ去られてしまう。窓はあいていたが、空を飛んで出入りしないとならない。これは人間消失トリックと見なすこともでき、不可能性はかなり高い。

● 館の地下には、秘密の通路がある。暗闇が淀み、途中で分岐している通路の中を、ジェフリーらは、科学者を探して探険する。

● ついでに、名探偵が美女に恋してしまう。その件は、次作の『The Sheep and the Wolves』に繋がっている（らしい）。

● ルークウッド・タワーズで起こる数々の事件より前に、〈梟〉が幾つかの盗難事件に手を染めていたことが読者に知らされている。実はこれは、〈梟〉の紹介を行なうと共に、本筋の事件に関する大胆な伏線でもある。

こうした手法で思い出されるのが、ジョン・ディクスン・カーの『帽子収集狂事件』におけるポーの未発表原稿の盗難、『死時計』に置ける百貨店での騒動、それから、ポール・アルテの『死まで139歩』における宝石盗難事件などだ。それらと同じような狙いであることにニンマリしてしまった。

●この作品は、以前の三作に比べスリラー色が強い。物語展開は派手でスピーディーだが、論理的な推理を重層的あるいは複合的に構築するような面は少ない。

そのせいか、全体的な仕上がりも一九二〇年代風で、前三作の方が新しい感じがする。

●個人的な感想だが、終盤が長すぎるのではないか。そのため、読者があれこれ推理や想像を働かせている内に、〈梟〉の正体を含む真相にかなり肉薄してしまうだろう。

この作品に限らず、本格推理小説においては、事件と謎の提示が読者に向けて終わった時点で、すぐさま名探偵が介入して推理を披露すべきだ。そうでないと、読者に真相を見抜かれてしまう。それは避けたいところだ。

4　作者のプロフィール

マックス・アフォードの身上を、幾つかの情報を元にまとめてみた。

アフォードの本名はマルコムといい、マックスは愛称。

一九〇六年四月八日に、オーストラリアのアデレードにあるパークサイドで産まれた。父親は食料雑貨商のロバート・ダニエル・アフォード。彼の二番目の妻メアリー・アンとの間の五番目の子だった（末っ子）。

アフォードはパークサイドにある学校で教育を受けたが、父親が亡くなったため、早くから幾つかの仕事に就いた（学校を中退した？）。一九二六年から一九三四年にかけて、新聞社のニューズ・アンドメールで記者として働いた。彼の署名記事が最初に載ったのは一九二八年だった。

と同時に、一九三二年からは、ラジオ・ドラマの脚本を書き始めた。彼は、少なくとも月に二本のスリラーの脚本を書いていた。

一九三五年、彼は、ラジオ局「5D．V」に、プロデューサー及び演出マネージャーとして参加した。

一九三六年、アフォードの書いた戯曲『William Light - the Founder』が、南オーストラリアの百年祭で開催されたドラマ・コンペティションで優勝した。

同年九月、彼は劇作家及びプロデューサーとしてシドニーに移り、オーストラリア放送協会に五年間勤務する。その後、フリーランスとなり、様々なフィクションやラジオ・ドラマの脚本を書いて、絶大な人気を誇った。

この一九三六年には、〈ブラックバーン・シリーズ〉の小説『百年祭の殺人』を、ロンドンの出版社から出している。様々な形の不可能犯罪とクイーン風の推理を内在するもので、読者の好評を得た。結果的に、シリーズ五作、推理小説全体だと八作品を書くことになる。

当時の彼は、元気で、機知に富み、非常に魅力的な男だったらしい。水泳によってよく日焼けし、背が高く、青い目と重い顎が特徴的だった。髪は早くから白くなりかけていた。

一九三八年、彼は、ボークルーズにあるセント・マイケルズ・アングリカン教会で、衣装デザイナーのテルマ・メイ・トーマスと結婚した。二年前の百年祭の時に出会った女性だった。しかし、子供はできなかった。

その後、ラジオのミステリー・ドラマを書くことに飽きた彼は、演劇の脚本を書き、舞台となったものがヒットした。中には、映画になったものもある。

一九五〇年には、シドニー・ペン・クラブの会長に就いている。

アフォードは大変なヘビースモーカーで、一九五四年十一月に肺癌で亡くなった（火葬されたらしい）。その後も、彼の書いたラジオ・ドラマは放送を続けていた。

また、有名な画家が描いたアフォードの肖像画が、ニューサウスウェールズ州立図書館に所蔵されているそうだ。

5　他の作品の紹介

この『暗闇の梟』によって初めてアフォードの作品に触れた人は、きっとシリーズの他の作品も読んでみたいと思うはずだから、簡単に紹介しておく。先に言っておくと、これまで翻訳された他の三作は、『暗闇の梟』よりもずっと正統的な本格推理作品だ。

『百年祭の殺人』


名探偵ジェフリー・ブラックバーンが親友のリード主席警部と一緒にいる時、シェルドン判事が刺殺されたとの一報が入る。現場は扉が施錠された書斎で、凶器は室内になく、鍵は被害者のチョッキのポケットに入っている。異様なのは、被害者の右耳が切り取られており、犯人が持ち去ったとしか思えないことだった。

第二の事件の被害者は八百屋の主人で、やはり現場は密室状態だった。しかも、右手が切り取られていた。

さらに、第三の被害者は唇を切り取られていた。

いずれの事件現場でも、黒いひげの男が目撃されていて、第一容疑者となる。

二つの密室殺人の謎はあっさり解かれてしまうし、読者も——多少、古典的な密室トリックに精通していれば——真相をほぼ推測できよう。

実は、この長編の場合、密室トリックは主眼ではない。何故、犯人は、被害者の体の一部を切り取り、持ち去ったのか、というホワイダニットの面白みの方が強い。そして、その謎の解明がフーダニット——意外な犯人の正体——に直結しているわけである。

ジェフリーも、手掛かりや証拠をきちんと吟味して仮説や推理を組み立てる。そして、事件関係者たちの言動から真相を見抜き、真犯人を看破する場面も堂に入っている。

また、意味ありげなプロローグ部分が本筋と関係ないようでありながら、後でプロットとしっかり結びつく。こうした構成の妙もこの作品の美点だ。


『魔法人形』

シリーズの中で、もっとも不可能性と怪奇性を強調した作品。送り付けられる不気味な人形の予告どおりに、次々に不可解な殺人事件が起きる。

ロチェスター博士は悪魔信仰を研究しており、その妹ベアトリスの所に呪いの人形が届けられた。すると、彼女は階段から転落死してしまう。

博士の甥ロジャーにも人形が送り付けられ、博士の秘書はジェフリーに助けを求める。だが、彼が到着する前に、ロジャーが敷地内にある礼拝堂で刺殺されてしまった。現場のドアには鍵がかかり、その鍵は、本館の施錠された博物室に置かれていた。さらに、本館と礼拝堂の間のぬかるんだ小径の間には足跡一つ残っていない。

つまり、密室殺人であると共に、犯人の足跡のない殺人でもあったのだ！

オカルト趣味による不気味さの演出、不可能性の強調、犯人の意外性、動機の重要性など、盛られた内容に過不足はない。遺言書にまつわる推理の論理は美しく、手掛かりや伏線もきっちりしている。ただ、この作品をもって、アフォードを〈オーストラリアのディクスン・カー〉などと大げさに喧伝すると、がっかりすることになる。先の作品と同様、密室のトリックはカーの域には達していないからだ。

『闇と静謐』

作者が働いていたラジオ局が舞台だけに、臨場感と説得力が抜群にある。私個人としては、事件現場の扱い方とメイン・トリックの狙いから、クイーンの国名シリーズの二作品を足して二で割ったような感触を得た。

ジェフリーとリード主席警部は、ＢＢＣの支局のオープニングに招待されて、ミステリー・ドラマの生放送を見に行く。彼らは、ガラスで仕切られたサブ・スタジオからメイン・スタジオの様子を窺っているが、突然、停電が発生する。その時、真っ暗なスタジオの中で、新進女優のメアリー・マーロウが亡くなってしまう。被害者の体に外傷は見当たらず、最初は心疾患による病死と診断が下される。凶器のようなものも現場にはなかった。

ところが、ジェフリーが死因に疑念を抱き、警察が死体を詳細に調べ直したことで、これが殺人だったと解る。事件発生時には、スタジオのドアには内側から鍵がかかっていたから、犯人は室内にいた誰かであろう。

だがもしも、犯人が部屋の外にいて、部屋の外から被害者を何らかの方法で殺したのであれば、これは密室殺人ということになるが……。

殺人方法不明の事件という設定では、カーの『ロンドン橋が落ちた』(1962)に先んじている。

なお、クイーンの某長編と一緒で、この作品を、最初から〈密室殺人もの!〉と煽ってはいけない。それは後から解ることだし、スタジオでの密室殺人だと判明した時には、犯人は見事に容疑者の群れから弾き出される。そこに、犯人——作者——の最大の狙いがある。

6　一つの結論

アフォードの伝記者は、彼のことをこう賛辞している。

劇作家としてのアフォードの成功は、彼のラジオ・ドラマの技術を下敷きにして、エキサイティングな筋書きと、現実的な人物描写に起因している。

この褒め言葉は、脚本や戯曲だけではなく、彼の書いた、ジェフリー・ブラックバーンが活躍する推理小説にもしっかりと当てはまっているのだ。

〔著者〕

マックス・アフォード

本名マルコム・R・アフォード。1906年、オーストラリア、南オーストラリア州アデレード生まれ。ジャーナリストを経て脚本家に転身し、ラジオドラマや舞台劇の台本を数多く手がける。1936年、オーストラリア国営放送ラジオ局の専属ライターとなり、イギリスの出版社から『百年祭の殺人』を刊行。以後は脚本家だけでなく作家としても活躍した。1954年死去。

〔訳者〕

松尾恭子（まつお・きょうこ）

熊本県生まれ。フェリス女学院大学卒。英米翻訳家。主な訳書に『ヴィクトリアン・レディーのための秘密のガイド』、『戦地の図書館　海を越えた一億四千万冊』（ともに東京創元社）、『人と馬の五〇〇〇年史　文化・産業・戦争』（原書房）、『正直者ディーラーの秘密』（論創社）など。

暗闇（くらやみ）の梟（ふくろう）

——論創海外ミステリ　291

2022年11月30日　初版第1刷印刷
2022年12月10日　初版第1刷発行

著　者　マックス・アフォード
訳　者　松尾恭子
装　丁　奥定泰之
発行人　森下紀夫
発行所　論 創 社

〒101-0051　東京都千代田区神田神保町2-23　北井ビル
TEL:03-3264-5254　FAX:03-3264-5232　振替口座 00160-1-155266
WEB:https://www.ronso.co.jp

組版　加藤靖司
印刷・製本　中央精版印刷

ISBN978-4-8460-2159-7